스피노자 철학 개념, 코나투스,
능동적 공동체로 『토지』 읽기

스피노자 철학 개념, 코나투스,

능동적 공동체로 『토지』 읽기

이덕화

역락

이 책을 발간하면서 그동안 필자의 연구 역사를 한번 정리할 필요가 있다는 생각이 들었다. 필자가 석사학위논문「원형 비평을 통한 채만식의『탁류』분석」을 끝으로 휴지기로 들어갔다. 그 당시 재직하고 계셨던 박두진 교수가 여성들은 박사과정에 입학하지 말라는 당부가 있었다. 가장으로 살아야 하는 남성들의 직장을 뺏는다는 이유였다. 그 당시는 교수들의 말은 법이었다.

박사과정에 입학했을 때는 그 당시 초등학생 두 명을 둔 주부였다. 학교 수업 외에 저녁에 다양한 스터디까지 하면서 공부하기가 벅찼다. 석사 때 혼자 자신이 원하는 방향의 책이나 논문을 찾아 읽고 쓰던 때와는 달랐다. 연구 대상도 신소설, 이광수, 김동인, 염상섭, 채만식 등의 작가들에서 북한 작가, 혹은 탈북 작가들의 연구가 태동하는 시기였다. 탈북 작가들의 작품이 금서(禁書)에서 해제된 것이다. 사회주의 이론서, 사회주의 리얼리즘, 사회주의 창작방법론, 공산주의 역사를 차례대로 공부하고, 이기영, 김남천, 임화. 한설야 등의 작품들을 읽기 시작했다. 읽을 텍스트가 많아 혼자서는 도저히 불가능했다. 저녁마다 다양한 스터디 그룹에 참여했다. 학교 수업보다 스터디 그룹 교재 읽기가 더 힘들고 어려웠다. 돌아가면서 2,30년대 자료를 찾아와 강독을 했다. 그 당시, 인쇄 기술이 열악, 대체로 신문이나 잡지에 개재된 글들의 복사본은 글자가 뭉그러져 있었다. 혼자서 읽기 힘든 텍스트를 필자보다 10년이나 어린, 피가 끓는, 박사과정에 있는 청년들과 함께 스터디 그룹에 참여해 공부하지 않으면 안 되었다. 그렇지 않으면 한쪽 문학사는 눈을 가린 채, 이광수나 김동인, 김동리 또 다시 채만식을 이어 갈 수밖에 없었다.

그런 와중에 경찰에서 우리 집을 수색하는 일까지 있었다. 새벽 6시에 경비실에서 초인종이 울렸다. 경찰이라는 생각이 문득 들면서, 도서관에서 학생들이 하던 말이 떠올랐다. 경찰이 집집마다 책 수색할 것이라는. 그때 필자하고는 무관한 말로 흘러들었다. 위험하다 생각하는 책은 대충 베란다로 옮겼다. 책 수색은 무사하게 넘어갔다. 결국 경찰서에 가서 조사를 하루 종일 받을 수밖에 없었다. 책을 구입한 학생들보다 필자가 나이가 좀 있으니 자본론 판매책으로 지목되었다는 것이다. 담당 경찰관은 조서 작성이 끝나도 사건을 어떻게 종결시켜야 할지 몰랐다. 윗 지시가 내려오기를 기다려야 한다는 것이다. 하루를 지나고 이틀째가 되는 날 결국 혐의 없음으로 풀려났지만 시대가 만들어낸 황당한 사건이었다.

지금 생각하면 고난한 세월이었다. 아이들은 한참 말썽을 피울 초등학교 5학년, 3학년 그것도 둘 다 남자였다. 박사과정 수업에, 논문 준비에, 연세대학교, 경희대학교, 경원대학교(현 가천대학)에 강의까지 병행했다. 그 당시 남편들은 12시에 들어오면 일찍 들어오는 때였다. 컴퓨터도 처음 삼보 컴퓨터가 나올 때였다. 내용을 옮기면 주석이 따라오지 않았다. 자칫 잘못하면 그동안 쓴 내용이 모두 사라져버리거나, 고장이 날 때마다 무거운 컴퓨터 본체를 들고 삼보 컴퓨터 회사에 택시를 타고 가 고치던 생각, 논문을 끝내고 후배가 밤을 새면서 필자의 집에서 주석을 가위로 잘라 옮겨주던 생각, 스터디를 끝내고 늦은 밤 집에 돌아가는 것이 아득했던 생각들이 이 글을 쓰고 있는 지금 문득 난다.

우여곡절을 겪으면서 그 어렵다는 프롤레타리아 문학에 관한 논문, 최초의 박사학위논문으로 「김남천 연구」를 박사과정 입학한 지 3년 반 만에 학위를 받았다. 우리나라 최초로 월북 작가 겸 평론가, 카프의 일인자나 다름없는 '김남천' 연구였다. 통일원, 국회 도서관 등 무수한 자료를 찾아다녔다. 그 당시 논문을 심사하신 이선영, 김용직, 신동욱 교수들의 의외의 흐뭇한 표정에 자신감이 생겼다. 연세대학교 대학원 신문에 대표 논문으로 실렸다. 학위 논문에 별 관심이 없던 그 당시 유명한 여성지 『우먼 센스』에서까지 연락이 와서 인터뷰를 했다. 연세대학교에서 여성 우수논문자를 선정해달라고 전화 했더니 필자의 연락처를 주었다고 한다.

그 당시 난 논문이 우수한 논문이든 아니든 관심이 없었다. 힘든 공부를 끝내고 학위를 받았다는 데만 의미를 두었다. 바로 전임 강사로 채용되었다. 그 이후 학술재단이 생기면서 학회에 참석할 일이 많이 생겼다. 몇 년 뒤 학회에서 만난 지방 대학에 근무하는 교수가 반갑게 인사를 했다. 자신들이 박사과정에서 공부할 때 필자 논문을 한 장씩 읽으며 스터디하며 카프 문학을 공부했다고, 너무 반가워했다. 또 내가 근무하는 대학에 강의하러 나온 서울대 박사과정에 있는 강사를 복도에서 만나자 김남천을 쓴 이덕화 교수가 맞느냐고 했다. 그렇다고 했더니, 논문을 그렇게 잘 쓰시고 왜 이렇게 숨어있 냐고 했다. 그 말에 잠시 어리둥절했다. 박사학위논문을 쓴 이후 방향을 바꿔 페미니즘 쪽의 논문을 쓰다 보니 남자들은 필자의 활동을 몰랐을 수 있다는 생각이 들었다. 또 어느 학회에서 돌아오는 길에 우연히 같은 방향이라 차를 얻어 탄 경희대 교수는 필자가 쓴 박사학위논문이 책으로 나왔을 때, 교수 중에 한 명이 논문은 이렇게 써야 한다며 필자의 「김남천 연구」를 엄청 칭찬 했다는 것이다.

얼마나 힘들었는지 일 년간은 공부라는 것을 아무 것도 하고 싶지 않았다. 대학 강의와 잡지에 써달라는 몇몇 원고 외에는 일체 공부를 안 했다. 그러다 그동안 여성 작가들의 작품을 남성 연구자들에게만 맡겼다는 생각이 문득 들면서 여성 작가들을 연구해야겠다는 생각이 들었다. 물론 남성 연구자들은 몇몇 여성 작가를 제외하고는 여성 작가 연구 자체를 안 했다.

연세대 박사과정에 있는 7-8명과 이화여대 박사과정에 있는 3-4명을 합쳐 페미니즘 연구팀을 만들었다. 이상진(현 방통대 교수), 변신원(현 양성평등연구원 교수), 김미현(전 이화여대 교수, 작고), 김복순(명지대학교 명예교수), 김현주(현 한양대학교 교수), 송인화(현 한성대학교 교수), 홍혜원(현 충북대학교 교수), 권명아(현 동아대학교 교수), 백문임(현 연세대학교 교수), 김현주(현 연세대학교 교수) 등 1920년대, 나혜석, 김명순, 김일엽을 시작으로 여성 작가들을 여성 시각으로 연구하자는 결의로 5년 이상 연구와 발표를 하면서 그 결실로 세 권의 책을 한길사에서 발간했다. 『페미니즘과 소설비평』(근대편, 현대편), 『페미니즘은 휴머니즘이다』이다.

이 모임이 발기인이 되어 '한국여성문학학회'가 창립되었다. 초대 회장으로 필자가 맡게 되었다. 지금 현재 20년이 지나 대부분의 우수 여성 연구자들이 학회에 참여하고 있는 학술재단에서 최고로 평가받는 학회로 자기매김했다. 그런 와중에 대하소설, 『토지』와 『혼불』이 2년 차이로 출판되었다. 『혼불』을 출간한 한길사 김언호 대표가 페미니즘 책을 낸 우리 팀에게 『혼불』 연구를 5차례 걸쳐서 기획 세미나를 개최해달라고 부탁했다. 우리 연구자들은 어차피 읽어야 할 책이니 김언호 대표의 부탁에 응답, 다섯 번에 걸쳐 『혼불』 세미나를 개최했다.

페미니즘 여성 연구 때 맡은 박경리 연구와 『혼불』 세미나에서 발표한 내용들을 모아 두 작가의 다른 작품을 모두 비교 연구한 『박경리와 최명희, 두 여성적 글쓰기』라는 제하에 책을 출간했다. 그 책으로 인해 '혼불학술상'(제2회, 2002)을 타게 되었다. 그 이후 박경리나 최명희 연구를 떠나, 나혜석, 김명순, 염상섭, 한무숙, 박화성, 한말숙, 공선옥 등 해외 교포작가 이양지,

차학경, 나혜석과 영국 신여성 조지 엘리엇 비교연구 등 다양한 작가 연구를 했다. 그 결과 『여성문학에 나타난 근대체험과 타자의식』(예림기획, 2005), 『한 말숙 작품에 나타난 타자윤리학』(소명출판, 2012), 『'너' 속의 '나', '나' 속의 '너', 타자 찾기』(글누림, 2013), 『아시아적 신체와 혼종적 정체성』(소명출판, 2016), 『일제 하 작가들 간의 관계를 통해서 본 문학적 대응』(소명출판, 2021) 외 몇 권의 공저가 있다.

이 글을 쓰면서 내가 소속되어 있는 '토지학회'와 '비평숲' 소개를 하지 않을 수 없다. '토지학회'는 박경리 『토지』를 연구하는 학회로 이제 10년 가까이 된 얼마 되지 않은 학회이다. 그동안 연세대학교 중심으로 『토지』 연구 프로젝트를 기획 출판하면서 학회로 발전한 모임이다. 그동안 필자는 다양한 연구에 관여하면서 박경리 작품에만 몰입하지 못했다. 그러다 퇴직을 해 '토지학회'에 관여하면서 『토지』를 새롭게 보고 싶다는 욕망이 일었다.

어느 가을 토지문화재단에서 학회를 끝내고 연세대 몇몇 교수들과 원주 박경리가 살던 '박경리 문학관'을 가게 되었다. 거기서 그 전날 용꿈에서 본 집이 박경리가 살던 원주 집이라는 것을 알고 깜짝 놀랐다. 잠에서 깨어나 용 두 마리가 석가래 아래 혀를 널름거리는 꿈을 생각하고 기분이 묘했다. 그렇게 용꿈을 꿀 만큼 좋은 일이 일어날 징조가 전혀 없다고 생각했다. 더군 다나 박경리와 필자 사이에 그런 일이, 상상하기 힘들었다. 그런데 정말 그런 일이 일어났다. 그 다음해 연구발표를 위해 『토지』 텍스트를 다시 읽기 시작 했다.

그 당시 국문과 교수들, 서정자, 구명숙, 김응교, 함종호, 이미림, 안미영, 황영미, 홍성래, 우현주 등 다 나열하기에는 너무 많은 교수들이 참여하는 철학을 공부하는 '비평숲'이라는 모임에서 스피노자의 『에티카』를 읽던 중 이었다. 그런데 『토지』의 후반부에 스피노자가 『에티카』에서 나온 용어, '능동적 공동체'라는 단어를 발견하는 기적이 일어났다. 그런데 '능동적 공동체' 그 단어 하나로 스피노자를 박경리가 읽었다는 확신을 가질 수 없었다. 또 그것 하나로 연구 방향을 어떻게 잡아야 할지 갈피를 잡을 수 없었다. 그러다 박경리의 수필집 『생명의 아픔』에 스피노자가 즐겨 쓰는 용어 '능동'이라는 단어가 100번 이상 나왔다. 그렇지만 그것으로 스피노자와의 연결 짓기가 애매했다. 물론 이것저것 찾는 동안 『토지』의 연구 방향은 '능동적 공동체'라는 단어 하나로 전체 연구가 가능할 수 있는 키워드로 부각되었다.

그쪽 연구를 하는 동안 한 번도 주목받지 못했던 서희가 간도에서 진주로 귀환한 이후 김길상을 대신하는 최참판댁 관리인, 장연학이 새롭게 눈에 띄었다. 능동적 공동체와 장연학으로 이어지는 고향, 가족, 평사리 공동체, 만주와 민족 공동체, 스피노자의 신의 표현으로서의 인물 분석, 코나투스에 의한 기쁨의 정서와 슬픔의 정서 등 논문을 스피노자의 다양한 개념으로 읽어나갈 때마다 박경리가 스피노자를 읽었다는 확신이 강화되었다.

결국 박경리가 스피노자와 알고 있었다는 자료를 찾았다. 돌아가시기 바로 전에 쓴 수필, 『가설을 위한 망상』(나남, 2007)의 「불모의 시기」에서 스피노자를 언급한 글을 찾았다. '유한의 삶을 넘어 무한 속에서 영혼을 풀어놓고 근원과의 만남을 희구하는 능동적 상태야말로 지고지순한 가치로서 아무나가 갈 수 없는 길이며 일반 중생에게는 피안이다. 이와는 다르게 적잖이 어폐가 있지만 타의에 의한 자유도 있긴 있다. 추방이나 파문 같은 것인데 철저한 소외, 강요당한 고립, 어떠한 것에도 소속할 수 없고 세속과 교류가 단절된 상태를 말한다. 혹독한 형벌의 일종이다. 그러나 피동적으로 당해야 하는 고통 속에서 자유를 체득하게 된다면 능동적 창조에의 빛을 볼 수 있을 것이다. 실제 그 같은 처지에서 자유의 길로 간 사람은 많다. 범신론을 주장한 철학자 스피노자는 유태 교회에서 파문 선고를 받은 후 렌즈 닦는 업으로 입에 풀칠을 하며 고독한 삶을 이어가면서 그의 철학의 체계를 세웠다.'는 글이었다.

이것은 박경리가 원주에서 고립된 생활을 하면서 오직 『토지』 집필에만 열중한 것이나, 네덜란드에서 자신의 철학 체계를 세우기 위해 안경 세공 외에는 어떤 일에도 관여하지 않은 스피노자의 삶과도 닮아있었다. 이로써 연구를 할 수 있는 바탕이 되었다. 『토지』의 핵심 주제와 스피노자의 주요 개념의 상호 침투가 가능한 주제를 하나하나 잡아서 논문을 써나갔다. 주로 작품에서 스피노자의 코나투스의 개념을 어떻게 적용할 것인가. 능동적 공동체가 『토지』에서 핵심 주제인 가족이나 민족, 고향에서 어떻게 드러나는가. 신의 표현의 하나로 드러난 속성으로서의 인물은 어떻게 스스로를 표현하는가 등 '토지학회'에 차근차근 발표해 나갔다. 이 모든 것이 가능했던 것은 '비평숲'에서 다양한 철학 텍스트를 읽어 스피노자 해독이 가능했던 덕분이고 '토지학회'에서 따뜻한 배려로 지속적인 발표를 하게 해주었기 때문이다. 두 단체에 고마움을 표한다.

또 역락출판사 이사와 대표가 흔쾌히 출판을 허락해 주심에 감사드린다. 또 어려운 원고를 읽고 책의 핵심을 짚어준 우찬제 교수와 교정을 맡아 준 김병일과 송명현 님께 더불어 감사드린다.

2023.10.

이덕화

차례

° **제1부**
스피노자의 코나투스, 능동적 공동체, 박경리의 恨, 고향, 민족

° 제2부
유기적 생명체, 능동적 공동체와 가족 그리고 고향

스피노자의 코나투스, 능동적 공동체,
박경리의 恨, 고향, 민족

1. 스피노자와 박경리

1) 왜 스피노자인가

최근 철학계에서 가장 많은 관심을 집중해 온 철학자는 들뢰즈이다. 우리나라에서도 라캉에 이어 들뢰즈에 관한 책이 많이 출판되고 가장 많이 팔리고 있다. 예를 들면 민음사에서 발간된 철학 시리즈 중에서 대부분의 철학자들은 1-2권에 그치는데 비해 들뢰즈와 관련된 책은 7권이나 되었다. 그중에서 들뢰즈의 『스피노자의 철학』은 2판도 13쇄나 찍었다. 들뢰즈의 인기가 스피노자까지 인기 철학가로 끌어올렸다. 또 몇 년 전 들뢰즈 특집 세미나를 기획한 프랑스 철학학회에 참석했을 때의 일이다. 일반적으로 최근 학회는 많이 전문화되고 세분화되어 30-40명 정도 모이는 것이 고작이다. 그런데 그날 학회 참석자가 200명 이상이 되면서 앉을 자리가 부족해 계단마다 또 뒷자리 벽쪽에 붙어 서서 세미나 내용을 경청하는 참석자들을 보고 놀랐었다. 그 정도로 들뢰즈는 철학계를 비롯한 인문학계에서 가장 관심을 끌고 있는 철학자이다.

스피노자의 철학 개념들이 일상어와는 다른 철학적 함의를 가진 개념들이기 때문에 스피노자나 철학적 용어에 익숙하지 않는 독자들은 이해하기 힘들다. 여기서는 들뢰즈를 끌어들여 설명할 것이다. 들뢰즈의 주요한 철학 개념의 대부분은 스피노자의 철학 개념을 좀 쉽게 자신의 용어로 바꾸어 철학 체계를 이루고 있다. 스피노자의 철학 소개는 한정적일 수밖에 없다. 여기서 방대한 스피노자의 철학 체계를 다 소개할 수는 없고, 박경리의 『토지』의 사상과 맞닿아 있는 부분, 즉 직접적 연관이 되는 부분만 소개하려고 한다. 자유의 관점에서 능동적 공동체, 혹은 범신론적인 관점에서의 생명, 생태학적인 관점에서 생명의 존엄성 등이다. 이런 개념들이 스피노자나 박경리 두 사람에게 중요한 개념들이고 그들의 철학과 작품의 주제를 형성하는 개념어들이다. 이런 개념들을 스피노자가 철학적 관점에서 쓴 의미가 박경리의 『토지』에서는 어떻게 문학적으로 형상화되었나를 보려고 한다. 스피노자의 철학을 박경리의 의식의 요체라고 할 수 있는 수필집 『생명의 아픔』을 통하여 확인해봄으로써 스피노자의 철학과 박경리의 삶의 의식이 맞닿아 있는 부분도 확인할 것이다. 스피노자와 박경리는 필자가 보기에 스스로를 유폐시키며 자신들의 철학 세계든 문학 세계든 일가를 이루어 온 사람들이다. 그들의 삶도 비교해 볼 것이다.

들뢰즈의 철학은 스피노자의 철학을 토대로 이루어졌다. 들뢰즈는 또 『스피노자의 철학』, 『스피노자와 표현 문제』 등을 직접 저술함으로써 스피노자를 알리는 데 큰 공을 세웠다. 들뢰즈의 중요한 철학 개념, 일테면 '~되기'라든가 '신체없는 기관', '천개의 고원' 등은 스피노자의 철학 개념을 더 쉽게 들뢰즈 식으로 이론화한 것이다. 여기에서는 위의 것을 다 설명할 수는 없고 단지 '~되기'를 예로 설명하자면 '동물 되기', '식물 되기'의 등의 '~되기'의 개념이 스피노자의 주요 저작 『에티카』에서 나온 변용이라는 개념을 자기 철학으로 만든 개념어이다. 들뢰즈의 '되기'는 모든 신체가 가지고 있는 능동적인 사랑과 욕망, 정동의 능력이 된다. 예를 들면 한강의『채식주의자』시리즈에서 화자의 '나무 되기'와 같은 것이다.『채식주의자』에서 화자가 '나무 되기'를 결심하게 된 것은 아버지와 동네 사람들이 개를 무지막지하게 학대한 다음, 개를 잡아먹던 어릴 때의 기억 때문이다. 몇 십 년이 지나서야 그 기억은 개에 대한 연민과 인간에 대한 혐오로 나타나며 화자는 모든 동물 고기 먹기를 거부하고 '나무 되기'를 간절하게 바란다. '동물 고기'는 자본주의적 이기적 욕망을 부추기기 때문이다. 동물은 타 동물을 잡아먹어야만 살아갈 수 있는데 비해 식물이나 나무는 태양, 물이라는 자연의 순환 과정에서 자연스럽게 자라나는 것이다. 이 작품의 화자가 '나무 되기'나 '식물 되기'를 선택하는 것은 나무나 식물처럼 타자에게 피해를 주지 않는, 작으나마 타자에 대한 배려의 삶을 살겠다는 각오 때문이다.

이 '되기'는 스피노자에게는『윤리학』(1부 정의 5)에서 변용의 개념으로 '다른 것 속에 존재하며, 바로 이 다른 것에 의해 사유되는 것'이라고 정의된다. 양태라는 말로도 대체되는 개념인데 이 양태들도 존재와 본질에서 실체(신을 의미)와 다르지만, 실체의 본질 속에 구성된 것과 같은 속성들 안에서 생산된다.[1] 즉『채식주의자』의 화자의 '식물 되기'는 식물의 속성 중의 하나인 타자의 희생을 강요하지 않고 자연의 순환논리를 따르며 삶을 살겠다는 의지이다. 이것은 화자의 속성 중에 타자에 대한 배려가 식물의 속성 중에 동일하게 존재하고 그것은 실체 즉 신의 속성과 맞닿아 있다는 것이다.

들뢰즈의 중요 저작 중『안티오이디프스』나『천개의 고원』등의 공동 저자인 가타리[2] 역시 스피노자의 관점을 그대로 따르고 있다. 스피노자는 신의

---

1   질 들뢰즈, 박기순 역,『스피노자의 철학』, 민음사, 2018, 132면.
2   펠릭스 가타리,『세 가지 생태학』의 저자이기도 하지만 프랑스 녹색당의 창당 멤버이다.

실체를 자연의 질서나 우주의 질서로 보고 있다. 이 변용으로서 나타난 나무, 인간, 새, 곤충 등은 신의 속성으로 나타난 각 개개의 양태로 표현된다는 것이다. 신의 속성인 변용으로 드러나는 각 사물은 우주의 질서이고 자연의 일부이기 때문에 생명 에너지를 가지고 있다. 그러기 때문에 모든 사물은 소중히 다루어져야 한다는 것이다.

스피노자에 따르면 세계의 모든 것은 자유의지에 의해서가 아니라 우주적 필연성에 따라 일어난다. 이때 우주는 세계이자 자연이다. 세계는 지성에 의해서 미리 생각되는 것이 아니라 필연적으로 존재하는 것이다. 마찬가지로 신 역시 자기 본성의 필연성에 따라 움직인다. 따라서 자연과 다르지 않다. 스피노자의 신은 곧 자연이다. 신은 창조되는 것이 아니라 산출된다. '산출된다'는 것은 처음부터 만들어지는 것이 아니라 의미 있는 무엇으로부터 '생겨난다'는 뜻이다. 즉 산출되는 무엇의 이전 형태가 있었다는 것이다. 신은 인간적인 특질과 전혀 상관없이 자연의 필연성에 따른다. 인간에게 주어진 과제는 자연의 일부로서 그 전체와 조화를 이루면서 자연의 필연성에 따라서 살아야 한다는 것이다.

스피노자의 신은 공포와 두려움을 주는 자유의지의 신이 아니라 만물의 생성과 더불어서만 존재할 수 있는 긍정적이고 필연적인 신이다. 스피노자가 말하는 신은 만물의 생성을 통해서만 말한다는 것이다. 만물을 초월해 명령하고 요구하는 신이 아니라는 것이다. 만물의 생성은 곧 신의 표현 그 자체이다. 사계절의 변화, 비, 눈, 천둥 그리고 모든 피조물의 활동 등이 신의 표현이라는 것이다.

스피노자에게 필연성 그것은 곧 자유이다. 모든 피조물이 가장 자유로울 때는 자신의 본성에 맞춰 살 때이다. 자연의 능력은 바로 신의 능력이다. 신의 능력이란 자연의 필연적 인과법칙의 다름 아니다. 자유를 누리지만 자연의 인과법칙을 따르는 것은 필연적이다. 여기서 능동적 공동체라는 말이 생성된다. 자유와 자연의 필연적 법칙의 개념은 나중 이탈리아 철학자 안토니오 네그리에게 다중(多衆)과 민주주의의 개념의 기초가 된다.[3]

스피노자는 현대 철학의 문을 연 데카르트(1596-1650)처럼 이성의 명령에 따르는 신체라는 자동 기계를 거부하고 정신과 신체를 신의 속성에서 변용된 각기 다른 양태(형상적 모드)로 파악한다. 실체 (신)은 시시각각으로 매 순간마다 동일한 속성들을 통해 자기 자신을 무한한 양태로 표현하는 작용인이다. 신은 사유(정신)와 연장(신체)의 속성을 통해 각각 정신과 신체로 변용된 양태로서 자신을 표현한다. 이에 각기 변용된 정신과 신체는 서로 동등한 존재일 수밖에 없다. 신체의 충동, 정서, 감정이라는 무의식과 의식의 연결망이 인간 행위를 결정짓는다. 정신과 신체는 수레의 두 바퀴처럼 서로 복합체가 되어 자기 역량을 증진시키고 더 나은 인간의 완전성으로 나아가게 한다.

2) 스피노자와 박경리의 영향 관계

스피노자와 박경리는 스피노자의 가장 핵심 철학 개념인 신, 생명, 능동적 공동체, 자유에 대한 의식, 철학가와 소설가라는 거리만큼의 차이는 있지만 거의 같은 방향을 향하고 있다.

---

3   안토니오 네그리(1933-)는 마르크스의 가장 급진적인 학자이자 마지막 후계자로 알려져 있다.(『서울신문』, 2010.10.19.) 네그리의 多衆은 독자적이면서 다른 사람들이 함께 모여 있는 것이다. 자율주의 이론가이자 실천가인 네그리는 정치활동의 이론적 근간을 스피노자로 통해 마련하였다. 이 多衆의 개념이 바로 스피노자의 자유의 개념에서 나왔고, 네그리의 민주주의가 스피노자의 자연의 필연적 인과법칙에 따른다는 의한 개념이다. 스피노자와 관련 책은 『전복적 스피노자』이다. 네그리 하트와 함께 『제국』(2000), 『다중』(2004), 『어셈블리』(2017) 외에 수많은 책을 저술하며 정치에 뛰어든 실천가이다. 스피노자, 마키아벨리즈, 맑스, 들뢰즈 등의 사상을 창조적으로 발전시켰다.

박경리의『토지』를 스피노자와의 연관해서 읽으려는 마음이 든 것은『토지』속에 나온 스피노자가 자주 사용하는 용어 '능동적 공동체'라는 것과 '필연적'이라는 용어였다. 스피노자는 자유와 연관해서 필연적이라는 용어를 사용했다.

스피노자는『신학정치론』에서 성서를 해석하며 더 좋은 삶이란 선을 따르는 삶이 아니라 이성적 인식을 통한 능동적 삶에 있다고 했다. 구약성서에 나타나는 아담 신화에서는 선악이 제거된 철저히 자연적인 입장에서 개진된 신의 영원하고 필연적인 법칙을 통해서 해석하고자 했다. 신을 자연으로 등치시키는 스피노자는 자연의 법칙을 이해하지 못하는 자에게 그 필연의 법칙은 금세 도덕적인 법칙으로 전환되는 게 현실이라고 했다.

민주정치에 의해서 만들어내는 능동적 공동체가 어떠해야 하느냐를『에티카』를 통해서 공통개념의 형성과 자유인의 길을 보여주고 있다. 능동의 조건이자 이성의 조건은 홀로 선 개인이나 고독한 개인이 아니라 함께 기쁨을 위해 만남을 조정하는 삶에 있다는 것, 자유 그것은 필연적인 관계 속에서만 형성되는 공동체에서만 피어나는 아름다운 열매라는 것이다.

박경리의 작품 세계에서『토지』전까지의 단편과 장편에서는 전체적으로 타자에 대한 존중 의식, 자기 존엄성 등이 작품의 주제로 구현되어 있다. 『토지』에 와서는 작품 인물 개개인이 자신의 한을 풀어나가는 과정이 자기 존엄을 찾기 위한 길, 자신을 보존하기 위한 힘, 스피노자의 코나투스, 자신의 생명을 보존하는 길로 제시되고 있다. 서희의 예를 들면, 조준구에게 재산을 빼앗기고 간도로 쫓겨가서 친일도 마다하고 악착같이 재산을 모은 것도 조준구에 대한 한을 갚고 민족을 되찾기 위한 독립을 위한 길이다. 그것은 바로 서희의 코나투스, 생명성을 회복하기 위한 길이다.

원하든 원치 않든, 적극적이든 소극적이든 최서희는 계속 일(독립운동)에 관련되어 왔었고 어려울 때 큰 몫을 해온 것은 사실이다. 정미년, 일군에 의해 이 나라 군대의 해산이 있었고 찬령 박성환이 자결했으며 해산을 거부한 마지막 저항이 있었던 그 해, 평사리에서는 윤보 목수가 이끄는 마을 장정들이 최참판댁을 습격했었다. 나이 어린 여주인 최서희를 밀어내고 깡그리 횡령하여 당주로 군림하던 친일파 조준구를 응징하기 위하여, 군자금과 군량미를 실어내기 위하여, 그 시작에서부터 자의든 타의든 서희가 맥을 이어온 사람들의 방패 역할을 해왔던 것도 사실이다. <u>운명적인 것</u>이라 해도 좋을 것이지만 그것도 <u>필연적인 것</u>이기도 했다.[4]

작가는 서희가 민족의 독립을 돕는 일이 운명적이면서 필연적이기까지 하다고 한다. 작가는 서희를 처음부터 독립운동에 깊이 연루시키는 의도로 작품을 구성했다는 것을 알 수 있다. 자산가인 최참판댁의 운명이 알게 모르게 민족을 위한 독립을 위한 자금을 도울 수밖에 없게 운명지어졌고, 그것은 또 민족을 위해 꼭 해야 하는 필연적이라는 것이다. 서희가 길상과 결혼 후 만주에서 진주로 내려 올 때도 길상은 독립운동을 위해 떠나는 것은 필연적이라는 용어를 사용했다. 이 필연적이라는 용어는 위의 똑같은 개념으로 스피노자가 사용한 용어였다.

길상은 만주에 남아 독립운동을 하고 결국 계명회 사건의 주동인물로 서울에 송치되어 감옥살이까지 한다. 윤씨 부인이 절에 갔을 때 김개주에게 강간당해 낳은 아들 김환 역시 독립운동의 중심인물이었다. 길상이 독립운동을 하고 있는 동안에 서희는 독립운동으로 가족을 돌보지 못하는 이들의

---

4   박경리, 『토지』 4부 1권, 마로니에북스, 2012, 142-143면.

가족을 장연학을 시켜서 일일이 돕는 역할을 했다.

작가는 그 당시 일본제국주의 하에서 우리 민족 개개인이 해야 할 일은 민족 독립을 위해 노력해야 하는 필연성을 가진 것이라 생각했다. 일본제국주의 왜병과 손잡은 조준구에 의해서 서희가 최참판댁 재산을 탈취당하고, 더불어 평사리 소작농도 땅을 빼앗기고 도로 회복하려다 왜병들에게 쫓겨 제나라를 두고 떠나야만 하는 처참한 삶 속에서 민족 한명 한명의 삶이 보존되고 개인의 존엄성을 확보하기 위해서는 민족 공동체인 국가를 회복하는 것이 필연적이다.

> 아비 도요새, 어미 도요새, 아아 별당 아씨, 그 여자 도요새와 더불어 만경창파 구만리 장천을 나는 것을 꿈꾸며 진달래 빛 눈보라, 진달래 빛 빗속에서의 처절한 통곡을 거치며 그의 절망적 정열은 그의 불행과 행복과는 상관없이 생동하는 생명의 지속이었던 것이다. 때 묻지 않았던 산 사나이 강쇠가 김환에 뜨거운 애정을 갖는 것은 슬픔이 빚는 진실, 슬픔이 포용한 크나 큰 사랑 때문일 것이며, 마음속 깊은 곳에 김환이 살아있는 것도 너와 내가 아닌 우리의 채울 수 없는 공통의 소망의 목마름 때문일 것이며, (…중략…)[5]

위의 인용문에서 어머니로부터 버림받고 어머니 집 종살이를 하는 구천이 (김환)가 한으로 매일 밤, 집 뒤 지리산 기슭으로 올라가 뱉어내던 처절한 통곡도 별당 아씨와의 사랑의 도피도 행·불행을 떠나, 살기 위한 몸부림의 하나였다는 것이다. 청춘의 혈기, 생동하는 생명력으로 인한 것이라는 것이다. 스피노자에 의하면 한 인간이 자유로운 영혼을 위해서 생명성을 확대할

---

5   박경리, 『토지』 4부 2권, 마로니에북스, 2012, 46면.

때도 필연적인 관계 속에서라는 말을 하는 것은 바로 위 인용문에서 밑줄친 부분 '너와 내가 아닌 우리의 공통된 목마름'을 위할 때라고 했다. 자기자신의 자유가 자신만의 자유가 아닌 필연적일 때 자신의 본성은 바로 자연과 합치된다. 즉 스피노자가 이야기하는 자연의 질서, 우주의 질서에 맞는자유가 바로 필연성, 즉 위의 '공통된 목마름'과 같은 것이다.

박경리는 『생명의 아픔』에 스피노자가 주로 사용하는 개념어, 자유, 유기적 생명체, 능동적 공동체, 절대성, 능동성 등을 많이 사용하고 있다. 또 이런개념들이 스피노자의 철학 용어와 거의 비슷한 의미로 사용되고 있다. 또자연, 생명, 신 등에 대한 의식이 스피노자와 거의 비슷하다. 박경리는 스피노자를 읽고 스피노자의 사상을 자기화하지 않았나 하는 생각이 든다.

박경리가 스피노자를 가장 먼저 거론한 것은 1981년도 지식산업사 전집으로 구성된 16집 『Q씨에게』 안에 있는 글이었다. 이 책은 'Q씨에게' 보내는글처럼 박경리의 일상에서 일어나는 생각을 단상으로 쓴 글이라 1981년도발간이 되었다고 해도 이미 그 이전에 쓴 글이 대부분인 글이다. 『토지』2부 출간 이후 출간된 책이지만 그 이전에 쓴 글이라 생각하면 된다. 그렇다면 스피노자를 거론하고 있는 「자유 1」로 유추해보건대 『토지』를 시작하기전에 이미 스피노자를 읽었다고 생각할 수도 있다.

철학자 스피노자가 유태교로부터 파문당하여 일생을 안경알 닦는 직업으로 호구지책을 삼으며 그의 철학의 체계를 세운 이야기며 그것은모두 완전한 자유를 준 형벌이 아니겠습니까. 부모도 형제도 벗도 등을돌리는 아무에게도 복종할 의무가 없으며 어떤 일에도 유대를 갖지 않는오로지 그 혼자 서야만 하는 형벌, 그 형벌이 얼마나 가혹했던가를. 갈망하는 자유가 완전한 자유로 되었을 적에 그 순간부터 자유는 형벌로 둔갑

한다는 사실, 여기에 자유가 지니는 함정이 있는 것 같습니다.[6]

이 부분에 대해서는 박경리가 스피노자를 자신의 삶과 비교, 조금 오해를 한 부분이 있는 것 같다. 스피노자는 유태교로부터 파문을 당했지만, 전적으로 그 삶은 자신이 선택한 삶이다. 우선 그 당시 네덜란드의 사회적 분위기는 자유스러웠으며 유태교로부터 파문당해도 다른 종교학자, 철학자, 정치가들과의 교류가 가능했다. 라이프니치의 교류도 있었고, 또 하이델베르크 대학의 교수로 임용 제의가 올 정도로 스피노자의 학문은 이미 학자들 간에 알려져 있을 정도이다. 또 스피노자를 돕겠다는 독지가가 생활비를 보내주겠다는 것도 최소한의 경비만 받고 거절했다. 스피노자가 자신의 철학의 체계를 세우기 위해 최소한의 사교만 했을 뿐이지 박경리가 위의 인용문처럼 그렇게 부자유스러운 것은 아니었다. 그러나 박경리는 원주에서 『토지』를 집필하는 25년 동안 원주 시내를 한 번도 외출하지 않을 정도로 작업에만 열중했다. 그러니 자유가 주는 형벌이라고 할 수 있다.

박경리 역시 원주에서의 집필 시간 내내 친구나 고향 사람들과의 교류도 없었다. 박경리는 통영 고향에서 파문 아닌 야반도주할 정도로 고향에서의 어떤 불미한 사건으로 고향을 도망치다시피 서울로 온 것이다. 그 충격으로 30년 동안 통영에 발을 끊었었다. 그것은 타인에게 떠밀린 것이니 박경리에게 형벌일 수 있다. 스피노자는 철학도 자신이 선택했고 자신이 사죄만 하면 파문을 막을 수 있었지만 스스로 택한 철학에 철저하기 위해 거절한 것이다. 형벌일 수 없고 기쁨의 코나투스로 능동적인 삶을 이끌 수 있었다.

6 　박경리, 「자유 1」, 『Q씨에게』(박경리 문학전집 16), 지식산업사, 1981, 41면.

박경리가 스피노자의 삶을 닮고자 했던 기록은 「불모의 시기」에 제시되어 있다.

유한의 삶을 넘어 무한 속에서 영혼을 풀어놓고 근원과의 만남을 희구하는 능동적 상태야말로 지고지순한 가치로서 아무나 갈 수 없는 길이며 일반 중생에게는 피안이다. 이와는 다르게 적잖이 어폐가 있지만 타의에 의한 자유도 있긴 있다. 추방이나 파문 같은 것인데 철저한 소외, 강요당한 고립, 어떠한 것에도 소속할 수 없고 세속과 교류가 단절된 상태를 말한다. 혹독한 형벌의 일종이다. 그러나 피동적으로 당해야 하는 고통 속에서 자유를 체득하게 된다면 능동적 창조에의 빛을 볼 수 있을 것이다. 실제 그 같은 처지에서 자유의 길로 간 사람은 많다. 범신론을 주장한 철학자 스피노자는 유태 교회에서 파문 선고를 받은 후 렌즈 닦는 업으로 입에 풀칠을 하며 고독한 삶을 이어가면서 그의 철학의 체계를 세웠고 (…중략…)[7]

위의 인용문을 통해서 보면 박경리는 '무한 속에서 영혼을 풀어 놓고 근원과의 만남을 희구하는 능동적 상태'를 지고지순한 가치로 본다. 중생이 갈 수 없는 피안의 길이라는 것이다. 그것은 세속의 교류와 단절된 상태에서나 가능한 길이지만, 부자유 속에서 자유를 체득하고 능동적 창조에의 빛을 찾을 수 있다는 것이다. 그 대표적인 예로 스피노자를 들고 있다. 또 이어서 사마천, 도스토옙스키, 프루스트, 정약용, 윤선도를 예로 들고 있다. 박경리의 원주에서 고립된 삶이 의도된 삶이었음을 보여준다. 스피노자와 같은 그런 희구의 삶에 의해서 스스로 단절된 고립 속에서 『토지』라는 결과물을 창출

---

7   박경리, 「불모의 시기」, 『가설을 위한 망상』, 나남, 2007, 37-38면.

했다.

박경리가 스피노자의 어떤 책을 읽었는지는 찾을 수 없었다. 단지 『토지』에서 발견되는 스피노자가 자주 사용하는 용어나 영향을 받은 듯한 범신론적 세계관 등으로 스피노자 그림자를 엿볼 수 있다.

단지 『토지』 후반부에 니체의 '권력 의지'나 '초인'에 관해 한 페이지 가량 언급하고 있다. 니체에 대한 이해가 그렇게 깊지 않다. 박경리에 대한 철학적 바탕을 알기 위해서 조금 인용해보기로 하겠다.

"권력의지의 화신인 초인은 한계가 없는 강도다."

"누워서 별 생각을 다 하는군."

"절대권력 절대도덕 그게 강도가 아니고 뭐겠나. 니체는 기독교를 대신하여 초인이 세상을 지배하고 민중은 복종한다 했지만 도덕으로? 수천 년이 지나도 윤리 도덕으로 나가서 종교도 인간을 통일하지 못했어. 방편으로야 물론 쓰였지. 그러나 그것을 전부를 부정하는 것도 아니야."

"그 윤리 도덕은 완전했을까?"

"하면은 초인이 만들어 낼 것은 완전할까?"

"그렇군요. 그렇지는 못할 겁니다."

(…중략…)

"내 얘기가 그거야. 초인은 어떤 도덕을 만들어낼 것인가. 말할 것도 없지. 권력의지에 걸맞은 것을 만들어낼 것이다. 그리고 어느 기간 실효를 거둘 수 있을 것이다. 실효를 거두지 못하면 초인이 아니니까, 그러고 그들은 말하겠지. 피안에는 낙원이 있다 하고 말이야. 도륙도 압제도 침략도 미래의 낙원 때문에 모두 합법적, 제에길! 권력 잡은 놈치고 그 말 안하고 그 짓 안 한 놈이 어디 있어? 목마른 군졸에게 살구의 환상이라도

심어주어야 진군을 하든 퇴각을 하든 할 게 아닌가 말이다. 기만이야. 초인? 초인사상? 동굴 속의 아홉 개 대가리 붙은 용을 믿는 편이 낫지. 초인이 불사신인가? 기껏해야 칠팔십의 생애. 혼자 누리고 가는 거지 낙원이 어디 있어? 한 자락의 땅을 갈고 나무 찍어서 오두막 한 채 짓는 것보다 확실성이 없는,"[8]

'초인'은 니체의 『차라투스트라는 이렇게 말했다』에서 나오는 용어로 원래 독일어로 위버멘쉬(übermensch)이다. 기존의 환경을 지배하는 삶의 의지에 적대적이고 나약함을 긍정하도록 하는 도덕적 계율을 벗어나 자신의 정신을 자유롭게 활용하는 인간인 동시에 그 초인적 사상을 대중에게 알리는 인물이다. 위의 인용문은 『토지』의 인물 중 독립운동을 하는 인실을 짝사랑하며 아나키스트로 살아가는 일본인 오가타와 친구 무라카미의 대화 중의 무라카미의 이야기이다. 일본인의 화자에 의해서 이루어진 대화 중에 나온 말이라는 전제를 깔고 보아야 할 것이다.

그 당시의 일본제국주의 정치 상황 역시 독일의 파시즘적 분위기에 어느 정도 경도되어 있었다. 독일 파시즘은 니체의 초인사상을 이용, 20세기의 대량 학살에 관계했다. 이에 대한 일본제국주의의 비판을 우회적으로 니체의 '초인'이나 '권력 의지'를 통해서 제시하고 있다고 생각할 수 있다.

위의 인용문을 보면 박경리의 니체의 초인사상에 대한 이해는 범박하고 상식 수준에 머물러 있다. 박경리는 니체를 읽던 그 당시의 흐름이 니체의 초인사상이나 권력 의지 등을 히틀러의 파시즘과 연관시켜 읽었던 경향에 많이 경도되어 있음을 보여준다. 실제 니체의 초인사상은 히틀러의 파시즘에 많이 이용되어 왔다.

---

8   박경리, 『토지』 4부 3권, 마로니에북스, 2012, 482면.

위의 짧은 인용문으로 박경리의 철학적 수준을 판단하기는 궁색하지만, 박경리가 니체의 '권력 의지'나 '초인사상'을 너무 좁은 의미에서 주관적으로 해석하고 있음을 알 수 있다. 니체의 권력 의지는 스피노자의 코나투스와 같은 개념으로 살아가기 위한 자기 보존 욕망이다. 그러나 박경리가 이해한 '권력 의지'는 정치적 욕망이나 권력을 얻기 위한 욕망으로 해석되고 있다. '초인사상' 역시 현실을 초월한 슈퍼맨처럼 절대권력을 가진 자로 잘못 오해하고 있다. 오히려 니체의 초인은 신에 대한 의지보다는 생을 향한 의지, 자신의 힘에의 의지를 통해 생을 긍정하고 생을 고양시키는 의지를 가지고 살아가는 인물이다. 스피노자의 코나투스(삶의 의지)를 최대한 활용한 인간을 지칭하는 것이다.

니체는 스피노자의 철학에 많은 영향을 받았다.[9] 니체의 영원회귀는 스피노자의 '필연적인 것을 수용하고 그 필연성을 따름으로써 자유를 누린다'[10]는 의식에서 연유된 개념이다. 즉 변경할 수 없는 운명의 아름다움을 적극적으로 끌어안고 운명을 사랑하는 것이다.

니체는 스피노자 철학에서 영원회귀의 영감을 얻는 체험을 하게 된다. 질병과 고통의 끊임없는 되풀이 속에서 그 순환을 필연으로 인식함으로써 자유를 느끼고 삶의 의욕을 일으키는 것이야말로 운명을 사랑하는 것으로 인식하게 된다.

결벽증을 가질 만큼 철저한 자기 관리를 하는 박경리인 만큼 파시즘과 연계된 니체를 선뜻 용납하기 어려웠을 것이다. 그러나 스피노자는 하이델베

9　니체가 스피노자에 의한 영향은 다양하게 해석되고 있다. 니체의 권력 의지가 스피노자의 코나투스라는 개념에서 유래되었다는 것부터 다양하다. 니체가 삶을 긍정하고 능동적으로 되라고 하는 것은 스피노자의 철학 토대와 거의 맞닿아 있다. 이것이 영원회귀 사상과 연결된다.

10　고명섭, 『니체 극장』, 김영사, 2012, 300-301면.

르크 대학에서 교수 자리마저 거부할 정도로 자기 관리에 깔끔한 스피노자의 삶과 철학은 편견 없이 받아들였을 것이다. 더군다나 스피노자의 철학은 『토지』의 주제 의식의 한 부분을 차지하는 동학사상과 많이 닮아있다. 동학사상의 핵심어인 시천주(侍天主)는 안으로 신령이 있고 밖으로 기화(氣化)[11]작용이 있다는 것은 우주 본질인 생명을 본체와 작용, 내재와 초월로 보고 있음을 알 수 있다. 이것은 스피노자의 '자기 원인'이자 만물의 원인인 하늘은 만물의 본질로서 내재하는 동시에 만물화생의 근본원리로 작용함으로써 하늘과 분리될 수 없다는 스피노자의 사상과 일치한다. 동양 철학의 기본이 되는 氣는 스피노자의 코나투스와 동궤에 있다.

박경리는 『생명의 아픔』에 스피노자가 주로 사용하는 개념어, 자유, 유기적 생명체, 능동적 공동체, 절대성, 능동성 등을 많이 사용하고 있다. 또 이런 개념들이 스피노자의 철학 용어와 거의 비슷한 의미로 사용되고 있다. 자연, 생명, 신 등에 대한 의식이 스피노자와 거의 비슷하다. 스피노자의 『에티카』의 핵심 개념인 '능동적 공동체'라는 개념이 『토지』의 후반부에 나온다.

스피노자를 통해서 박경리를 읽어 보아야겠다는 생각을 하기 시작한 것도 박경리의 『토지』 3부 13권에서 스피노자의 철학의 중요 개념인 '능동적 공동체'라는 단어를 발견한 이후였다.

"그렇지요. 생명. 모든 생명은 존재하고 운동하는 한에 있어서 의지가 있다 할 수 있겠지요. 풀잎 하나에도."

---

11 불교나 동학사상에서 이야기하는 기혈(氣血), 신선한 피는 몸의 상태를 원활하게 하기 위해서 필요한 것이다. 사람은 氣 안에 있고 氣는 사람 안에 있다는 것은 사람은 氣에 의해 태어나고 기에 의해 죽는다고 말할 수 있을 정도로 氣를 중요시하는 동양 사상의 의식을 엿볼 수 있다. 스피노자식으로 말하면 코나투스, 즉 자신을 보존하기 위한 에너지이다. 신체에 느껴지는 에너지에 의해 생명과 의식이 지배받는다는 의미이다.

"그렇다면 역사는 독자적인 것이 아니라면 지배하는 건가?"

"능동적인 공동체다. 저는 그런 생각을 합니다."[12]

위의 인용문을 스피노자식으로 해석하자면 모든 생명은 자신을 유지하기 위한 정념, 코나투스를 가지고 있다는 것이다. 그리고 역사는 독자적인 개인의 역사가 아니고 대중의 합의에 의해서 지배되는 능동적인 삶의 역사라는 것이다. 스피노자에 의하면 능동적 공동체는 홀로 선 개인이니 고독한 개인의 자유를 위한 삶이 아니라, 함께 기쁨을 위해 만남을 조정하고 합의를 이루어나가는 삶 속에서 피어난다고 했다. 이런 공동체가 결국 민주주의의 씨앗이 된다는 것이다. 생명의 의지인 코나투스, 능동적 공동체 등의 개념이 스피노자의 철학의 핵심 부분이다.

3) 『생명의 아픔』 속의 스피노자의 그림자

박경리의 수필집 『생명의 아픔』 특히 첫 번째 장 「무한 유전의 생명」에서는 마치 스피노자의 철학을 박경리식으로 해석한 글 같다. 그중에서 유독 '능동'이라는 단어가 많이 언급되고 있다. 물론 다른 장에서도 전반적으로 능동이라는 단어를 유난히 많이 쓰고 또 기쁨의 코나투스와 슬픔의 코나투스를 나누는 능동과 수동의 욕망에 대해서도 구체적으로 논하고 있다. 이 장외에도 전반적으로 박경리의 신에 대한 의식 즉 샤머니즘 범신론적 관점, 살아 있는 유기체적 생명에 대해 스피노자의 철학 사상과 맞닿아 있는 부분을 선택해 논하려고 한다. 이것은 또 박경리 『토지』의 주제 의식이기도 하다.

12　박경리, 『토지』 4부 1권, 마로니에북스, 2012, 386면.

박경리가 이 장에서 사용한 능동은 스피노자의 '코나투스'라는 단어를 옮겨놓으면 그대로 읽힐 수 있는 문맥이다. 예를 보자.

> 자연과 환경은 다 같이 생사유전(生死流轉)하는 생명체가 삶의 실체를 인식하는 것입니다. 어떠한 미물, 풀 한 포기라도 생명은 능동적인 것이며 삶은 능동적인 것의 표현입니다.[13]

> 생명은 모두 능동적으로 움직이는 것으로서 그것을 영성이라 하여도 무방할 것이며 그 영성으로 하여금 감정을 나타내게 한 것이 아닐까. 하면 그들은 슬퍼하기도 할 것이다. 기뻐할 수 있다면 슬퍼하지 않을 리가 없다.[14]

두 인용문을 연결해서 읽는다면, 위의 인용문에서 '생사 유전하는 생명체'가 스피노자에 의하면 바로 신이다. 살아있는 생명은 모두 자신의 삶을 유지하기 위한 욕망 즉 '코나투스'를 가지고 있고 그 '표현이 바로 신의 삶 자체'[15]라는 것이다. 신의 표현이 만물의 생산으로 나타난다는 것이다. 그런 의미에서 신 자체도 생명체라고 할 수 있다. 각 개체의 능동적인 움직임은 코나투스를 표현하려는 삶 자체이고 그것을 박경리는 영성과 연결시키고 있다. 박경리는 이 책에서 능동을 스피노자의 코나투스 개념으로 사용하면서 자본주의적 욕망과 구분하려는 의도로 '능동'을 사용하고 있다. 이것이 바로 니체의 '권력 의지'에 해당된다.

---

13 박경리, 『생명의 아픔』, 이룸, 2004, 162면.
14 박경리, 『생명의 아픔』, 이룸, 2004, 11면.
15 이수영, 『에티카, 자유와 긍정의 철학』, 오월의봄, 2013, 130면.

소위 <u>능동적</u>으로, 그러나 그것은 욕망을 위한 <u>능동</u>이다. 욕망은 물질 숭배와 결부되어 있기 때문에 결국에는 타성을 면키 어렵다. 우리가 오늘 이 어려움, 이 함정에서 벗어나기 위해서는 진실에 대해 <u>능동적으로</u> 나가는 것 이외에 달리 방도가 없지 않을까 싶다.[16]

위의 인용문에서 보여주는 것처럼 능동을 자본주의의 물질 숭배나 동물적인 충동과 차별해서 사용하고 있다. 박경리가 여기에서 '진실에 대해 능동적'이라 한 것은 스피노자에 의하면 그 욕망이 자신의 본성의 유일한 필연성에 의해서 촉구되고 행위하도록 결정되는 것을 의미한다. 타인이나 외부의 요인에 의해서 움직이는 욕망이 아니라는 것이다. 스피노자는 자신의 코나투스가 적합한 관념들에 의해서 결정될 때 자유롭고, 적합 관념들로부터 자신의 고유한 본질을 설명하는 능동적인 감정들이 나온다고 했다.[17] 여기서 적합 관념은 우리의 이해 능력에 의해서 설명되는 공통개념이다. 즉 이성을 바탕으로 객관성과 보편타당한 합리성을 갖춘 개념이다.

윤리학은 인간의 능동성을 위한 방법이자 요청으로 자리 잡을 수밖에 없다고 스피노자는 역설한다. 적합한 관념이 많아질수록 자연의 일부라는 유한한 조건 속에서 능동의 존재가 된다는 것이다. 적합한 관념의 획득은 결코 신체를 배제한 인식일 수 없다는 것이다. 즉 코나투스는 기쁨이나 슬픔이라는 촉발장치를 필요로 한다는 것이다. 좋은 것과 우리의 신체가 합성했을 때 능동적 코나투스, 생명력이 크게 확장되고 나쁜 것과 결합했을 때는 생명력이 감소된다는 것이다. 코나투스를 통한 노력은 존재 지속을 위한 노력이며 모든 사물의 현실적 본질이라는 것이다(『에티카』 3부 정리 7). 코나투스적

---

16   박경리, 『생명의 아픔』, 이룸, 2004, 162면.
17   질 들뢰즈, 박기순 역, 『스피노자의 철학』, 민음사, 2018, 128면.

본질에 따라 기쁨을 지속시키려는 욕망과 감속시키려는 슬픔으로 나뉜다고 했다. 이에 대한 인식 또한 박경리에게도 있었다.

총체적인 능동성이란 생명의 작업에 의한 것이 아닐까 하는 생각은 든다. 빛이 투사되면 반사되는 관계. 빛이 없으면 투사·반사는 다 같이 불가능해진다. 그러니까 능동적인 힘을 주는 것은 능동적인 생명의 역할로 볼 수 있다. 문제는 능동적인 존재를 피동적으로 변화하게 하는 상황으로 몰고 간다는 그것이다. 피동적인 것은 반 생명이며, 물질적인 것이며, 창조적 능력이 없는 것이며 종(種)의 소멸을 가져오는 요인이다. 저 북쪽 내 겨레의 반쪽이 지금 굶주림을 겪고 있다. 그것이야말로 그 자체의 참혹함이다.[18]

스피노자는 코나투스가 기쁨과 슬픔이라는 촉발 장치에 의해서 신체에 가해지면 정념에 의해서 생명력을 확장 혹은 수축되는 기분을 느낀다고 했다. 위의 박경리의 인용문의 '능동적인 생명'의 역할이 바로 생명력을 확장되는 정념을 말하는 것이다. 슬픔의 정념에 휩싸이면 피동적인 존재로 반 생명이고 물질적이라고 했다. 스피노자는 슬픔의 정념에 싸이면 의욕을 느끼지 못하는 삶으로 박경리가 위의 글에서 지적한 '반 생명'이고 '물질적'인 것이라는 것은 이미 생명체가 아니라는 것이다. 인권을 유린당하고 생존이 위협받는 북한 인민의 참혹상을 예로 들고 있다.

여기서 스피노자에 의하면 코나투스가 작용해서 신체의 촉발장치로 가해지면 그 효과로 기쁨 혹은 슬픔이 일어나며 생명력의 확장 혹은 수축으로 진행된다고 했다. 박경리는 코나투스가 신체와의 결합에서 어떤 효과가 나타

---

18   박경리, 『생명의 아픔』, 이룸, 2004, 11면.

나는지는 아직 인식못하고 그것을 통틀어서 '생명력'이라는 말로 대치하고
있다.

스피노자의 신의 관점을 박경리가 우리나라의 무속의 관점에서 받아들이
고 있는 글을 보자. 이 부분의 스피노자의 신에 대한 철학과 박경리의『토지』
의 주제 의식이기도 한 생명의식과 맞닿아 있다.

오랜 옛적부터 우리 본래의 사상, 더 깊이 근원을 찾아가면 샤머니즘
의 생명 공경의 사상에서 비롯된, 잠재적인 것이 아니었을까.[19]

지금은 무속이라는 형식만 남아있고 원시종교다 미신이다 하는 말을
듣지만 나는 생명주의라고 감히 말합니다. 생물에는 모두 영성이 있다고
믿은 그때의 사람들은 천 년 오백 년을 살아 온 나무의 영성을 위대하다
고 생각했으며 그와의 교신을 소망했습니다.[20]

박경리는 샤머니즘에 대해 생명을 가진 개체가 다른 생명체와 교섭을 통
하여 무한하게 뻗어나가는 공간 확대와 시간 확대가 이루어지는 영성(靈性)을
강조한다. 스피노자의 해석대로 따르자면, 신은 자신이 본질을 구성하는 이
동일한 속성들 속에서 사물을 생산한다는 것이다. 스피노자에 의하면 신은
사물들의 실존의 작용인일 뿐 아니라 사물들의 본질의 작용인이기도 하다.
그러므로 모든 사물의 원인은 바로 신이라는 것이다. 신은 자신이 존재하는
방식대로 사물을 생산한다.[21] 신의 속성의 하나로 드러나는 코나투스 생명
욕구가 바로 그것이다. 이것은 우주만상이 다 같이 가지고 있다는 것이다.

---

19   박경리,『생명의 아픔』, 이룸, 2004, 14면.
20   박경리,『생명의 아픔』, 이룸, 2004, 132면.
21   질 들뢰즈, 박기순 역,『스피노자의 철학』, 민음사, 2018, 87면.

박경리는 이어서 생물이 생존하는 것은 순리일 뿐만 아니라 지구 자체가 거대한 생명체로서 모든 생물, 생명과 불가분의 관계에 있다는 것이다. 결국 모든 생명은 신이 형상적으로 실존하는대로 혹은 표상적으로 자신을 이해하는 대로 생산한다.[22] 모든 생명은 신을 작용인으로 신적 존재의 양태들로서 내재성을 가진다. 즉 사물은 신적 존재의 본성을 구성하는 속성들과 동일한 속성을 가진다.

각 개체의 사물은 신성한 자연의 법칙 혹은 우주의 질서에 의해서 움직인다는 것이다. 스피노자는 신적인 본성의 필연성에서 무한히 많은 것이 무한히 많은 방식으로 생겨나고, 그렇게 생겨난 모든 것들은 신성한 자연의 법칙에 의해서 움직인다고 했다. 신 안에는 우연적인 것은 없으며 모든 것은 일정한 방식으로 존재하고 작용하도록 신적인 본성의 필연성으로부터 결정되어 있다고 했다.[23] 즉 이 자연 속에 우연은 없다. 이 세계는 필연의 질서라는 것이다.

> 생물이 생존하는 것은 순리일 뿐 아니라 지구 자체가 거대한 생명체로 모든 생물, 생명과 불가분의 관계가 있기 때문이다. 보다 절실하게 말한다면 지구와 모든 생명은 공동체이며 같은 운명이다. (…중략…) 물이, 공기가, 생물이 없다면 존재할 수 없고 억조창생 일체가 그 생존의 조건이 같으며 능동적으로 대처하는 기능도 같아서 일사불란하게 순환해 왔던 것이다.[24]

위의 인용문에서 제시하고 있는 '운명 공동체', '능동', '일사불란한 순환'

22   질 들뢰즈, 현영종·권순모 역, 『스피노자와 표현 문제』, 그린비, 2019, 218면.
23   B.스피노자, 황태연 역, 『에티카』 1부, 정리 20, 비홍, 2011.
24   박경리, 『생명의 아픔』, 이룸, 2004, 12면.

같은 개념은 스피노자가 신이라고 하는 자연, 즉 영원하고 무한한 존재는 지구의 모든 존재 생명과 동일한 필연성을 가진다는 의미와 같은 것이다. 또 스피노자는 이 자연 속에 우연은 없고 이 세계는 필연의 질서라는 것이다. 전체 자연에서 인간은 아직 작은 부분에 지나지 않는다. 오직 전체 자연의 필연성에 의해서 모든 개체는 존재하고 작용하도록 일정한 방식으로 결정된다는 것이다.[25]

박경리는 작품을 쓰기 시작한 초기 작품에서부터 개인의 존엄성을 강조해 왔다. 동시에 인간만을 중시하는 인본주의나 자본주의의 물질 숭배 사상에 의해서 마구 개발되는 환경과 파괴되는 자연에 대해서도 안타까워했다. 이것은 위에서 지적한대로 사물 하나하나에도 신이 가지고 있는 내재성을 가지고 있기 때문이다. 이것은 신과 마찬가지로 소중한 존재라는 것이다. 신의 속성인 변용으로 드러나는 각 사물은 우주의 질서이고 자연의 일부이기 때문에 생명 에너지를 가지고 있다. 그러기 때문에 모든 사물은 소중히 다루어져야 한다는 스피노자의 철학과 맞닿아 있다.

---

25 B.스피노자, 강영계 역, 『신학정치론』 서광사, 2017, 338면.

2. 박경리와 스피노자의 삶

1) 박경리와 스피노자의 삶

　박경리와 스피노자의 삶은 자신들의 신체와 의식이 자신들의 존재 속에 계속 머무르려는 욕망 즉 코나투스에 의한 능동적인 결과물이다. 그럼으로써 그들을 일의성으로 아우르는 보다 우월한 존재로 표현될 수 있다. 자신에게 적합하지 않은 대상, 주위 인물이든 일이든 그런 것들은 자신의 존엄성을 파괴하고 자신을 분해한다. 즉 자신의 존재 양식과 양립할 수 없는 관계로 들어가게 한다. 스피노자가 하이델베르크 대학에서의 교수 자리를 받아들이지 않은 것이라든가, 박경리가 스스로를 유폐시키기 위해 자신의 활동 영역인 서울을 떠나서 원주에 정착한 것도 같은 맥락에서 해석할 수 있을 것이다. 스피노자가 자신의 철학 연구를 위한 만남을 조직하고 집필을 계속한 것이라든가, 박경리가 원주에서 밭을 일구며 자연과의 일치된 삶을 지향하는 것은 자신의 본성과 통일을 이루며, 결합 가능한 관계들을 증가시키고 그것을 통해 자신의 상상력을 키워나가는 훌륭한 삶을 이룬 것과 같은 맥락이다.[26]

　들뢰즈는 스피노자의 삶이 겸손, 검소, 순수로 아주 풍부하고 넘쳐흐르는 삶, 능력으로 충만한 삶의 결과가 되어 사유를 정복하고 다른 모든 본능을 자신에게 종속시키는 삶을 살았다고 했다. 이것은 자신의 신체를 지나치게 사치스러우며 육감적인 원인으로 만드는 것이 아니라 자신의 몸을 신전으로 만드는 방식이라고 했다.[27]

박경리의 삶이나 스피노자의 삶의 경로를 구체적으로 알아보자. 독자들이 그들의 삶의 구체적인 경로를 알지 못함으로써 오는 오해를 방지하기 위한 것이다.

박경리의 초기 작품은 대체로 자신의 체험을 작품화한 것이다. 그래서 초기에는 가끔 사소설 작가로 불리기도 했을 정도이다. 초기의 작품, 「전도(轉倒)」, 「불신시대」, 「암흑시대」 등을 통해 나타나는 사회에 대한 불신은 개인적 체험에 의한 사회인식이었다. 전쟁 후의 황폐한 사회는 전쟁 중 남편의 행방불명, 전쟁 후 아들의 죽음 등으로 인해 더 혹독하게 작가에게 인식된다. 『시장과 전장』에서는 이념의 장이라고 할 수 있는 전쟁, 욕망으로 뒤끓는 시장이라는 현실 속에서 인간에 대한 새로운 인식을 보여준다. 현실이라는 객관적 상황 속에서 남편과 친정어머니와의 갈등은 체험적 화자인 자신에 대해 객관적 인식을 가능하게 했다.

특히 「환상의 시기」에서는 박경리의 자라온 환경과 박경리를 지배하는 의식을 작가의 체험적 화자를 통해 잘 보여준다. 박경리를 지배하는 의식이

스피노자의 코나투스와 연관 하에서 어떻게 해석될 수 있으며 그 이후의 삶에 어떤 영향을 끼쳤는지를 분석해보려고 한다.

박경리와 스피노자의 다른 점은 어린 시기였다. 「환상의 시기」나 수필 등에 의하면 박경리에게는 아버지가 어머니를 배신하고 다른 여자와 결혼한 것이 큰 트라우마였다. 가족으로 인한 트라우마뿐만 아니라 또 자신에 대한 열등감도 컸다. 박경리는 학교 성적이 나쁠 뿐만 아니라 친구들과의 놀이에도 항상 서툴러 그런 것들이 열등감으로 작용한다. 이런 트라우마는 자신에 대한 환멸로 이어진다.

그는 무슨 기적을 바라듯 공부 잘하는 아이가 되기를 간절히 소망하였지만 성적은 언제나 뒤에서 세는 편이 빨랐고 똑똑하게 활발하게 말하는 아이가 되려고 무진히 노력하였지만 그는 언제나 입속으로 중얼거리거나 더듬거나 아니면 마음과는 엉뚱한 횡설수설이었다.[28]

운동회 때면 운동장을 뒤흔들어주는 음악과 펄럭이는 깃발과 가을 하늘 가득히 솟아오르는 함성 속에 노란 테이프를 끊고 골인하는 마라톤 선수, 그 찬란한 영웅, 그리고 학예회 때면 노래를 잘 부르고 가련한 공주가 되는 여자아이, 민이는 얼마나 애타는 그리움을 그들에게 가졌는지 모른다. 그런 뛰어난 재능에 있어서는 그렇다 치고 민이는 다른 모든 아이에게 자기는 미칠 수 없는, 어쩌면 그것이 민이의 깊은 고독을 자아내게 한 것인지도 모르지만, 하여간 민이는 신비함과 동경과 외톨이의 슬픔을 느꼈다.[29]

---

28 박경리, 「환상의 시기」, 『환상의 시기』, 나남, 1994, 230면.
29 박경리, 「환상의 시기」, 『환상의 시기』, 나남, 1994, 223면.

두 인용문에서 보여주는 것은 박경리의 체험적 화자인 민이는 아버지에게서 버림받은 어머니의 딸이라는 트라우마를 극복할 무언가를 열렬히 원한다. 즉 누군가에게 감동을 줄 수 있는 재주가 있거나 성적이 뛰어나면 좋았을 텐데 그렇지 못했다. 자신이 누구에게나 썩 환영받는 존재가 될 수 없다는 자괴감은 또 다른 열등감으로 작용, 고독감과 외톨이로서의 슬픔을 느낀다.

스피노자는 반면 어릴 때부터 천재 소리를 들으며 유대인들의 기대를 한 몸에 받으며 자랐다. 스피노자의 그런 자신감은 일찍부터 자신이 가야 할 길을 분명히 하고 옳다고 선택한 길에 대해서는 누구에게나 무엇에도 굴하지 않고 자신의 길을 갔다. 유대인 사회로부터 파문까지 당하며 철저히 자신의 길을 걷기 위해 삶의 방도를 찾았다. 그에 비해 박경리는 위에서 서술한 대로 유년기에서 여학교까지 콤플렉스에 시달리는 생활로 인해 자기혐오에서 민족 혐오로까지 이어진다.

스피노자는 자신이 슬픔의 감정으로 휩싸일 때 가만히 그 슬픔을 흘러가게 내버려 두든지 다른 추억을 만들어 잊게 하는 방법이 능동적인 삶의 태도라고 했다. 박경리는 자신의 열등감으로 자신에 속한 모든 것을 혐오의 감정으로 모멸스러움에도 또 다른 아름다움 꿈과 완벽함에 대한 환상으로 자신을 키워나간다. 「환상의 시기」를 통하여 자신에 대한 모멸감과 환상은 조선인 옥순자와 일본인 오가와 나오꼬 대별적인 인물상으로 나타난다. 작품 전체에 나타나는 일본인들과 오가와 나오꼬를 통한 아름다운 환상은 완벽한 세계를 꿈꾸는 박경리 체험적 화자의 미래에 대한 꿈이고 새로운 비전적 삶을 보여주고 있다. 즉 그것은 일본제국주의 하에서 비참하게 살아가고 있는 조선인들의 환상이기도 하다.

2) 「환상의 시기」를 통하여 본 박경리의 코나투스

「환상의 시기」는 박경리의 여고 시절의 기숙사 생활을 중심으로 교사들과의 갈등을 그린 작품이다. 「환상의 시기」를 중심으로 코나투스와의 관계 속에서 박경리의 열등감이 일본과의 관계에서 어떻게 작용했나 보자.

박경리는 생래적으로 타고난 소심함과 윤리적 완벽함을 추구하는 성격은 어릴 때 아버지로부터 버림받은 기억과 전쟁 후의 남편과 아들을 잃은 상흔으로 더욱더 강화된다. 평생 결핍으로 인한 심리적 상흔은 외톨이로서 삶을 선택하게 되고 동경과 환상의 세계에 몰입한다. 자신과 어머니를 버리고 다른 새로운 가족을 만든 아버지는 평생 그리움의 대상이면서 미움의 대상으로 양가적 감정을 가지게 된다. 어릴 때부터 아버지 결핍에 의한 상실은 박경리의 심리적 소심함을 가져다주었고, 매사에 자신 없는 열등감을 가져다주었다. 그뿐만이 아니고 그것은 민족적 환멸로 이어진다.

「환상의 시기」에서는 여고 시절의 기숙사 생활이 현재 시점으로 형상화되고 있지만 1장에는 소학교 시절을 회상하는 부분이다. 소학교 시절 아버지의 가출로 인하여 엄마와 민이 두 사람이 자리를 잡은 것은 가난한 바닷가의 분교가 있는 소학교였다. 민이는 아버지의 상실로 인한 심리적 결핍감을 다른 것으로 보상받으려는 욕구로 드러난다. 그러나 가족의 결핍뿐만 아니라 학창 시절 친구들과의 놀이에서나 공부, 어느 하나 뛰어난 것이 없는 모든 것이 열등감의 원천이었다.

이런 열등감은 오히려 극도의 결벽성을 추구하고 일종의 완벽함에 대한 강박관념을 가지게 된다.[30] 즉 자신을 못난 것, 더러운 것, 가난과 동일시,

---

30 이금란, 「가족 서사로 본 박경리 소설 연구」, 『현대소설연구』 19, 한국현대소설학회, 2003.8, 325면.

그런 폄하를 통하여 완벽하고 아름답고 넉넉한 여유 있는 쪽에 자신이 소속되기를 원한다. 이 작품에서 박경리의 체험적 화자 민이는 자신과 관련된 조선을 상징하는 모든 것은 더러움이고 추함이며 불완전함으로 인식한다. 아름다운 부인을 둔, 잘 다듬어진 향나무 울타리 속 기와집에 살고 있는 일본인 교장 사택과 정반대로 조선적인 것을 대비시키고 있다. 흙벽의 초가에 살고 있는 친구이자 교감 딸인 옥순자, 언제나 군때가 묻혀 있는 옥순자의 아버지, 고래등 같은 집에 살면서도 소금에 절인 김치 두 쪽으로 밥을 먹은 상희네, 생선 장수 딸 원이, 바다 건너편 오도카니 서 있는 초라한 분교, 가난과 더러움으로 상징화되던 모든 것을 조선적인 것으로 혐오하고 거부한다. 그중 가장 대표적인 것이 옥순자이다.

> 엄마는 밖으로 나갔다. 순간 민이는 왜 그리 순자가 미웠는지 알 수 없었다. 날카로운 콧날은 갑자기 비틀어진 것 같았고, 해가 지고 있는 서쪽 창문에서 비쳐 들어오는 밝음 속에 그 성글고 노란 머리칼은 옥수수털 같기도 했고 마귀할멈의 흐트러진 머리칼 같기도 했다.[31]

위의 상희네처럼 돈만 많다고 해도 부러움의 대상인 것도 아니다. 우아하고 완벽한 아름다움을 갖추어야 한다. 인용문처럼 마귀할멈처럼 생긴 옥순자, 거기에 망나니에 싸움 대장인 옥순자가 민이의 친구가 될 수 없는 것이다.

「환상의 시기」에서 아름다움, 혹은 훌륭함이라는 단어는 주로 일본인과 관련된 모든 것의 묘사에 사용된다. 일본인 아름다운 교장 부인(212면), 읍내 신사에서 의례를 관장하는 진짜 신관보다 몸에 밴 훌륭한(211면), 무엇보다 아름다운 여선생님, 그 얼굴은 이 세상에 없는 선녀만 같아서 자랑스러움에

---

31 박경리, 「환상의 시기」, 『환상의 시기』, 나남, 1994, 217면.

민이 마음은 가슴이 아플 지경(215면), 오학년 담임 선생은 크게 꺼플진 눈과 짙고 가는 눈썹이 그린 듯 아름다운 일본 여자(232면), 아름다움과 충만함을 추구하는 중심에는 또 민이가 S 관계를 맺고 싶어하는 오가와 나오꼬가 있었다. 민이에게 오가와 나오꼬는 완벽한 아름다움을 추구하는 '아름다운 동경'(248면) 그 자체였다.

> 물방울 무늬 몸빼를 보지 않고 돌아가는 저녁은 민이에게 덧없고 슬픈 시간이었다. 그 시간은 끝없이 넓은 허공이었으며 평범한 얼굴들을 염오하는 마음과 가치가 없는 대화를 모멸하는 자기만의 세계를 아무에게도 열어주고 싶지 않은 고독의 시간이었다.[32]

'물방울 무늬 몸빼'로 상징되는 일본인 오가와 나오꼬는 민이의 환상의 세계에 존재하는 공주였다. 평범한 얼굴을 매일 대해야 하고 가치 없는 대화로 점철된 모멸의 일상의 범위를 뛰어넘은 세계에 오가와 나오꼬가 있었다. 오직 저 멀리 피어있는 '홀로 핀 오랑캐 꽃'이었으며 '옹기종기 모여 있는 바위 옆의 조그마한 버섯'으로 상징된다. 오가와 나오꼬를 한 번도 만난 적 없는 민이는 운동장에서 한번 물방울 무늬의 몸빼만 눈에 띄었다하면, 운동장의 모든 움직임은 멎고 오직 물방울 무늬의 몸빼만 보일 정도로 신비감을 가진 '마법사의 신비한 피리 소리'에 끌려가는 '아름다운 동경'의 대상이다. 자신의 자존감을 지킬 수 있는 아름다움의 대상 일본인 오가와 나오꼬는 멀리 가까이 할 수 없는 환상이었다. 민이의 마음속에 울리는 '아름다운 음악'이면서 그녀의 마음을 가득 채우는 충만한 존재인 것이다.

옥순자를 비롯한 조선적인 것, 즉 열등한 것, 더러운 것, 결핍된 것, 완벽하

32   박경리, 「환상의 시기」, 『환상의 시기』, 나남, 1994, 247면.

지 않아서 아름다운 것과는 거리가 먼, 훌륭해 보이지 않는 것은 싫다는 것이다. 아무리 죄의식을 느껴도 본능이 시키는 어쩔 수 없는 것이라는 것이다. 거기다 식민지국으로 떨어져 일본의 지배를 받고 있는 일제강점기의 구질구질한 상황 또한 싫다. 자신이 아무리 친구들보다 공부를 잘하려 해도 마음대로 되지 않는 상황 자체도 혐오스럽다. 친구들과 재미있게 놀려고 해도 놀이까지도 끼어들 수 없이 서투른 자신의 못난 모습이 바로 조선이나 옥순자가 보여주는 추함이나 더러움과 동궤에 있다.

바로 이런 관점에서 보자면 박경리는 일본에 대한 감정이 양가적으로 작용한다. 민족적으로 적대적인 것은 이성적이며 관념적이었다면, 일본에 대한 향수 같은 그리움은 일본 생활에서 익숙한 무의식적 발로였다고 생각할 수 있다. 또한 일본 문화적 우위나 정치 경제적인 선진성은 인정하고 있는 것 같다.

『토지』 집필 이후 일본과 관련된 인터뷰에서 일본을 인정하지 않는 것은 대체로 민족주의적 감정에서 나온 발언이었다고 할 수 있다. 박경리의 강한 톤의 일본에 대한 반발은 오히려 자신의 이런 심리를 감추기 위한 위악이라 할 수 있다.

이 작품을 쓴 시기는 일제 강점기가 아닌 1960년 작품이었다는 생각을 하면 좀 의아한 생각이 든다. 그 당시의 체험적 자아인 민이의 심리를 그대로 복원하는 데 작품의 의도가 있었다고 해도 『토지』에서 강력한 반일 감정을 적나라하게 드러냈던 박경리를 생각하면 두 작품 사이의 간극이 너무 크다. 이 간극은 어디서 오는 걸까? 섣부른 오해를 불러일으키지 않기 위해 박경리의 심리를 좀 더 구체적으로 서술할 필요가 있다.

문화연구가인 이영미가 1920년대 태어난 세대의 일본에 대한 독특한 정서를 기고한 경향신문의 글을 같이 볼 필요가 있다. 이영미의 아버지가 1924년생, 박경리가 1926년생이다. 이영미 아버지는 '왜정' 시대의 강압을 끔찍해 했다고 한다. 한편으로는 일본의 절도 있는 교육에 대해 칭찬하며 학생 때 배운 '라디오 체조'를 즐겨 하셨다는 것이다. '해적판'으로 팔리는 일본 유행가 음반을 사다가 고가 마사오가 작곡한 유행가를 들으시며 향수에 젖었다는 것이다. 이영미는 그런 아버지를 이해할 수 없었는데 문화연구를 하다 이해하게 되었다는 것이다.

> 이런 아버지를 그때는 이해할 수 없었는데 문화연구를 하며 나이를 먹은 지금은 이해가 된다. 태어날 때부터 나라가 없었고 일본어가 '국어'였던 세대, 그래서 완벽한 일본어 구사 능력을 지니고 책 읽기는 한국어보다 일본어가 훨씬 편한 세대, 일제 강점기 민족투쟁의 중심이 일본으로 아시아 질서에 대한 한 번도 의심해 본 적이 없는 세대인 것이다. 일본에 대한 뿌리 깊은 믿음과 동경, 뼛속까지 동일시된 일상 감각을 지닌 이 세대의 태도를 반일 아니면 친일이란 식으로 일도양단하기는 참으로 힘들어 보인다. 여러 번의 정치적 변화에도 불구하고 일제 강점기에 형성된 일상 감각과 태도는 평생 이들을 지배했고, 이 세대는 그것을 끝까지 버리지 못했다. 그 일상 감각과 문화에 젖어있는 일재 잔재에 대한 반성이 불가능한 세대였던 것이다.[33]

위의 인용문에서 말하는 일상 감각이란 무엇인가. 말 그대로 자신의 감각으로 빨아들이는 일상의 결이 몸속에 녹아있는 것이다. 이것은 타고난 자신의 본성과는 다르게 후천적으로 자신의 몸에 붙어있는 자신을 구성하는 제2의 천성이다.

33　이영미, 「묻지마 갑자생」을 이해하면서」, 『경향신문』(문화와 세상), 2010.8.17.

일본제국주의 현실에서 피식민지인으로서 박경리의 체험적 자아인 화자는 일본이라는 식민지 실체를 통하여 근대 문명을 체험하게 된다. 그 체험은 제국주의자의 강압에 의한 일본보다는 초등학생과 여중고생 실생활인으로서 문화적 체험이다. 식민지국으로 떨어진 조선의 문명보다는 월등한 수준의 질서와 제도, 그런 제도와 고급 문명에 익숙한 일본인들의 세련된 몸가짐과 행동은 작가가 초기 단편들에서 전쟁 후의 혼란과 무질서를 비판한 한국의 현실과의 비교 속에서 그리움의 대상이 될 수 있다. 여고 시절의 체험을 객관적으로 자신과 분리하기는 힘들 것이다. 앞의 이영미가 지적한 것처럼 단지 유년의 그리운 추억일 뿐이다.

이것은 조선으로 상징되는 옥순자와 일본으로 상징되는 오가와 나오꼬를 비교함으로써 확인할 수 있다. 이 작품은 그 당시를 회상하면서 좀 더 객관성을 확보하기 위한 객관 서술과 민이의 심리를 드러내는 심리서술이 교차하는 작품이다. 이 「환상의 시기」에서 박경리 작가는 어떤 코나투스에 의해 작용되는가를 보기 위해 좀 구체적으로 볼 필요가 있다. 각 작품에서 보여주는 코나투스의 향방이 박경리의 『토지』라는 대장정에 영향을 미치고 있기 때문이다.

민이를 좋아하는 옥순자는 교감 선생의 딸로 병든 어머니 대신 살림을 맡아서 하고 동생을 돌보는 착한 아이이다. 학교에서는 천방지축 망나니에 말썽꾸러기, 외톨이로 고군분투하는 친구이다. 생긴 것조차 민이에게 조금도 매력을 주지 못하는 마귀할멈 같이 흐트러진 머리칼을 가진 미움의 대상이고 기피의 대상이다. 이 작품에서 가장 구체적으로 세밀하게 묘사된 옥순자는 조선인을 상징하는 인물이다. 민이와 옥순자는 일 년씩 서로 교차하면서 쉬기도 하고 학교를 그만두기도 하며 계속 인연이 이어지는 관계이다. 민이와의 거리가 가깝고 친연성을 지닌 인물임을 보여준다. 천덕꾸러기에 학교에서 왕따지만 그런 것은 아랑곳없이 아무렇지 않게 살아가는 옥순자는 민이와는 성격적으로 대조적인 인물이다. 자신의 결핍과 열등감으로 남의 시선에 대해 공포에 가까운 두려움을 가지는 민이에 비해 전혀 남의 시선을 개의치 않고 억척같이 살아가는 인물이다. 옥순자는 한편으로 선망의 대상이지만, 자신과 같이 하고는 싶지 않은 친구이다. 정작 자신이 함께하고 싶은 인물은 일본인 오가와 나오꼬이다. 그러나 언제나 옥순자는 민이의 주위에서 맴돈다.

옥순자는 엄마의 병환으로 살림뿐만 아니라 아버지까지 건사하며 학교를 다녀야 하는 학생임에도 생활인의 몫을 해내는 인물이다. 아버지가 교감인 교육자 자녀임에도 공부는 관심 없이 제멋대로 살아가는 천덕꾸러기로 소개된다. 민이와는 대조적인 이 인물을 통하여 피식민지국의 끈질긴 생명력을 그리려는 의도로 보여준다. 오가와 나오꼬를 낭만적인 흠모의 대상과 대조적인 옥순자는 일상적인 삶의 사소한 갈등과 화해를 통하여 살아있는 실체로 그리고 있다. 「환상의 시기」의 전체적인 낭만적인 분위기 속에서도 옥순자로 인해 공허하거나 허황하지 않은 작품으로 부각된다. 김치수 역시 이 작품에서 옥순자의 활력이 작품이 공허하거나 허황하지 않는 실체로 남게 된다고 지적했다.[34]

그에 비해 오가와 나오꼬는 한번도 직접적으로 만나보지 못한 먼 거리에서만 바라보는 존재이다.

민이는 항상 멀리서 나오꼬를 찾았다. 그는 나오꼬 가까이 가는 것을 두려워하고 항상 멀리서 그 물방울무늬의 몸뻬만을 찾았다. 학교에 들어와서 구두 수선을 하는 할아버지 뒤에 서서 그 물방울무늬의 몸뻬를 찾았고 전교 교련 시간에 견학을 하면서 그 물방울무늬의 몸뻬를 찾았고 어디

---

34 김치수, 「박경리와 이청준」, 『김치수평론집』, 민음사, 1982, 24면.

어떤 곳에서나 그 모습은 눈에 띄었다. 항상 멀었고, 그래서 민이는 오가와 나오꼬의 목소리를 들어 본 적이 없었다.

　창가에 서 있는 민이 눈에 사라진 오가와 나오꼬는 다시 돌아왔다. 그는 마치 여러 개 모인 당구가 서로 부딪쳐 사방에 흩어졌다 다시 부딪쳐 모여드는 것처럼, 아니 하늘의 별처럼 그렇게 흩어지고 모여지는 것처럼 민이 눈앞에 사라지고 나타나고…[35]

　위의 인용문에서 볼 수 있는 것처럼 오가와 나오꼬는 실제 인물이지만, 풍경 속의 정물화에 나오는 한 풍경으로 그려지고 있다. 오가와 나오꼬는 아름다움의 대상이면서 흠모의 대상이며 동경의 대상일 뿐이다. 아득한 미래의 찬란한 자기 모습을 오가와 나오꼬를 통해 꿈을 꾸고 있다. 작가의 환상적 자아인 민이의 근대 체험이 일본을 통해서 이루어졌음을 보여주는 부분이다.

　조선을 상징하는 옥순자는 많은 것이 결핍되고 왜곡되고 고군분투하는 존재이다. 끈질긴 생명력을 통하여 일본의 제국주의를 극복하고 살아남을 새로운 비전을 제시하는 인물로 그려지고 있다. 우리가 함께 더불어 살아야 할 존재로 옥순자를 통해서 보여주고 있다면, 일본으로 상징되는 오가와 나오꼬는 아무리 아름답고 흠모와 동경의 대상이지만 먼 거리에서 바라보아야만 하는 선망의 대상일 뿐이라는 것이다. 머리를 한번 흔들어 환상이 사라지면 그것으로 소멸되는 존재로.

　우리는 이 두 인물을 통해 작가의 삶을 인식하는 태도를 엿볼 수 있다. 옥순자와 일본인 오가와 나오꼬를 통해 가난에 찌들어진 조선족의 비참한 현실과 새로운 자신이 꿈꾸는 완벽한 환상의 세계 양쪽을 다 보여주고 있다. 환상적 자아인 민이는 그런 인물들을 통해 절대 슬픈 정념에 빠져들지 않고

35　박경리, 「환상의 시기」, 『환상의 시기』, 나남, 1994, 247면.

큰 완전성을 향해 삶을 전진하는 자세로 나아가는 인물이다. 스피노자가 제시하는 코나투스와의 관계 속에서 논하자면 인간의 정념이 부재나 결핍감에 의해 신체적 능력이 감소되는 것이 아니라 능동적인 긍정의 철학으로 신체적 능력이 확대되는 것을 말한다.

옥순자는 못났고 찌들어져 반 친구들에 의해 왕따를 당해도 개의치 않고 자신의 환경 범위 내에서 최선을 다하고 열심히 사는 인물이다. 이런 옥순자의 능동적인 이미지가 작품의 분위기를 활기차게 하는 효과가 있다. 스스로 현실에 주눅이 들어 노예로 비주체적으로 사는 인물과 대조되는 인물이다. 한편으로 민이의 아름답고 완벽함에 대한 환상을 통해서 빚어내는 밝은 이미지 역시 박경리에게 새로운 미래를 꿈꾸게 한다. 이런 능동적인 이미지가 박경리의 삶의 충만한 에너지로 작용했다. 즉 삶에 대한 열정을 보여준다. 이것은 지속적인 작가 생활을 가능하게 하는 에너지로 작용했고 『토지』의 완성에 이바지했을 것이다.

작품이 아닌 박경리의 사유와 실제 삶을 들여다보자. 박경리는 다행히 자신의 생각과 삶에 대한 편린을 『Q씨에게』[36]에서 남기고 있다. 이 중 「작가의 가치관」이라는 장을 보면 도스토옙스키의 작품 중 「프로할징」이라는 작품의 주인공 프로할징 씨와 톨스토이 『죄와 벌』의 라스콜리니코프의 초인적 개인주의를 논하면서 자신의 가치관을 논하고 있다. 이 부분은 프로할징 씨가 스피노자와 필적한 인물로 그려지고 있어 주목할 만하다.

프로할징 씨는 비참하고 고독하게 살았지만 그에게는 좋은 옷을 입으려고 했으면 해 입을 수 있는 돈이 있었습니다. 좋은 음식을 먹을 수도

---

36 박경리, 『Q씨에게』(박경리 문학전집 16), 지식산업사, 1981.

있었고 깨끗한 곳에 살 수도 있었습니다. 결혼도 가능했을 것이고, 친구들과 사귀는데도 궁색하지 않았을 것입니다.

그러나 그는 가장 밑바닥의 생활을 묵묵히 하면서 아무 것도 부러워하지 않았고 인간의 애정을 바라지 않았고, 온갖 모멸을 두려워하지 않았습니다. 하려고만 하면 얻을 수 있다는 가능을 안고 있었기 때문입니다. 그런 상태는 신앙으로 하여 모든 인간관계에서 생기는 번뇌를 끊을 수 있었던 것처럼 신이 아닌 돈으로써 모든 욕망과 세상을 살아가는데 필요한 체면까지 버릴 수 있었고, 정신적으로 충족된 자기 내면세계를 만들었을 것으로 생각됩니다.[37]

위의 인용문에서 도스토옙스키가 스피노자를 모델로 그린 작품인지 알 수 없지만 이 작품에서 '신앙으로 하여 모든 인간관계에서 생기는 번뇌를 끊을 수 있었던 것처럼', '정신적으로 충족된 자기 내면세계를 만들었을 것이다'는 충분히 스피노자를 떠올릴 수 있는 문장이다. 그만큼 박경리는 스피노자와 같은 인물에 매력을 느끼고 있는 것이다.

3) 스피노자의 삶과 코나투스

스피노자의 짧은 생애(1632-1677) 역시 오직 긍정으로 가득한 삶, 그런 삶만을 실천하고자 했고 삶에 대한 사랑으로 가득 찬 삶을 산 사람이다. 스피노자는 어릴 때 삶은 박경리와 반대이다. 유복한 상인 집안에서 태어났고, 어릴 때부터 머리가 좋아 천재 소리를 들으며 주위로부터 성장해서 유능한 유태인 신부가 될 것이라는 기대를 받고 있었다. 그는 포르투갈 출신의 세파르디

---

37 박경리, 『Q씨에게』(박경리 문학전집 16), 지식산업사, 1981, 15-16면.

유대인이었다.[38] 스피노자는 네덜란드의 암스테르담에 태어났다. 암스테르담은 그 당시 동인도 회사와 서인도 회사를 동시에 설립, 주위에서 가장 번영을 누리는 도시였다. 그뿐만 아니라 철학과 종교까지 다양하게 유입되었다. 암스테르담 사람들은 랍비나 전통의 역할에 그치지 않고 성서 자체의 의미를 문제 삼는 데까지 나아가는 전진적인 사회적 분위기가 있었다. 스피노자의 아버지는 회의주의자였던 것으로 보이나 유태 교회와 유태인 사회에서 중요한 역할을 하였다. 아버지가 돌아가시자 형과 함께 아버지 사업을 물려받았으나 스스로 유산을 포기했다. 유대인 사회로부터 종교적으로뿐만 아니라 모든 관계로부터 단절했다.

스피노자의 철학의 토대가 되는 감정, 정서, 그리고 윤리를 엮어 자신의 뇌과학 연구에 연결한 안토니오 다마지오는 스피노자가 살았던 당시를 현대의 토대를 놓았던 시대로 규정한다. 스피노자가 탄생했던 그 시기는 천재들의 시대로, 스피노자가 급진적이었지만, 동시대의 코페르니쿠스 가설을 확증하고 지지했던 갈릴레이 역시 급진적이었다고 한다. 그 시대는 현대 세계에서 과학이 꽃피던 무렵과 일치한다.

스피노자는 유일하게 친하게 지냈던 동시대 유대인 후안 데 프라도(Juan de Prado)[39] 역시 파문당하게 된다. 그도 역시 스피노자와 같이 영혼은 신체와 함께 사멸한다는 것, 신은 철학적으로만 말할 수 있을 뿐이라는 것, 그리고 신앙은 무익하다는 것을 주장했다는 이유로 파문당했다. 그 당시 후안 데

---

38   유럽의 유대인들은 게르만 지역에 살고 있는 아슈케나지(Ashkenanic)유대인과 스페인과 포르투갈에 살던 세파르디 유대인으로 나뉘는데, 1500년대 후반에 네덜란드는 수많은 세파르디 유대인을 받아들였다. 안토니오 다마지오, 양지원 역, 『스피노자의 뇌』, 사이언스북스, 2007, 25면.
39   후안 데 프라도와는 최근 발굴된 자료에 의하면 두 사람의 긴밀한 관계가 있었음을 보여준다. 질 들뢰즈, 박기순 역, 『스피노자의 철학』, 민음사, 2018, 13면.

프라도는 물론 종교적인 이유로 많은 사람들이 파문당하고 사형까지 당했다. 다시 회개하면 돌아갈 수 있었다. 스피노자는 누구보다 가혹하게 처벌되고 1656년 즉각 파문된 것은 그가 회개하기를 거부하고 그 자신 스스로 단절되기를 원했기 때문이다. 그런 이후 혼자 독립, 안경 세공 일을 하며 생계를 꾸려나간다. 파문 이후 스피노자를 도우려는 독지가가 있었지만 최소한의 지원만 받았다.

스피노자가 영향을 받았다는 후안 데 프라도의 '영혼은 신체와 함께 사별한다는 것', '신은 철학적으로만 말할 수 있을 뿐이라는 것'은 기원전부터 헬레니즘 시기의 중요한 철학 사조의 하나인 에피쿠로스(기원전 342-270) 학파의 물리학, 우주론, 윤리학에 기초해서 신을 해석하는 경향으로부터 온 철학 주류이다. 이 학파의 윤리관은 그 다음 고대 희랍 철학자 루크레티우스(기원전 98-55)에 의해 『사물의 본성에 관하여』라는 제목으로 책에 소개되었다. 루크레티우스는 시인으로 희랍 문헌과 라틴 문헌에 정통하여 그 이전의 전통들을 풍부히 받아들이고 이용하였다는 것이다. 특히 우리나라에서도 얼마 전에 번역된 『사물의 본성에 관하여』[40]는 에피쿠로스의 윤리학을 시적 이미지로 풀어 쓴 것이다. 그것을 요약하면 세계는 무한하며 영원한 우주의 공간 속에서 최소의 알갱이인 원자가 운동하고 상호작용하면서 우리가 겪는 사건이 발생한다. 신의 권능에서 자유로워진 우리에게 선악이란 사실상 즐거움과 괴로움의 다름 아니다. 두려움으로부터 해방되고 행복하고 평온한 상태에 도달하는 것이야말로 인간이 추구해야 할 지고의 목표이다. 루크레티우스 윤리학은 마키아벨리, 몽테뉴, 산타야나 등이 영향을 받았다.

루크레티우스의 『사물의 본성에 대하여』는 프랑스와 독일 수도원 두세

---

40 루쿠레티우스, 강대진 역, 『사물의 본성에 관하여』, 아카넷, 2021.

곳에서 떠돌다가 사라졌다, 500년 만에 처음으로 1417년 이탈리아의 고서 수집가였던 포초 브라촐리니에 의해 빛을 보게 되었다. 스피노자는 이 책을 읽었을 것으로 추정 가능한 것은 스피노자가 좋아했던 혹은 스피노자를 좋아 했던 철학자 대부분이 이 책을 인용하고 있다. 마키아벨리(1469-1527), 몽테뉴 (1533-1592), 니체(1844-1900), 산타야나(1863-1952), 들뢰즈(1925-1995) 등이 이 책을 읽은 것으로 보인 흔적이 있다. 특히 몽테뉴는 그의 수상록에서 루크레티우스를 많이 거론하고 있다. 또 마키아벨리는 루크레티우스의 『사물의 본성에 관하여』를 직접 필사할 정도로 고대 로마 철학에 매료되었다고 한다. 바티칸 국립도서관에 남아있는 루크레티우스의 필사본도 그의 필사본이라는 말도 있을 정도이다. 들뢰즈는 루크레티우스와 스피노자를 최고의 철학자로 뽑는다.

루크레티우스의 책에 따르면 신의 권능에서 자유로워진 우리에게 선악이란 사실상 즐거움과 괴로움에 다름 아니다. 정신과 신체는 평행적인 관계이다. 신체가 사라지면 영혼도 없다. 죽음은 끝이 난다. 따라서 죽음의 두려움으로부터 해방되고 괴로움으로부터 벗어난 행복하고 평온한 상태에 도달해야 하는 것이야말로 인간이 추구해야 할 지고의 목표이다. 이것은 니체나 스피노자의 윤리관의 근본적인 토대, 신에 얽매이지 않는 자유로운 삶을 능동적으로 살자는 것과 동궤에 있다.

루크레투우스를 인정한 가장 현대 인물로는 들뢰즈로,『들뢰즈가 만든 철학사』 2강에 루크레티우스의 자연철학이라는 제목으로 루크레티우스를 다루고 있다. 들뢰즈는 자신의 철학을 보증할 철학자로 고대에는 루크레티우스, 근대에 와서는 스피노자를 찾았다고 철학사에 쓰고 있다. 전체적으로 미루어보면 스피노자의 철학 계보를 잡자면 루크레티우스로 거슬러 올라가 그 당시 네덜란드의 다양한 사상가 중의 한 명인 후안 데 프라도 등의 영향을 거쳐서 자신의 윤리학을 정립하지 않았나 생각된다.

자신의 뇌과학에 스피노자의 감성 철학을 연결시킨 안토니오 다마지오는 스피노자의 사망 이후 공개적으로 스피노자를 제자나 후계자를 자처하는 사람은 없었다고 했다. 그러나 분명 스피노자의 금지된 책을 읽고 그가 밝힌 등불의 빛에 의지해 살아가는 사람들이 있었다며, 프리드리히 하인리히 야코비(Friedrich Heinrich Jacovi, 18세기 후반의 독일 철학자)는 『스피노자의 학설』을 출판한, 프리드리히 폰 하르덴베르크 노발리스(Friedrich Von Hardenberg, 독일 낭만주의의 대표적 시인이자 소설가), 코트홀드 레싱(Gotthold Lessing, 18세기 중반 독일의 극작가이자 비평가)과 같은 철학자들이 각기 다른 시대에 다른 청중들에게 스피노자를 소개했다고 한다. 괴테는 스피노자를 읽고 그의 적극적인 지지자가 되었다. 영국 시인들 역시 스피노자를 옹호했다. 새뮤엘 테일러 콜리지(Samuel Taylor Coleridge, 1772-1834년 영국의 낭만적 시인이자 평론가) 또한 열광했다고 한다. 게오르그 헤겔은 '철학자가 되기 위해서는 먼저 스피노자가 되어야 한다. 스피노자 없이는 철학도 없다'라고 선언했다고 한다.[41] 이어 니체, 쇼펜하우어, 들뢰즈, 다중과 민주주의 탐색으로 유명한 이탤리 철학자 안토니오 네그리 등으로 이어진다고 할 수 있다.

박경리와 스피노자는 이토록 처음에는 다른 배경에서 시작했다. 스피노자는 충만함 가운데 자신이 선택한 길을 길었다. 그 사회로부터 파문당하고 살해하려는 위험까지 감수하고 고립되어, 몇 번의 회유가 있었지만 과감히 거절했다. 그 길은 자신이 스스로 선택한 길이다. 스피노자가 유대인으로부터 파문당하고 가족으로부터도 혼자 독립, 안경 세공 일을 하게 된 것도 가족

---

41   안토니오 다마지오, 양지원 역, 『스피노자의 뇌』, 사이언스북스, 2007, 302-303면.

과의 분리를 통해 확실한 자신의 길을 걷겠다는 의지의 소산이었다. 파문당한 후 유대인 랍비들이 화해와 회개를 원했음에도 거부했다. 스스로 더 철저히 가족으로부터도 분리되어 혼자 생활을 유지해왔다. 하이델베르크 대학교 수직까지 거절하며 자신을 사회로부터 고립시켰지만 의식세계는 충만해 있었다는 반증이다.

반면에 스피노자는 여러주의자들, 반교권적인 기독교인들, 범신론자들, 데카르트주의자들, 평화 정책과 자유 경제의 발전에 관심을 가진 공화주의자들 특히 네덜란드 재상이었던 요한 더빗(Gornelis de witt)과 친분을 유지하고 있었다. 유대인으로부터 파문당했지만 네덜란드는 다양한 계층의 사람들이 있었기 때문에 완전고립된 상태는 아니었다. 스피노자가 가장 너그러운 환경, 즉 자신이 몸담고 있었던 유태교뿐만 아니라 기독교까지 거부했던 한 유태인 파문자를 가장 잘 수용할 수 있는 환경에 이끌리게 되었다고 들뢰즈는 스피노자를 설명한다. 스피노자는 주로 자유주의적이고 반교권적인 기독교인들, 범신론과 평화 공산주의자로부터 얻은 영감을 받은 평민파와 멘노파 사람들과 접촉했다.[42]

스피노자의 「유대 교회의 탈퇴에 대한 변명」은 그의 첫 출간된 책 『신학정치론』의 기초가 되었다.[43] 그는 『신학정치론』을 통해 왜 이토록 대중들이 비합리적이고 예속적인지, 종교는 왜 사랑을 가르치면서 전쟁과 편협을 낳는지의 문제들을 풀어가려고 했다.

---

42 멘노파와 함께 재침례교 전통에 속했던 평민파는 위계 없는 신자들의 자유로운 연합이라는 모델을 시민사회에 적용, 평등 사회, 노동 공산사회, 이웃에 대한 사랑의 실현을 목적으로 삼았다. 질 들뢰즈, 박기순 역, 『스피노자의 철학』, 민음사, 2018, 14-15면.
43 이 스피노자의 삶에 관련된 글은 이수영의 『에티카, 자유와 긍정의 철학』, 들뢰즈의 『스피노자와 표현 문제』, 『스피노자의 철학』, 안토니오 네그리의 『전복적 스피노자』 등을 참고하여 쓰였다.

1663년 헤이그에서 잠시 떠났다 다시 헤이그에 정착한다. 그가 헤이그 근처에 정착한 것은 정치적인 이유이다. 수도와의 인접성과 활동적인 자유주의적 환경에 접근하고 평민파 집단들의 정치적 무관심으로부터 빠져나오기 위해서 필요한 것이었다.

그는 평생 하숙 생활을 벗어나지 않았으며 아버지의 유산상속을 포기했다. 독립적으로 자신의 생활을 유지할 만큼의 수입을 안경 세공으로 얻었다. 그는 사람을 사귀는 것부터 함부로 하지 않았다. 심지어 1676년 독일의 유명한 철학자 라이프니치의 방문도 거절할 정도였다. 또 세속으로부터 부러워하는 직업, 하이델베르크 대학의 철학 교수직까지도 거절하며 자신을 철저히 관리하였다. 그것은 '삶'을 훼손하는 덕목들이 아니라 삶을 통찰하는 덕목들, 겸손, 검소, 순수, 간소함 등만 필요로 했기 때문이다. 스피노자는 희망을 믿지 않았으며 그리고 용기도 믿지 않았다. 그는 기쁨 전망만을 믿었다.[44] 스피노자같이 파문당해 자신이 소속된 사회로부터 고립을 당하면서까지 이런 삶은 아무나 할 수 있는 삶이 아니다. 자기 자신감과 충만함을 가졌을 때 가능한 삶이다.

---

44 질 들뢰즈, 박기순 역, 『스피노자의 철학』, 민음사, 2018, 26면.

3. 신과 각 사물이 만들어내는 관계 생태학

1) 스피노자의 코나투스와 박경리의 恨

스피노자는 코나투스를 모든 사물의 실존을 지속시키고자 하는 노력이라고 정의하고 있다. 우리 인간들은 자신을 보존하고자 하는 충동을 무의식적으로 갖고 있는데, 이는 그런 충동이 우리 인간의 현실적인 본질이라는 것이다. 인간은 현실적으로 실존하게 되는 순간 코나투스적 존재라고 불리게 된다는 것이다. 코나투스가 사물의 본질이기 때문에 코나투스 없는 인간은 존재할 수 없다는 것이다. 인간 없이 코나투스적 욕망도 존재할 수 없는 것이다. 인간은 코나투스적 존재이기 때문에 다양한 감정들에 묶일 수밖에 없는 존재인 것이다.

> 정신은 명석 판명한 관념을 지닐 때나 혼란한 관념을 지닐 때마다 자신의 존재 안에 무한정한 시간 동안 지속하려고 하며 또한 이러한 자신의 노력을 의식한다.[45]

위의 인용문처럼 인간들은 자신을 보존하고자 하는 충동을 무의식적으로 가지고 있는데 이를 욕망이라 불러 동물적인 충동과 구별된다. 이 욕망이라는 감정은 기쁨이나 슬픔과 같은 감정에 의해 결정되는 정념으로서 기쁨을 경험하면 거기서 기쁨을 증대시키려는 욕망이 솟고, 슬픔을 경험하면 거기서 슬픔을 감소시키려는 욕망이 솟는다.

그러나 스피노자는 모든 사물은 우연에 의하여 기쁨이나 슬픔 또는 욕망의 원인이 될 수 있다[46]고 했다. 인간의 현실적 본성에 대한 인간 이성적 파악이 전제되지 않은 모든 처방은 실상 사이비 처방이자 병을 덧나게 하는 처방이라는 것이다. 우리 삶에 대한 참된 긍정 즉 인간의 자연 안의 양태로, 그리고 인간의 욕망도 자연 안의 한 부분으로 다루는 방식 속에서만 제대로 인간을 이해할 수 있다고 했다.

사랑이란 외부 원인에 대한 관념을 수반하는 기쁨이고, 기쁨을 일으키는 대상에 대한 욕망이 사랑으로 드러난다. 슬픔의 감정은 그 대상에 대한 증오로부터 시작된다. 기쁨도 슬픔도 코나투스를 일으키는 대상이 있다. 스피노자는 사물들이 자연의 법칙을 따르듯이 감정도 자연의 법칙을 따라야 한다는 것이다. 즉 기쁨 혹은 슬픔에 따른 코나투스도 외부 사물과의 인과관계 속에서 만들어진 코나투스라는 것이다. 기쁨의 코나투스를 좀 더 대상과의 사랑이라는 감정을 능동적으로 확대하면 인류에 대한 사랑으로 확대되고, 슬픔의 코나투스를 확대하면 인류에 대한 연민으로 발전된다. 능동이라는 적극적인 개념의 확대를 통해서 필연성이라는 구체적 조건과 방법을 모색한다면, 능동, 공통개념, 공동체 같은 윤리적 처방을 찾을 수 있다는 것이다. 여기에서

45   B.스피노자, 강영계 역, 『에티카』 제3부 정리 9, 서광사, 2018.
46   B.스피노자, 강영계 역, 『에티카』 제3부 정리 15, 서광사, 2018, 169면.

스피노자의 능동적 공동체라는 개념이 성립된다.

스피노자에게 윤리는 주체적이고 자율적인 실천이 아니라 적합한 관념의 획득이다. 적합한 관념이 많으면 많아질수록 자연의 일부라는 유한의 조건 속에서 능동의 존재가 될 수 있다는 것이다.[47] 여기서 적합한 관념의 획득은 자연의 법칙을 따르는 이해 가능한 관념이다.

우리가 여기서 한국인의 고유 정서라고 하는 한을 거론하자면, 스피노자에 의하면 한은 자연의 법칙을 따르지 않은 부적합한 관념이라고 할 수 있다. 적합한 관념은 우리의 의식으로 충분히 납득 가능한 관념이라고 한다면, 부적합한 관념은 불합리한 제도에 의한 권력, 자연의 법칙을 거스르는 의식이다. 가부정적 의식에 의한 남성 우월주의, 계급의식에 의한 불평등 구조에 의해서 피해를 입었을 때, 그것은 한을 남기게 된다. 한을 거론할 때 따르는 것이 체념이라는 의식이 어찌할 수 없는 잘못된 제도나 관습적으로 내려온 관행이기 때문에 포기할 수밖에 없기 때문이다. 이런 경우 행위나 결과는 부적합한 원인에 근거한다. 부적합한 원인에 의해서 고통을 받는다는 것은 우리 자신에 의해, 우리가 알고 있는 원인에 의해 발생하지도 않고 이해할 수도 없기 때문이다.

자신이 한을 가지게 된 감정의 원인을 스스로 알고 능동적으로 대처할 수 있기 위해서는, 『토지』에서는 인물 스스로에 대한 존엄성을 키움으로써 이웃도 받아들이고 삶을 적극적으로 대응하는 방향으로 진행한다. 그 한이 스스로의 잘못에 의한 것이 아니라는 합리적 이성에 도달해서 스스로가 그 한을 풀게 하는 것이다. 이것은 스피노자가 감정의 원인을 알고 능동적으로 대처하기 위한 기쁨의 코나투스로 나아가 이성적인 삶을 살게 하는 것과

---

47   이수영, 『에티카, 자유와 긍정의 철학』, 오월의봄, 2013, 237면.

같은 과정이다. 스피노자가 이야기하는 수동적인 감정 즉 한을 품고 있는 단계, 멋모르고 외부 원인에 의해 한을 품고 있는 상태와는 달리 자신의 존엄성을 찾는 단계는 이성에 의해 그 원인이 타당하게 인식되는 경우에 생겨난다. 이때 기쁨의 코나투스 능동의 감정이 일어난다. 이것을 박경리는 인간의 존엄성을 찾는 단계로 보았다.

『토지』 1부에서 귀녀가 불륜으로 도망간 별당 아씨 대신 그 자리를 넘보는 것은 자신의 한 때문이다. 자신과 별당 아씨는 태어날 때부터 부당하게 태어난 운명에 의해서 자신은 시녀로서 남의 시중을 들어야 하고 별당 아씨는 떠받들여지는 관계이다. 귀녀는 그 관계를 인정하고 싶지 않고 불합리하다고 생각하기 때문에 음모에 의해서라도 자신의 한을 풀어보고 싶은 것이다. 이런 제도나 관행은 자연의 법칙과 어긋나기 때문에 한을 남길 수밖에 없다.

한은 우리나라에서만 많이 거론되는 정서로, 위에 서술한 스피노자에 의하면 적합한 관념을 획득할 수 없었기 때문에 생기는 정서이다. 오랜 기간 가부장적 질서 속에서 당하게 되는 개인의 억울함, 분노 등으로 인해 심리적으로 한이 쌓일 수밖에 없는 삶의 구조 때문에 한이 생성된다.

> 한이 된다, 한이 맺혔다, 할 때는 물질적이든 정신적이든 빼앗겼든 당초 주어지지 않았든지 간에 결핍을 뜻하고, 한을 풀었다, 할 때는 채워졌음을 의미하는 말입니다. 해서 결핍은 존재할 수 없는 방향으로, 채워졌음은 존재하는 방향으로, 그렇다면 그것은 생명 자체에 관한 것이에요. 한은 생명과 더불어 왔다 할 수 있어요.[48]

위의 인용문에 의하면 한은 '맺혔다', '풀었다' 함에 따라 생명력이 좌우된

---

48   박경리, 『토지』 4부 2권, 마로니에북스, 2012, 371면.

다고 한다. '결핍'은 존재할 수 없는 방향으로, '채워졌음'은 존재하는 방향, 즉 스피노자의 존재력의 증감과 같은 방향의 것이다. 박경리가 말하는 이 한[49]은 스피노자의 코나투스의 개념과 기본적으로 동일하게 사용되고 있음을 알 수 있다. 자기 자신에 대해 적합한 관념을 통해서 이해받을 수 있을 때 한은 쌓이지 않는다. 그렇지 않으면 신체적으로 우울증, 울화병으로 온다. 작품에서 다양한 인물들을 통해서 드러나는 한 풀기는 생명으로 나아가기 위한 전제 조건이다. 한을 풀지 않고는 생명의 길로 나아갈 수 없다. 이 작품에서 한을 푼다는 것은 '복수를 하는 것'과는 다르다. 한을 풂으로써 자신의 존엄성이 획득되고 그 이후의 자신의 존재력이 확대되기 때문이다.

『토지』에서 동학장수 김개주에게 겁탈을 당하고 불의의 씨를 낳은 윤씨 부인의 경우, 김개주에 대한 한을 가질만한데 개인적 고통을 통하여 자기와 계급적 처지가 다른 자들에 대한 연민으로 확대된다. 이것은 윤씨 부인이 자신의 한에 대한 슬픔으로 수동적인 정념에 빠지지 않고 길상이와 같은 고아를 스스로 거둬들이는 것이다. 자기 자신을 가여워하는 불쌍한 마음이 남에 대한 연민의 감정으로 확대되는 것이다. 이로 인해 자신의 존재력은 확대되고 능동적이 된다.

조준구의 아들 통영 꼽추 소목장도 마찬가지이다. 불구라고 부모에게까지

---

49 한국의 한에 대해서는 다양한 해설이 있는데, 유독 한국인에게 한이 많은 것은 『토지』에서도 나타나듯이, 신분에 의해서, 가부장적 의식에 의해서 가해지는 폭력이 많아, 피해자가 가해자에게 감히 대항하지 못하고 속으로만 앓기 때문에 울화병, 우울증 등이 많이 생긴다는 것이다. 박경리는 이 작품에서 한을 포괄적으로 해석하고 있다. 인간이 살아가기 위해서는 어쩔 수 없이 가지는 생명력, 그러니까 스피노자의 코나투스 같은 것이다. 박경리는 한을 샤머니즘의 연장선상에서 신비와 현실적인 두 관념을 수용한 것에 한이 있다고 말한다(박경리, 『토지』 4부 2권, 마로니에북스, 2012, 371면). '생명의 지향은 자연에의 접근, 혹은 동화, 그건 생명의 지향일 것입니다.' 박경리가 말한 것도 스피노자가 신, 즉 자연은 우주의 법칙을 따르는 것이라는 맥락과 동궤에 있는 것이다.

핍박받고 버림받은 한을 아름다움에 눈을 돌림으로써 예술로 승화시킨 인물이다. 불구의 몸이 자신에 대한 겸손을 낳고, 서희에 대한 흠모가 아름다움에 눈뜨게 했으며, 새로운 삶의 인식을 통해서 한을 예술 성취의 기쁨으로 전환, 능동적 에너지를 확대해 간 인물이다.

최서희의 한을 예를 들어 설명해보자. 최서희는 어린 나이에 어머니의 도망, 아버지의 황당한 죽음, 할머니의 병사, 친일 권력을 등에 업은 조준구에 의한 재산 찬탈 등으로 삶의 논리를 이해하기에는 너무 어린 나이였다. 그러기 때문에 조준구에 의한 한을 가질 수밖에 없다. 한을 되갚기 위해서는 조준구를 망하게 하고 최참판가의 재산을 도로 찾는 것이다. 그러나 재산을 도로 찾은 나이는 이미 아들 2명을 거느린 성인이다. 삶의 논리를 납득할 성년의 나이가 되어 철모를 때 이루고 싶었던 한을 이루었다고 기쁠 리가 없다. 그렇기 때문에 그 후 허무에 빠진 이후 삶의 적합한 논리를 깨닫고 민족 독립의 성실한 후원자로서 민족이라는 공동체를 세우는데 일조하게 된다.

2) 능동적 공동체와 생명사상

> 각자의 자기의 이익을 추구하기 위하여, 즉 자신의 존재를 보존하기 위하여 더 많이 노력하고 그것을 더 많이 달성할수록 그만큼 더 유익하다. 반대로 각자는 자기의 이익을 위하여 즉 자신의 존재를 보존하기를 무시하는 한에 있어서는 무력하다.[50]

위의 인용문과 관련 스피노자의 생각을 유추하면 스피노자에게 더 좋은 삶이란 선을 따르는 삶이 아니라 이성적 인식을 통한 능동적 삶에 있다. 즉

---

50   B.스피노자, 강영계 역, 『에티카』 제4부 정리 20, 서광사, 2018.

신체를 통해 우리의 완전성을 증가시켜 주는 대상들, 예를 들면 자신이 심취하고 싶은 분야에 열중하는 것, 자신의 기분을 고양시키는 음악, 맛있는 음식, 이런 것들을 통해 우리는 촉발된 코나투스로 전환된다. 이런 것들을 영원히 존속시키고 싶은 욕망이 발생한다. 코나투스를 통해 새로운 관계를 만들고 싶고 삶을 확대하고 싶은 새로운 관계를 형성하고 싶어한다. 자신의 존재를 보존하는 것을 넘어 확대 재생산을 통하여 다른 대상에게 기쁨을 주고 활력을 주는 것, 이것이 코나투스이며 바로 박경리의 생명의식이다.

『토지』속에는 각자의 맺힌 한을 풂으로써 그동안 움츠려 있던 수동적인 삶을 능동적인 삶으로 전환하는 인물들이 많다. 능동적인 삶이 되면서 기쁘고 충만한 삶, 코나투스로 변환된다. 이 과정에서 인물들이 인간의 존엄성을 되찾는 것은 자신을 참되게 인식하기 때문이다. 즉 그동안의 자신의 한이 자신의 잘못이 아니라 잘못된 관행이나 제도로 인한 것이었다는 참된 인식이다. 참된 인식을 통해서 스스로의 존엄성을 되찾으면서 대상에 대해서도 참된 인식을 가지게 된다. 이럴 때 사물에 대한 적합한 인식에 의해서 슬픔보다 기쁨을 맞이하려는 노력을 하게 되고 삶에 조화를 이룰 수 있는 존재가 된다. 스피노자의 자유인은 자신의 본성을 유지하는 데 불필요한 그런 증오의 계열들을 피하기 위해 슬픔의 마주침을 줄이고 더 많은 기쁨을 재생산할 수 있게 노력하는 존재를 말한다.

『토지』1, 2부의 작품의 현실은 부적합한 의식, 미신과 인간의 적나라한 욕망에 지배되는 한의 세계를 그린 것이다. 3, 4, 5부에 와서는 민족이라는 공동체를 향해 적합한 의식, 일본제국주의 지배하 핍박받는 삶에서 벗어나 민족이라는 공동체를 회복해야만 인간다운 삶을 찾을 수 있다는 인식 아래, 독립운동에 진입하는 방향으로 나아간다. 1, 2부의 인물들의 적나라한 욕망,

비이성적 지배에서 이성이 지배하는 사회로의 진입을 위한 준비단계라고 할 수 있다. 인물 간의 한맺힌 인간들의 한을 풀어 자신의 존엄성을 회복, 사회의 당당한 일원으로 서게 한다든가, 독립운동을 위한 각 조직마다 연계를 위한 노력들을 시도한다.

> 이성의 인도에 따라 사는 한 인간의 본성에 좋은 것들만을 즉, 모두에게 좋은 것들만을 각각의 인간들의 본성에 일치하는 것들만을 행한다.[51]

스피노자는 오로지 신만이 유일 실체라고 했다. 신 이외의 양태는 상호의존 속에서 다른 대상과의 관계 속에서 비로소 존재할 수 있음을 강조한다. 위의 인용문과 연관시키자면 혼자 독립적으로 살 수 없는 인간을 비롯한 사물, 즉 신의 양태는 코나투스라는 능동적인 힘에 의지, 다른 대상과의 관계를 지속한다. 능동적인 코나투스에 의해 관계가 형성된다. 모두에게 좋은 것, 인간들의 본성에 일치하는 것들만을 행할 때 코나투스는 확대되고 존재력이 증가된다. 이때 우리의 이익이 타인의 이익이 되는 상태, 즉 본성과 일치되는 삶이 된다. 이때 만들어진 공동체는 능동적인 공동체가 되며 개개인의 존재는 최고의 생명의식을 발휘하게 된다.

개개인의 생명력이 최고도로 발휘되고 그로 인해 공동체까지 발전하는 능동적 공동체가 스피노자가 말하는 공동체이다.

> 스피노자가 가장 바람직한 것으로 여기는 국가는 공동체 전체가 유일한 조직체로서 정부에 대한 통제권을 갖는 정치제, 주권이 소수에게 부여되어 있다면 대중이 거기에 동의할 수 있는 정치제, 법에 대한 두려움보

---

51 B.스피노자, 강영계 역, 『에티카』 제4부 정리 35, 서광사, 2018.

다는 대중들이 야망하는 선에 대한 희망에 의해 고무되는 정치체이다.[52]

위의 인용문처럼 바람직한 공동체는 대중들의 야망하는 선이 공동체 전체의 소망이 되는 조직체, 그로 인해 대중들의 생명의식, 코나투스가 최고로 발휘되는 조직체 그로 인해 조직체가 성장하고 발전하는 공동체를 말한다.

3) 신과 각 사물이 만들어내는 관계 생태학

박경리의 신에 대한 의식은 범신론적 관점, 살아있는 유기체적 생명의식이라는 관점으로 요약할 수 있다. 물론 우리가 알고 있는 범신론적 관점, '만물은 모든 영성을 가지고 있다'로 그치는 것이 아니다. 사물의 개체마다 영성을 가지고 있을 뿐만 아니라 사물과 사물이 유기적인 연관성을 가지고 있기 때문에 각 개체의 생명의 존엄성을 상호 존중해야 한다는 것이다.

앞에서 한국인의 한이 박경리의 『토지』에 와서 인물들의 한 맺기와 한 풀기를 통해 어떻게 인간의 존엄성을 찾고 그것이 능동적으로 인물을 변화시키는가를 구체적으로 설명했다. 여기서는 이론적으로는 생략하고 박경리 『토지』의 인물 중에 가장 생명의식을 잘 보여주는 길상을 통해서 관계성이 어떻게 확대되고 그것이 능동적 공동체로 확대되는가를 살피려고 한다. 길상을 통해서 생명의 유기적 생명의식을 조그마한 벌레에서부터 민족까지 확대해서 보여주고 있다.

언제 내렸는지 들창 밖에 비가 내리고 있다. 빗발이 고와서 거의 빗소리가 들리지 않는다. 안개에 싸인 강물과 강물에서 번져나간 것만 같은

---

52   이수영, 『에티카, 자유와 긍정의 철학』, 오월의봄, 2013, 301면.

모래밭과 거의 평면으로 펼쳐진 숲, 그리고 뗏목들, 머지않아 겨울이 오고 강물이 얼어버리면 뗏목은 볼 수 없을 것이다. 열띤 송장환 음성을 바람 소리처럼 이제는 무심하게 들으며, 술잔을 손에 들고 창밖을 바라보는 길상의 가슴에 돌연 뜨거운 것이 치민다. 불덩이 같은 슬픔이, 생명의 근원에서 오는 눈물 같은 것이, 무엇 때문에 슬픈가. 무르익은 봄날 보랏빛 꽃이 포도송이 같이 주렁주렁 매달린 등나무에는 크고 통겹고 윤이 흐르는 곰벌만 찾아왔었다. 스산한 가을바람이 부는 들판의 작은 꽃에는 무슨 벌레가 찾아드는 걸까. 심장을 쪼갤 수 있다면 그 가냘픈 작은 벌레에게도 주고, 공작새 같고 연꽃 같은 서희 애기씨에게도 주고, 이 만주땅 벌판에 누더기같이 찾아온 내 겨레에게도 주고, 그리고 마지막에는 운명신에게 피 흐르는 내 심장의 일부를 주고 싶다.[53]

이 인용문에서 길상이 생명의 근원이라고 하는 것은 자신의 운명에서부터 인간의 생사고락 전체를 일컫는다고 할 수 있다. '생명의 근원'에서 오는 '불덩이 같은 슬픔'은 생명 전체에서 오는 연민 때문이다. 그 슬픔이 자신에 대한 연민에서 타자로 확대, 작은 벌레, 공작새, 서희 애기씨, 내 겨레, 결국 자신의 운명까지 이른다. 이것은 자신의 근원에서 오는 한이 연민으로 확대, 타자와의 유대감으로 확대됨을 보여준다. 길상의 이런 인식 체계는 숲에서 나무와 바람과 햇볕이, 동물과 버섯이, 꽃과 새, 야채 등 연결되어 있지 않은 것이 없듯이, 생태계 역시 사물 하나가 생존하기 위해서는 자연의 도움뿐 아니라 서로 간에 유기적인 연관관계를 가지지 않으면 안 된다는 의식을 보여준다. 인간을 위해 자연을 도구화하는 인간 중심주의가 아니라 모든 생명이 유기적인 연관성을 가지고 있기 때문에 더불어 살아야 한다는 공동체

---

53 박경리, 『토지』 2부 2권, 마로니에북스, 2012, 19면.

의식을 보여준다. 박경리의 범신론적 세계관이고 스피노자의 우주의 질서나 자연이 신이라는 스피노자의 신과 맞닿아 있다.

들뢰즈와 공동 집필자 가타리 역시 스피노자의 영향을 엿볼 수 있는 부분이 생태학적 관점이다. 가타리는 프랑스 녹색당의 창당 멤버일 정도로 생태계에 대한 관심을 많이 가진 철학자이다. 그는 사람들이 자본주의의 욕망에 미치는 대신, 마음속에 잠재하고 신체에 담겨있는 생명 에너지로서의 욕망이 활성화됨으로써 마음을 자유자재로 움직이며 고정관념에 사로잡히지 않는 상태에 이른다고 했다.[54] 위의 '신체에 담겨있는 생명 에너지로서의 욕망이 활성화됨으로써'가 바로 스피노자의 기쁨의 코나투스를 통해 에너지를 활성화하는 것을 말한다.

『토지』에서는 길상이 같은 개개인의 인물이 한 맺기와 한 풀기를 통해 어떻게 생명의 보존 에너지, 즉 코나투스를 확보하는가를 구체적으로 보여주고 있다. 이런 인물이 어떻게 민족의 일원으로 거듭나는가를 한 맺기와 한 풀기 과정을 통해 보여준다. 이들 개개인은 민족 공동체와 유기적인 관계를 가지면서 상호작용한다. 박경리의 생명의식은 다양한 사물과 유기적인 관계를 가진 인간의 생명력을 통해 개체의 중요성을 부각시킨다. 인간 개개인이 중요한 만큼 유기적인 관계를 가진 사물의 질서 또한 소중함을 길상을 통해서 보여준다.

생태주의는 생명이나 인간이 공유하는 생명 에너지의 흐름, 즉 스피노자의 코나투스나 박경리의 한 맺기와 한 풀기의 과정을 통해 드러나는 각 개체의 존엄성 확보이다. 스피노자는 신의 표현능력이 그대로 드러난 것이 각 사물의 형상물이라고 했다. 각 개체는 신의 내재적 형상성에 따라 표현된

---

54   신승철, 『지구 살림, 철학에게 묻다』, 모시는사람들, 2021, 127면.

것이다. 그것이 제도나 인간의 잘못된 욕망에 의해 왜곡되는 것이다. 개체의 존엄성 확보는 능동적 에너지로 연결되고 그것이 생명의식의 확보이다. 코나투스나 존엄성 확보에 의한 능동적 에너지는 살아있는 생명임을 확인하는 것이다.

신이 가지고 있는 코나투스라는 능동적 에너지가 각 개체의 사물 속에 똑같이 자리 잡고 있어 서로 연결되어 생태계를 형성하고 있다. 이런 코나투스가 각기 식물과 동물들을 연결하고 『토지』에서 작가는 인물 한 사람 한 사람에 정성을 기울여 한 맺기와 한 풀기를 통해 인간의 존엄성을 찾아가는 과정이 마음 생태계를 만드는 작업이다.

박경리는 작품에서 길상의 어릴 때부터 벌과 같은 작은 벌레, 새 등 작은 것을 통해 생명에 대한 경외심을 특히 많이 보여주었다. 길상은 자신이 부모가 누구인지 모르는 고아 의식이 타자에 대한 연민과 공감력으로 확대된다. 서희가 아버지 최지수의 비명횡사, 어머니 별당 아씨의 불륜으로 출가, 할머니 윤씨 부인까지 병사하자 서희의 일거수일투족을 다 돌보아주는 후견인처럼 길상은 서희를 돌본다. 만주에서는 서희의 소망인 최참판가의 재산을 도로 찾는 일을 자기 일처럼 돕는다.

길상이 결혼 적령기가 되어 서희를 마음속으로 흠모했다. 그 후 이동진과의 대화를 통해서 결국 신분의 벽을 뛰어넘을 수 없다고 인식한다. 서희가 길상이와의 혼인을 원한다는 말을 마친 후의 이동진 태도를 보고 '무서운 심연'을 본 것 같은 충격에 빠진다. 이 무서운 심연은 뛰어넘을 수 없는 신분의 벽을 말한다. 길상은 그것을 '비정'이라는 단어로 설명하며, '한 그루 나무 같이 한 덩이 돌 같이 사람이 사람 아니게 되어가는 공포'라고 해석했다. '비정'은 동등한 자연인 인간으로서의 대우가 아니다. 양반과 상놈이라는 제도의 벽에 갇혀 인간을 사물화시키는 것을 말한다.

길상은 서희를 체념하고 대화재 때 재난을 당해 바느질로 생계를 이어나가는 우연히 만난 과부 옥이 엄마에게 연민으로 시작, 사랑하게 된다. 옥이 엄마가 가난하고 볼품없는 아이까지 달린 과부라는 것을 길상이 떠벌리고 다니는 것을 보고 서희는 옥이 엄마와의 관계가 사랑이 아니라 길상의 근원적인 슬픔에서 오는 것이라고 파악한다. 서희는 과감하게 길상이와 함께 있는 옥이 엄마를 방문한다. 돌아가는 길에 우연히 사고를 당하게 된다. 길상은 입원해 누워있는 서희를 한 마리 떨고 있는 새처럼 가여운 마음이 들어, 서희 역시 가여운 존재임을 새롭게 인식한다. 그로 인해 길상은 두 사람 사이에 놓여있는 심연, 그동안 자신을 옥죄고 있던 신분 억압의 끈이 산산이 부서지는 경험을 하게 된다. 즉 서희를 상관으로서가 아닌 가여운 한 인간으로 인식하게 된다. 이런 과정은 길상의 한이 인간으로서의 존엄을 찾고 어떻게 긍정적 코나투스로 향하는지를 보여주는 과정이다.

그 이후 두 사람은 결혼, 아들까지 두 명 출산, 만주 재산을 정리한다. 최참판가의 재산을 다시 되찾고 서희는 진주로 귀환, 길상은 만주 독립운동에 합류한다. 이 과정에서 서희는 길상과의 관계를 절대적인 관계로 규정한다. 이것은 두 사람의 신뢰에 의한 일심동체임을 말하는 것이다.

길상은 이러한 과정을 거쳐서 독립운동에 합류하는 것을 '제 무리들에게 돌아가기 위해 남은 것이다'라고 표현한다. 이것은 그동안 서희의 일군으로 일해 왔으나 길상도 자신의 무리라고 할 수 있는 같은 처지의 고아 김환, 자신을 길러준 혜관, 백정이라는 제도의 모순에 억하심정으로 살고 있는 관수 등 그들과 더불어 자신의 진정한 주체성을 찾고 싶은 것이다.

결국은 태어난 생명들이 다 고르게 배불리 먹을 수 있고 무리에서 따돌림 받지 않고 업신여김을 받지 않고 복되게 사는 것은 어디 사람만의 염원인가? 천지만물 생명있는 일체의 염원 아니겠는가?[55]

위의 인용문에서처럼 '고르게 배불리 먹을 수 있고 무리에서 따돌림 받지 않고' 사는 것, 즉 모든 생물이 자연의 질서 속에서 생명력을 마음껏 발휘할 수 있는 개체가 되는 것으로 요약할 수 있다. '자연의 질서' 속에서는 스피노자의 용어로는 필연성이라는 말로 대체할 수 있다. 즉 자유에 대한 욕망이 개인의 사적인 욕망이 아니라 적합한 범위 내에서, 공동체 질서 범위 안에서 이루어지는 자유이다. 개체 하나하나가 이런 질서 속에서 산다면 생태계는 그대로 유지될 수 있을 것이다.

잘 살고 잘 죽기를 위한 하나의 방법은 따돌림을 주고받지 말고 남성/여성 양반/상놈 부자/가난한 사람 등 다양한 이분법적 사고에 저항하면서 '친척 만들기'를 제안한 헤러웨이처럼『토지』인물들은 '무리에서 따돌림 받지 않기' 위해 다양한 친척 맺기를 하고 있다.[56] 여기서 말하는 친척이란 신분이나 출신에 의한 계보가 아니라, 전혀 연결고리가 없는 탈가족화된 인간들과의 고리이다. 김환, 길상, 서희는 최참판가와 연결고리를 가지고 있지만 모두 고아이다. 이런『토지』의 친척맺기는 해방되기까지 지속적으로 이어진다. 서희가 진주에서 장연학을 시켜 독립운동하는 분들의 가족 돌보기도 결국 친척맺기의 한 부분이다.

생명체 하나하나가 영성적 존재라고 한다면 어느 하나 소중하지 않은 것이 없다. 자신의 몸이 모든 생명체와 연결되어 있다는 것은 개체적 자아가 확대, 광역적 자아[57]로 나아가는 것은 스피노자가 말하는 신이 표현하는 방식

---

55 박경리,『토지』5부 2권, 마로니에북스, 2012, 444면.
56 도나 헤어웨이, 김상민 역,「인류세, 자본세, 대농장세, 툴루세 : 친척만들기」,『문화과학』2019 봄호, 168면.

과 같다.

표현은, 자신을 표현하는 신으로부터 표현된 사물들로 우리를 인도하는 방사와 같다. 표현은 표현되는 것이 아니라 표현하는 것으로서 신적인 본질 그 자체처럼 제한 없이 모든 것이 동등하게 확장된다.[58]

들뢰즈가 지적한 것처럼 스피노자의 신은 표현 그 자체라는 말은 코나투스와도 연결된다. 생명체가 살아있다는 것은 코나투스를 통해 움직이는 것과 마찬가지로 신도 표현을 통해서 끊임없는 생성 속에서 자신을 표현한다. 그런 의미에서 신 역시도 생명체라고 할 수 있다.

개체적 자아가 움직이면 거기에 연루되어 있는 광역적 자아가 그 움직임을 느끼듯이 개체적 자아가 서로 서로 연결되어 있다는 생태적 인식은 모든 사물과의 관계에서도 중요하지만 인간과 인간 사이에도 유효하다. 민족의 위기 앞에서 개인을 소환하고, 민족에 대한 새로운 성찰을 요구한다. 이러한 집요한 민족사를 박경리는 『토지』에서 쓰고 싶지 않았을까. 일본제국주의 아래 핍박받고 조선의 땅에서, 혹은 핍박을 견디지 못해 떠난 만주 이주민까지 살아있다는 모든 생물들, 풀 한 포기까지도 결연하게 일어서기를 바라지 않았을까. 끊임없는 생성을 위한 온전한 생명체로 살아가기 위해서. 『토지』 정신은 풀 한 포기까지고 친척으로 끌어들여 자기 목숨처럼 아끼는 것, 그것이 바로 생태주의 정신이다.

생명사상의 실현으로서 공동체는 능동적이어야 하고 독자적인 것이라야 하는 것이다.

57   신승철, 『지구 살림, 철학에게 묻다』, 모시는사람들, 2021, 129면.
58   질 들뢰즈, 현영종·권순모 역, 『스피노자와 표현 문제』, 그린비, 2019, 217면.

이것은 인간에 대한 의식과 총체적인 자연에 관한 균형감각이 있을 때만 가능한 공동체이다. 어떠한 미물, 풀 한 포기라도 생명은 능동적인 것이며, 능동적인 것의 표현으로 탈근대 의식을 대변한 바로 박경리의 생명의식이다. 이 생명사상은 모든 존재가 영원하지 않고 모든 존재는 서로 의존하면서 존재한다는 불교의 만물의 평등한 관계성을 강조한다.[59]

---

59 박경리, 『토지』 4부 1권, 마로니에북스, 2012, 58면.

4. 『토지』에 나타난 '능동적 공동체'와 『혼불』에 나타난 '나'

1) 기쁨과 슬픔의 촉발 장치로서의 '코나투스'

이 글에서는 『토지』의 서사 전개에서 가장 중요한 인물인 서희나 『혼불』의 강실이 스피노자의 개념인 코나투스를 통해서 어떤 인물인가를 보려고 한다. 스피노자가 이야기하는 기쁨이라든가 혹은 슬픔으로 귀착되는 두 작품을 드러내는 장치라든가 작가 의식을 비교함으로써 두 작가의 작품의 특징을 살펴보고자 한다.

스피노자는 인간의 기본적 욕망을 코나투스라고 본다. 인간의 감정이 이 본성에서 나오지 않은 것이 없다는 것이다. 이 본성을 니체는 '권력 의지'로 들뢰즈는 '기관 없는 열차'로 각기 명명, 지칭은 다르지만 근본적으로는 스피노자의 코나투스에 파생된 개념들이다.[60]

---

60   이수영, 「수동적 정념의 코나투스와 감정의 법칙」, 『스피노자 에타카』, 오월의봄, 2017, 220-245면.

스피노자와 니체는 인간의 이성을 억압하는 종교에 대항하여, 나름의 성경 해석을 통해 성숙한 인간이 스스로 자신의 자유를 확보할 수 있는 길을 제시했다. 이후 알랭 바디우의 『사도 바울』도 이러한 시도를 잇고 있다. 종교와 정치 권력의 카르텔에 짓눌린 인간을 해방시키려 했던 스피노자의 시도는 프랑스 혁명을 통해 주목받기 시작했다. 이후 칸트, 헤겔, 마르크스, 니체 등에게 영향을 끼친 스피노자는 근대로 향한 교두보 역할을 했다.

스피노자는 강자든 약자든 현자든, 자유인이든 노예든 그가 생명을 갖고 있는 존재라면 그 누구든 자신의 코나투스를 실현하기 위해 최선의 노력을 기울인다고 한다. 이런 코나투스는 모두 인간이면 누구나 동등하게 갖고 있다는 것이다. 즉 니체식으로 표현하자면 강자도 최선의 권력 의지를 실현하려 노력하고 약자도 최선을 다해 자신의 권력 의지를 표현한다는 것이다.

스피노자에게 실재하는 것, 즉 이 현실 속에서 그 실존을 부여받은 모든 생명체는 나름대로 완전하다는 것이다. 존재하는 모든 것은 그 완전성과 실재성을 획득한다는 것이다. 노자와 마찬가지로 인간의 본성이라고 할 수 있는, 실재가 가지고 있는 완전성을 찾아가는 과정이 바로 삶이라는 것이다. 『토지』의 생명사상이나 『혼불』의 '혼불' 의식에서 이야기하는 개체의 존엄성이 활활 불타올라 자신의 혼신을 다하는 것과 같다. 이 욕망이 바로 자기 자신의 본성을 찾아가려는 행위이다. 이것이 스피노자의 '코나투스'이고 니체의 '권력 의지'이다.

스피노자는 코나투스가 주체적으로 신체와 결합해 자율적인 실천이 이루어진다는 것이다. 이때 생명력을 마음껏 발휘할 수 있는 적합한 의식이 생긴다는 것이다. 모든 사물의 본성이면서 실존하는 모든 사물의 현실적 욕망인 코나투스는 여러 외적 원인에 의해 유지되기도 하고 위협당하기도 한다는 것이다. 즉 인간은 현실적으로 실존하게 되는 순간 코나투스적 존재라고 한다. 코나투스는 기쁨이나 슬픔이라는 촉발 장치를 필요로 한다. 그렇지만 우리의 본성에 의해 결정되는 것은 기쁨/슬픔이 아니라 코나투스다. 기쁨과 슬픔은 외부 사물이 우리에게 끼친 효과이지만 코나투스는 그런 효과 속에서 자신의 실존을 유지하려는 현실적 발현이라는 것이다.[61]

자신의 실존을 유지하게 해주는 것들은 좋은 것이라는 것이다. 즉 감정은 우리의 신체와 결합했을 때 좋고 나쁨이 발생한다. 좋은 것과 우리의 신체가 합성되었을 때 코나투스 즉 '생명사상'이나 '혼불'에서 말하는 생명력이 가장 크게 작용한다는 것이다. 감미로운 음악이나 맛있는 음식, 편안한 주거 공간, 깊은 통찰력을 담은 책 같은 것들은 생명력을 활발하게 하고 능동적이 된다는 것이다. 반면 나쁜 것들을 합성했을 때 우리에게 파괴적으로 작용하는 것들이 우리에게 나쁨이며 도덕적으로 악이며 그것은 우리를 위축시키며 수동적이게 한다는 것이다.

2) 『토지』와 『혼불』의 현실적 태도

『토지』에서 최참판가의 몰락과 흥망은 일본제국주의라고 하는 역사적 사회적인 상황에 의해서 매개되어 전개된다. 1, 2부의 인물들 각자가 가지고 있는 성격에 의해서 한을 만들기도 하지만 정치적 격변이라는 사회적 상황에 의해서 운명이 결정되기도 한다. 3, 4, 5부에는 서희라는 인물에 의해서 최참판가 집안을 일으켜 세우기 위한 서사를 중심으로 다양한 사회 계층이 만들어내는 인간사가 펼쳐진다. 결국 서희가 길상이와 결혼함으로써 민족의 독립으로 서사의 방향이 전환된다. 그에 따라 서희는 간도에서 진주로 오고 독립

---

61   이수영, 「정신과 신체의 본성에 대하여」, 『에티카, 자유와 긍정의 철학』, 오월의봄, 2013, 240-255면.

군으로 남은 길상의 뒷바라지와 독립군 가족의 뒷바라지를 장연학이라는 인물을 내세워 돌보는 역할을 함으로써 능동적 공동체로의 민족 세우기로 진입한다.

『토지』의 서희가 평사리에서 간도, 간도에서 진주까지 너무나 많은 사건과 인물들이 다양하게 얽히고 풀리는 사건과 사건을 통해서 인간 간의 관계를 형성한다. 일본제국주의 초기부터 일제 강압적인 민족 억압의 양상, 독립운동가들의 다양한 분파, 일제하에 새롭게 등장한 신지식인군과 신여성들의 다양한 모습, 초기 근대의 자본주의화에 따른 상업가들 등, 그들 한 사람 한 사람의 구체적 일상을 통해 일본제국주의 하의 조선 민족의 사회상과 인간들의 다양한 형태들을 서로 간의 유기적인 관계 속에서 보여준다. 『토지』라는 거대한 우주 속에 민족이라는 생명체가 어떠한 형태로 움직이고 어떻게 죽음을 맞이하는가를 600명 가까운 인물들의 당시의 구체적인 일상과 의식, 그런 것들의 서로 유기적인 관계 속에서 거대한 생명체로 파노라마처럼 펼쳐지는 것이 바로 『토지』의 서사의 세계이다.

> 개체는 저마다 소우주를 가지고 있습니다. 조그마한 벌레 한 마리도 삶의 법칙에 의해 살아갑니다. 그 벌레의 삶 자체는 거대한 코끼리와 차이가 없습니다. 하늘의 별과도 차이가 없는 것인지도 모릅니다. 다만 미세하다 해서 그 벌레가 법칙 밖의 삶을 살아가는 것은 아닙니다. 모든 생명은 총체로서의 개체이며 총체는 개체로서 이루어지고 고리사슬에 엮어진 존재일 것입니다.[62]

위의 인용문처럼 박경리는 아무리 개인이라고 해도 인간의 삶은 우주의

---

62 박경리, 「인간탐구」, 『문학을 지망하는 젊은이들에게』, 현대문학사, 1955, 281-282면.

삶의 법칙에서 벗어날 수가 없다는 것이다. 개인은 우주와 같아서 아무리 미물 같은 존재라 해도 그 존재는 우주 전체의 시스템과 다름이 없는 유기적인 개체이기 때문에 중요하다는 것이다. 『토지』는 거대한 우주선과 같이 민족이라는 공동운명체를 태우고 시간의 흐름의 부침을 거듭한다. 그러면서 각자 개인의 삶을 주체적으로 운행하면서 또 전체 흐름을 따르는 능동적 공동체라는 것이다.

『혼불』 속에서 일어나는 일련의 사건들, 강모와 효원의 결혼, 청암부인의 죽음, 강모와 강실의 근친상간, 강모의 만주로의 도피, 또 춘복이로부터 강실이 강간을 당한 후의 임신, 강실이의 매안 이씨로부터 축출, 중간 중간 끼어드는 풍속이나 신화 이야기, 액막이 연 이야기 등, 이 대부분의 이야기는 일본제국주의 하의 상황이 아니라고 해도 얼마든지 가능한 이야기이다. 최명희가 설정한 일본제국주의라고 하는 민족의 암울한 상황은 단지 민족적인 어려운 시기라고 하는 상징성만을 가질 뿐 구체적인 현실로서의 의미는 없다. 최명희는 그 시기를 단군 신화의 웅녀가 어두운 굴에서 지내야 했던 시기이며 자신이 글쓰기를 계속하던 어둡고 암울했던 시기로 상정하고 있다. 『혼불』에서는 이 시기를 미친개에게 물린 것처럼 인내하면 언젠가는 새로운 광명의 시기를 맞이할 것이라는 것이다. 두 작품에서 일본제국주의가 조선을 강제 합병하는 어려운 시기에 대처하는 방법과 인식은 다르다.

『혼불』에서는 인간에게 부여된 천재나 재앙은 인력이 지극하면 극복될 수 있는 것이다. 그렇기에 사회적 환경이나 역사적 환경은 별 의미가 없다. 청암 부인이 한일합방의 소식을 듣고 '사람들이 나라가 망했다, 망했다 하지만, 내가 망하지 않는 한 결코 나라는 망하지 않는 것이다.'라고 한 말은 개인 한 사람 한 사람의 삶의 중요성을 역설하고 있다는 것을 보여주고 있다. 그래서 『혼불』의 중요 사건들, 청암부인의 죽음이나 강모의 결혼, 강모의 고독과 외로움, 강실이의 불행, 궁극적으로는 매안 이씨의 멸망이 일본제국주의라고 하는 사회 역사적 환경과 아무런 관련이 없는 것이다.

일본제국주의라는 현실을 무시한 채 강모나 강실이 등은 수동적인 무기력한 감정에 빠져든다. 그것은 일본제국주의에의 예속을 인정하는 것이고 개인들의 자발적인 자율권을 포기하는 것이다. 즉 일본제국주의라고 하는 큰 집단에 내재되어 있는 폭력에 순응하는 것이다. 이런 존재들은 자신을 둘러싼 환경의 변화에 대한 의지나 개인의 능력을 애초부터 박탈당한 존재들이다. 『혼불』의 중요 사건들은 궁극적으로는 매안 이씨의 멸망이 일본제국주의라고 하는 사회 역사적 상황과 아무런 관련이 없는 개인적 주체들, 강모, 강실이들이 주요인물에 의한 것이다. 작품 속의 인물들의 슬픔은 자기 자신에 대한 부정, 자신이 놓인 상황에 대한 객관적 판단 능력을 잃어버린 무능력의 상태를 드러내는 것이다.

결혼식날 시작된 강모의 방황이나 강실과의 근친상간, 보름날 달의 정기를 흡입하려다 춘복이에 의한 강실의 강간당함은 인물의 무능력을 그대로 보여주는 것이다. 슬픔이 주는 무지 속에서 맹목적으로 양반의 미덕이라고 할 수 있는 인내에 의존하기 때문이다. 강모는 자신이 놓인 상황을 벗어나기 위해 강실이와 대화의 노력조차 않는 것이다. 이처럼 무기력한 수동적인 정념에 휩싸인 채 자신의 삶을 내던지다시피 하는 『혼불』의 대부분의 인물들은 현실을 향하여 자신이 무엇을 해야 할지 파악할 능력이 부족한 인물들이라 외부적 힘에 의해 지배되면서 내면적인 힘, 인내밖에 할 수 없는 인물이다. 그 인내도 운명에 맡기면서 막연한 빛을 기대하는 것이다.

『혼불』에서는 현실 세계가 새로운 비전을 제시하기 어려운 암담한 상황임을 전제한다. 내면적 힘에 의한 오직 인내로만 암담한 상황을 견뎌내는 힘을 드러낸다.[63] 『혼불』에서 인간에게 부여된 천재(天災)나 재앙은 인력이 지극하면 극복될 수 있는 것이다. 그렇기에 사회적 환경이나 역사적 환경은 물론 개인의 의지도 별 의미가 없다. 『혼불』 작가는 객관적 현실을 반영하려는 서술 태도보다는 작가 의식을 상징적 이미지나 회상적 분위기를 통해서 전달하려는 것이다.

3) '나'의 근원 찾기와 능동적 공동체로서의 민족

스피노자의 개념인 능동적 공동체를 『토지』와의 관계에서 좀 더 살펴보자. 스피노자는 능동의 경우에는 오직 기쁨의 감정과 그에 따른 능동적인 욕망만 존재한다고 했다. 기쁨에서 생겨난 욕망은 코나투스이기는 하지만 외부의 자극에 의해 증가된 충족감으로 인해 욕망이 배가된다는 것이다. 서희가 간도에서 자신의 주체적인 생각으로 길상이와 일체가 되어 재산을 이루어가는 과정은 혀를 두를 정도로 용의주도하다. 간도로 탈출 이후 자신의 피붙이라고는 한 명도 없는 서희가 평사리 마을 사람들과 함께 떠날 때는 홀로 선 자신의 위기를 그들과 함께하겠다는 강한 의지 때문이다. 즉 처음부터 서희는 자신의 실존을 보존하기 위해 다른 이웃들과 함께 연대했기 때문에 가능했다. 서희라는 홀로 선 개인이 아니라 어려움과 기쁨을 함께 한 김훈장이나 용이네, 공노인 등을 비롯한 이웃들과 더불어 하는 삶이다. 이것은 서희가 최참판댁을 지켜야겠다는 가문 이상의 또 다른 욕망, 공동체에 대한 염원으로 발전한다.

이에 비해 『혼불』 속에서 일어나는 일련의 사건들, 강모와 강실의 근친상간, 춘복이의 강실이의 강간, 강실이의 축출, 천민 백동이 자신의 아버지 뼈를

---

63   나병철, 「소설이란 무엇인가」, 『문학의 이해』, 문예출판사, 1994, 340-349면.

청암부인의 묘에 투장하는 사건 등, 또 중간 중간 끼어드는 풍속이나 신화 이야기, 액막이 연 이야기, 백제 이야기, 만주 이민 역사 추적하기 등, 대부분의 이야기는 도도한 작가 정신에 의해서 인물들의 삶을 규정하는 객관적 현실과 유리된 채 상징, 언어의 반복, 시각적 이미지인, 자연 제재물이나 사물에의 감정 이입, 모티브의 반복과 불연속적 사건들의 병치 등 '순간의 상태성'을 표현하는 수동적 정념에 휩싸인 인물만을 그려내고 있다. 작가 의식에 의해서 『혼불』이 전달하려는 것은 서사적 성격을 초월한 영원의 본질적 고양을 경험한다는 것은 오직 작가 의식의 발현이지 작품 속에서는 수동적이고 맹목적인 인물로만 드러날 뿐이다.

　『혼불』의 강실이처럼 자신의 삶의 최고의 위기의 순간을 맞았음에도 슬픔도 분노도 아무런 감정을 유발하지 않는 것은 자신의 실존을 유지하려는 의지 자체가 사라진 것이다. 기쁨이나 슬픔, 혹은 분노는 외부 사물이나 사건에 의해서 유발된 효과이지만 코나투스는 그런 효과 속에서 자신의 실존을 유지하려는 현실적 발현이라는 것이다. 그러나 강실이는 전혀 그런 감정의 발현을 찾아볼 수 없다. 이것은 종교가 대중들을 죄속에 빠뜨려 놓고 맹목적으로 종교에 의존하게 만드는 것과 똑같은 것이다. 이런 것이 최명희가 『혼불』에서 추적했던 우리 민족의 근원, 힘없고 그래서 인내하고 때를 기다려야만 하는 근원인 '나'일지 모르지만, 너무 소극적이고 맹목적이다.

　『토지』의 서희가 자신의 의지대로 현실을 이끌어가는 적극적인 인물이라면 강실이는 자신의 의지와 관계없이 사촌인 강모로부터 근친상간을 당할 때나 거멍굴 상놈, 춘복에게 강간을 당할 때도 대책 없이 당하는 수동적인 인물이다. 제1권에서 10권까지 열 마디 말도 채 하지 않는 침묵과 인내로 일관하는 인물이다. 대부분의 서술이 하인들의 입을 통해 혹은 옹구네의 수다로 강실이의 근황이 제시된다. 또 강모나 강실이의 의식을 통해서 제시될

뿐이다. 또 역사적 예화와 상징적 이미지를 통해 반복해서 강실이의 존재에 대해서 제시한다.

> 그 애 녹은 자리의 쓰라린 공동(空洞), 이 상실과 상처와 상심이 버린 가슴은 오히려, 해 같고 달 같은 꼭지로 물들어서, 한숨과 눈물의 풀로 한 생애의 이마에 곱게 붙여질 것인가.
> 그래서 자신도 모르는 사이에 그 비어버린 것의 힘으로 가벼이 되며, 또 비어버린 것의 힘으로 강하게 되어, 바람이 불어오는 것을 두려워하지 않게 될 수도 있을 것인가.[64]

위의 인용문은 강실이 수많은 상심과 상실을 통해 비워버린 가슴, 중간에 구멍을 뚫어, 비어버린 힘으로 가벼이 훨훨 하늘을 나는 연(鳶)처럼 현실을 극복하고 승리하기를 기원하는 연(鳶)의 이미지를 이용, 서술하고 있는 것이다. 작가는 강실이를 인간이 겪을 수 있는 최고의 고통의 늪으로 던져 인간의 존엄성을 완전히 잃게 한 다음, 새로운 제2의 강실이를 탄생시키고자 하는 서술의도를 통하여 죽음의 지경에 몰아넣는 것이다.

스피노자는 이런 강실이와 같은 인물을 수동의 정념에 사로잡혀 있는 자라고 정의를 내린다. 스피노자가 말하는 욕망은 '자신에 관한 의식적인 욕구'[65]라고 말할 때 강실이는 자신이 놓여있는 상황과 자신의 감정 상태가 혼란스러울 뿐 자신이 정확하게 어떤 상태인지 모른다. 즉 춘복이와의 신체적 결합이 자신의 신체에 미치는 결과에 대한 판단을 미룬다. 단지 인내를 통하여 시간의 흐름 속에서 운명을 기다릴 뿐이다. 어떤 관계에서나 누구에

---

64 최명희, 『혼불』 제3부 5권, 한길사, 1990, 232면.
65 질 들뢰즈, 박기순 역, 『스피노자의 철학』, 민음사, 2018, 36면.

게나 당하는 맹목적이고 수동적인 강실이의 감정, 인내라는 것이 자신의 객관적 상황판단을 막고 자신의 감정을 논리적으로 분석할 수 없게 한다. 인내, 고착된 상태에서 벗어날 수 없게 하고 벗어나려고 하지도 않는다. 이러한 정념에 사로잡힐수록 정신의 활기는 감소, 무생물처럼 무기력한 상태에 빠진다. '인내하면 언젠가…'라는 양반의식은 당위가 되어 복종 이외의 어떠한 것도 인식하지 못하게 한다.

> 이에 놀란 공배네는 강실이를 짐보따리 빼앗듯 잡아챘다.
> 마치 사람 하나를 찢으려고 둘이서 덤벼드는 아귀들 같았다.
> 그 바람에 옷고름이 풀어져 버린 강실이가 망연자실, 몸을 뜯기며 당황한 눈빛으로 허공을 움켜잡는다.
> 나를 놓아 주시오…
> 강실이 얼굴이 파랗게 질린다.[66]

위의 인용문에서 보는 것처럼 거멍굴의 천박한 옹구네와 공배네가 자기네들의 상전과 같은 강실이를 서로 갈취를 위해 물건처럼 취급한다. 강실이는 얼굴이 파랗게 질리며 입속으로만 '나를 놓아주시오…'라고 외칠 뿐이다. 위의 인용문은 옹구네가 춘복이와 내연의 관계에 있는 힘을 믿고 강실이를 납치, 자신의 손아귀에서 빠져나오지 못하게 위험에 빠뜨리는 장면이다. 자신이 살았던 환경과 전혀 다른 환경에서 옹구네의 구박을 받으면서도 강실이는 그 슬픔에서 빠져나오려고 노력하지 않는다. 또 이 슬픔이 어디에서 오는지 전혀 알지 못하는 무지 속에서 오직 인내의 시간만을 견디고 있을 뿐이다. 단지 자신이 춘복이에게 강간을 당해서 춘복이의 아이를 임신했다는 사실이

---

66 최명희, 『혼불』 제5부 10권, 한길사, 1990, 317면.

혼란스러울 뿐이다. 그 혼란 속에서 자신의 집안사람들에게 알려지지 않기만을. 혹은 그 상황을 모면하고 싶을 뿐이다. 오직 양반 의식에 의한 체면이 상황의 심각성을 판단하는 데 방해하고 있다. 그 사건의 원인을 분별하고 자신의 진정한 욕망(코나투스)이 무엇인지에 대한 무지로 인한 노예의 상태에 머무르는 불행한 인물이다.

『토지』에서 윤씨 부인이 죽고 서희는 조준구로부터 모든 재산을 찬탈당하고, 간도로 탈출할 때는 그동안의 기반은 다 잃고 오직 윤씨 할머니가 남기고 간 금괴와 김훈장을 비롯한 자신의 집에서 소작인을 지냈던 용이, 영팔이, 그리고 하인 길상이 등이 옆에 있었을 뿐이었다. 김훈장, 이상현을 빼고는 대부분이 소작인, 하인이었다. 양반인 김훈장과 이상현과도 길상과의 결혼 문제로 다툰 이후 모두 떠나갔다. 서희가 그 이후 자신의 모든 것을 맡기고 도움을 요청할 사람들은 그들이었다. 길상이, 공노인 등, 자신의 가족이 아닌 다른 민초에 토대를 둔 사람들이었다.

서희가 간도에 와서 그들과의 간극 없는 생활은 길상과의 관계에서도 평사리에 있을 때의 주인과 하인과의 관계가 많이 희석되어 있었다고 보아야 할 것이다. 일례로 간도 대화재 사건으로 간도 전체가 황폐해진 시점의 에피소드를 보자. 서희가 길상이보고 목재를 많이 들여 와 대화재 피해자들에게 목재를 팔아 돈을 벌려는 것을 보고, 길상이 서희에게 '불쌍한 사람들 상대로 장사 같은 것은 하지 말'고 서희에게 따끔하게 충고할 때는 신분의 간극은 사라진다. 서희와 길상은 처음 다른 배경과 다른 목적을 가지고 시작했지만 차츰 자신들이 추구하는 이익이 서로 같은 방향으로 가는 것이다. 서희가 수단과 방법을 가리지 않고 모은 재산을 가지고 다시 고국으로 돌아왔을 때 길상이는 독립운동을 하기 위해 만주로, 서희는 독립운동가들의 가족들을 돌보는 데서 확인된다.

바로 가족과 같은 사랑을 이웃과 함께 나누며 더불어 사는 사회 그것이 결국 민족으로 이어지며 그들이 같은 생각임을 확인했다고 할 수 있다. 자연스럽게 간도에서 서희가 진주로 내려 올 때 길상은 독립운동 진영으로 떠났다. 이것은 민족의 모든 구성원이 노력하며 이루어나가야 하는 능동적 공동체로 나아가기 위한 준비단계이다. 서희가 진주로 돌아온 후 자신의 힘이 미치지 못하는 부분, 독립운동 가족을 돕는 일을 장연학을 통해서 대리 역할을 감당하게 한다. 3, 4, 5부의 서사의 중요한 인물로 장연학이 지속적으로 등장하는 것은 바로 가족과 같은 사랑으로 민족을 돌보자는 길상과 서희의 민족의식의 반영이다.

서희와 길상이 가족이면서 서로 서로의 자유로운 선택은 두 사람의 공통선에 대한 일치가 가능한 곳에서만 일어날 수 있다고 스피노자는 말한다.[67] 스피노자는 타인으로부터의 자유가 아니라 타인과 함께 있어도 자신의 본성과 타인의 본성이 동일하게 발휘되어 서로에게 제약이 되지 않는 그런 자유를 말하고 그것이 바로 인간 고유의 생명의식을 전적으로 발휘할 수 있다고 했다. 왜냐하면 우리의 활동이 곧 개개인의 활동이 되고 나의 본성이자 타인의 본성이 되는 상태가 되면 타인의 삶이 나의 삶이고, 나의 삶이 타인의 삶의 되는 경지에 도달해 타인에게 의존하는 것 같아도 실상 그것은 자신만의 온전한 능력의 발휘가 되기 때문이라는 것이다. 이것은 박경리가 말한 유기체 존재론과 일맥상통한 의식이다.

스피노자에게서 '개체들의 구성과 활동은 원초적으로 다른 개체들과의 관계를 함축'하며 '처음부터 모든 개체는 자신의 형태와 실존을 보존

---

67   이수영, 『에티카, 자유와 긍정의 철학』, 오월의봄, 2013, 338면.

하기 위해 다른 개체를 요구한다.' 능동의 조건이자 이성의 조건은 홀로 선 개인이나 고독한 개인이 아니라 함께 기쁨을 위해 만남을 조종하는 삶, 공동체적인 삶에 있다는 것. 자유, 그것은 오직 공동체에만 피어나는 아름다운 열매이다.[68]

"~ 순진무구, 그때 일을 떠올릴 때마다 저는 사람에 대한 깊은 신뢰와 우리 민족의 아름다움을 생각하고 뼈에 사무치는 한을 느낍니다. 아저씨의 외로움은 늘 그렇게 아름다웠습니다. 잘 웃고 만사를 익살로 넘기던 그분이 왜 그렇게 서러워 보이든지요. 다만 수줍어할 때만 우스웠습니다."

"......"

"왜 그런지, 왜 그런지 모르겠습니다. 아버지 같았고 형님 같았고 친구 같이 임의롭고 언제나 감싸주는 고향 같았습니다…"[69]

위쪽 인용문에서는 스피노자가 개념적으로 설명한 공동체는 아래의 인용문 『토지』의 대화체로 보여준 민족 공동체에 대한 신뢰와 거의 똑같은 내용으로 문체만 다를 뿐이다. 아래 인용문은 만주에서 송장환과 홍이의 대화중에 어디에 있는지 알 수 없는 주갑이를 회상하며 홍이가 한 말이다. 이 인용문에서 작가는 인간에 대한 무한한 신뢰가 바로 인간에 대한 향수이며 이것은 바로 고향으로 이어지며 민족에 대한 신뢰까지 확대됨을 보여준다. 『토지』에 후반부에 와서는 이웃으로 시작해서 생명공동체로 보는 민족으로까지 확대되며 생명력을 가진 능동적 공동체로 바뀐다.

---

68 이수영, 「인간의 예속과 자유에 대하여」, 『에티카, 자유와 긍정의 철학』, 오월의봄, 2013, 313면.
69 박경리, 『토지』 5부 1권, 마로니에북스, 2012, 26-27면.

『토지』에서 동학운동에서 의병 활동, 만주에서의 갖가지의 독립운동이 제시되는 것은 능동적인 역사, 우리 것을 찾기 위한 노력의 일환, 민족사의 배경으로 서술되고 있다. 두 번째는 나라가 없으므로 다스리는 일은 돈 있고 더 힘 있는 자들이, 일본제국주의의 침탈로 헐벗고 굶주린 백성들을 고루 족할 정도는 아니더라도 일제로부터 벗어날 때까지라도 버티고 살아남도록 도와야 함을 서희나 장연학을 통해 이루어낸다.[70]

스피노자는 자신의 코나투스를 유지하기 위한 삶은 바로 자연적인 삶이라고 한다. 우리에게 가장 좋은 상태는 우리의 이익이 타인의 이익이 되는 상태 즉 '본성에 있어 일치'하는 상태이다. 이런 상태는 우리가 문학에서 서사시의 시대, 즉 개인의 생각이 공동체 의식과 일치되는 유토피아적 상태이다. 이것은 기쁨은 슬픔과 동일하게 수동으로 분류되지만 그럼에도 슬픔에는 없는 기쁨만의 본성이 있으니 바로 완전성의 증가 덕분에 생겨난다는 것이다.

박경리는 해방이 된 시점 연합군에 의해서 저절로 얻어진 해방이 아니라 실제 만주를 비롯한 연해주 지방에서 일본제국주의에 대항하다 총칼에 쓰러진 독립군들을 통하여 우리 민족이 최선을 다해 얻은 독립으로 조명하고 싶은 의지의 발산이라고 할 수 있다. 이것이 바로 '감나무 밑에서 절로 드러누워 입 벌리고 살아가는' 소극적인 민족이 아니라 우리가 스스로 노력하고 능동적으로 움직이는 민족으로 조명하고 싶었던 것이다. 인간 개개인은 자신의 소우주 속에서 각 개체로서 자신의 소중한 생명력을 마음껏 발휘하면서 하나의 공통된 목적, 민족 해방이라는 지향점을 향한 욕망으로 서로가 서로를 보듬고 나아가자는 것이다. 이것은 민족 해방이라는 공동체에 의해 증가

70　이덕화, 「토지, 가족 서사의 확대, 능동적 공동체 만들기」, 『여성문학연구』 37, 한국여성문학학회, 2016.4, 191면.

된 기쁨이면서 자신의 기쁨을 배가시키는 감정이다. 이런 기쁨으로 인해 상호 호의적인 관계와 신뢰를 구축할 수 있는 것이다.

스피노자의 코나투스(욕망) 이론을 이어받은 니체의 권력 의지는 인간의 내부에 여러 욕망들 가운데 수동적인 것들은 고립시키고 무의식 속에서 적극적 힘을 끌어내어 능동적인 것으로 전환, 새로운 생동하는 힘으로 끌어올린다는 것이다. 이것이 자기 극복이며 능동적인 삶으로 전환되는 것이다. 칸트의 코키토에서 능동적 주체는 오로지 수동적 주체의 변용 속에서 느껴지는 어떤 타자이다. 화자는 무의식적 주체가 능동적으로 이루어내는 작업을 통해 또 다른 자신을 만나게 된다.

『토지』의 생명의식과 『혼불』의 '혼불' 의식에서 말하는 생명력은 각 개인의 생명력이 마음껏 펼쳐나가 '나'에 대한 사랑이 살아있는 생명체 전체에 고루 퍼질 때 혼신의 힘을 말한다. 『토지』의 서희는 자기 자신에 대한 사랑이 이웃으로, 이웃에서 민족으로 퍼져나감으로써 생명체 전체에 대한 연민으로 확대된다. 그러나 『혼불』의 효원이나 강실이는 인내를 미덕으로 삼는 양반 의식에 갇혀 자신의 생명력을 불태우기 전에 운명의 회오라기에 갇혀버리는 인물들이다. 각기 생명체가 가지고 있는 생명력, 즉 스피노자의 코나투스적 욕망을 불사를 때 바로 생명을 다했다고 할 수 있다. 이것은 여성, 남성을 떠나 생명을 가지고 있는 모든 생명체가 능동적으로 삶을 살아야 하는 이유이다.

서희는 자신이 할 수 있는 범위 내에서 만남들을 조직하고 자신의 본성에 맞춰 통일시킨다. 그리고 결합 가능한 관계들을 자신의 사업과 연계시키고 이를 통해 자신의 능력을 증가시키려고 노력한 탁월한 경영자였다. 하동의 소작농과 이웃들뿐 아니라 동학군, 민족 독립군의 가족까지 도우며 최참판댁을 초월해 민족 공동체까지 확장하며 자신의 능력을 키워나갔다.

반면 강실이는 우연적 만남에 의한 불행에도 그 결과들을 수동적으로 받아들이고 그 결과가 자신의 인생에 어떤 의미를 초래할지 모르는 무능력을 드러낸다. 자신이 의도하지 않고 자신이 원하지 않은 강간을 두 번씩이나 당하고 자신의 운명이 어디로 향해 있는지도 모른다. 강실이는 매안 이씨 가문으로부터 축출당하였을 뿐만 아니라 강실이 자신 스스로도 자신의 어떤 처지에 놓인 줄을 모르는 자신으로부터도 소외된 인간으로 전락한다.

5. 『토지』 인물들의
코나투스에 의한 존재력 증감

1) 스피노자의 신과 박경리의 범신론

박경리는 『생명의 아픔』에 스피노자가 주로 사용하는 개념어인 '자유',
'유기적 생명체', '능동적 공동체', '절대성', '능동성' 등과 같은 개념을 빈번
히 사용하고 있다. 뿐만 아니라 이런 개념어들이 스피노자의 용어가 지닌
철학적 의미와 비슷한 의미로 사용되고 있다. 자연, 생명, 신 등에 대한 의식
역시 스피노자의 그것과 유사하다. 박경리는 스피노자를 읽고 스피노자의
사상을 자기화하지 않았나 하는 생각이 든다.[71]

---

71 박경리, 「불모의 시기」, 『가설을 위한 망상』, 나남, 2007, 37-38면. 유한의 삶을 넘어
    무한 속에서 영혼을 풀어놓고 근원과의 만남을 희구하는 능동적 상태야말로 지고지순한
    가치로서 아무나 갈 수 없는 길이며 일반 중생에게는 피안이다. 이와는 다르게 적잖이
    어폐가 있지만 타의에 의한 자유도 있긴 있다. 추방이나 파문 같은 것인데 철저한 소외,
    강요당한 고립, 어떠한 것에도 소속할 수 없고 세속과 교류가 단절된 상태를 말한다.
    혹독한 형벌의 일종이다. 그러나 피동적으로 당해야 하는 고통 속에서 자유를 체득하게
    된다면 능동적 창조에의 빛을 볼 수 있을 것이다. 실제 그 같은 처지에서 자유의 길로
    간 사람은 많다. 범신론을 주장한 철학자 스피노자는 유태 교회에서 파문 선고를 받은

이 세계 전체는 각 사물과 사건들이 자신의 본성의 필연성에 따라서 움직이는 신이다.[72]

신과 죽음에 대하여 좀 더 구체적인 느낌을 말한다면 불가사의 하지만 우주의 질서에는 한 치의 빈틈도 없다.[73]

박경리는 '본성의 필연성'이라는 표현과 스피노자의 '한 치의 빈틈도 없다'라고 하는 표현으로 미루어 볼 때, 두 사람은 우주 전체를 '필연성'을 가지고 움직이는 질서 체계로 보고 있다고 할 수 있다. 스피노자의 신의 관점을 박경리가 우리나라의 샤머니즘의 관점과 비교해서 받아들이고 있는 다음의 글을 보더라도 스피노자의 신에 대한 철학과 박경리의 『토지』에 나타난 생명의식은 서로 맞닿아 있다고 할 수 있다.

오랜 옛적부터 우리 본래의 사상, 더 깊이 근원을 찾아가면 샤머니즘의 생명 공경의 사상에서 비롯된, 잠재적인 것이 아니었을까.[74]

지금은 무속이라는 형식만 남아있고 원시종교다 미신이다 하는 말을 듣지만 나는 생명주의라고 감히 말합니다. 생물에는 모두 영성이 있다고 믿은 그때의 사람들은 천 년 오백 년을 살아 온 나무의 영성을 위대하다고 생각했으며 그와의 교신을 소망했습니다.[75]

후 렌즈 닦는 업으로 입에 풀칠을 하며 고독한 삶을 이어가면서 그의 철학의 체계를 세웠고 (…중략…) 이어서 사마천, 도스토옙스키, 프루스트, 다산(정약용), 고산(윤선도)의 예를 들고 있다.

72 이수영, 『에티카, 자유와 긍정의 철학』, 오월의봄, 2013, 152면.
73 박경리, 「나의 문학적 자전」, 『꿈꾸는 자가 창조한다』, 나남, 1994, 143면.
74 박경리, 『생명의 아픔』, 이룸, 2004, 14면.
75 박경리, 『생명의 아픔』, 이룸, 2004, 132면.

박경리는 샤머니즘을 설명하면서, 생명을 가진 개체가 다른 생명체와 교섭을 통하여 무한하게 뻗어나가는 공간 확대와 시간 확대가 이루어지는 영성(靈性)을 강조한다.

또 스피노자는 신은 자신이 본질을 구성하는 동일한 속성들 속에서 사물을 생산하는 것으로 보고 있다. 그러므로 모든 사물의 원인은 신이라는 것이다. 신은 자신이 존재하는 방식대로 사물을 생산한다.[76] 신의 속성의 하나로 드러나는 코나투스 생명 욕구는 사물의 생성, 신의 표현으로 드러난다.

박경리도 생물이 생존하는 것은 순리일 뿐만 아니라 지구 자체가 거대한 생명체로서 모든 생물은 다른 생명과 불가분의 관계에 있다고 본다. 그리하여 지구와 모든 생명은 공동체이며 같은 운명이라는 것이다. 그는 삼라만상의 모든 생명이 유기체적인 연관관계 속에서 존재한다는 것이다. 바로 신의 활동은 표현으로 나타나며 또한 사물의 개체의 생명도 표현으로 나타난다. 표현은 자신을 표현하는 신으로부터 표현된 사물들에게 똑같이 확장된다. 각 개체의 사물은 신을 원인으로 하는 자연의 법칙 혹은 우주의 질서에 의해서 움직인다는 것이다. 신적인 본성의 표현으로 무한히 많은 것이 무한히 많은 방식으로 생겨나고, 그렇게 생겨난 모든 것들은 신성한 자연의 법칙에 의해서 움직인다고 했다. 자연 안에는 우연적인 것은 없으며 모든 것은 일정한 방식으로 존재하고 작용하도록 신적인 본성의 필연성으로부터 결정되어 있다는 것이다.[77] 즉 이 자연 속에 우연은 없다. 이 세계는 필연의 질서로 이루어진 것으로 스피노자는 보고 있다.

---

76 질 들뢰즈, 박기순 역, 『스피노자의 철학』, 민음사, 2018, 87면.
77 B.스피노자, 황태연 역, 『에티카』1부, 정리 20, 비홍, 2011.

생물이 생존하는 것은 순리일 뿐 아니라 지구 자체가 거대한 생명체로 모든 생물, 생명과 불가분의 관계가 있기 때문이다. 보다 절실하게 말한다면 지구와 모든 생명은 공동체이며 같은 운명이다. (…중략…)

물이, 공기가, 생물이 없다면 존재할 수 없고 억조창생 일체가 그 생존의 조건이 같으며 능동적으로 대처하는 기능도 같아서 일사불란하게 순환해 왔던 것이다.[78]

위의 인용문에서 제시하고 있는 '운명 공동체', '능동', '일사불란한 순환' 같은 개념은 스피노자가 신이라고 하는 자연, 즉 영원하고 무한한 존재는 지구의 모든 생명과 동일한 필연성을 지니고 있는 것으로 보고 있음을 알려준다. 전체 자연에서 인간은 아직 작은 부분에 지나지 않는다. 오직 전체 자연의 필연성에 의해서 인간뿐만 아니라 모든 개체는 존재하고 작용하도록 일정한 방식으로 결정된다는 것이다.[79]

박경리는 작품을 쓰기 시작한 초기 작품에서부터 개인의 존엄성을 강조해 왔다. 박경리가 강조하는 존엄성은 범신론에서 이야기하는 한 개체는 모든 사물과 유기적인 관계성을 가지고 있기 때문에 어느 개체이든 중요하지 않은 것이 없다는 것이다. 동시에 인간만을 중시하는 인본주의나 자본주의의 물질 숭배 사상에 의해서 마구 개발되는 환경과 파괴되는 자연에 대해서도 안타까워했다. 박경리는 사물 하나하나에도 영성이 있는 것으로 보았기 때문에 어떤 미물도 중요하지 않은 것이 없고 모든 자연이 유기체적인 관계 속에서 사슬고리처럼 연계되어 있어, 아주 작은 부분의 파괴조차 전 우주의 총체성에 미치는 영향이 크다고 본다. 이러한 박경리의 생명의식은 신의 속성인

---

78 박경리, 『생명의 아픔』, 이룸, 2004, 12면.
79 B.스피노자, 황태연 역, 『에티카』, 비홍, 2011, 338면.

변용으로 드러나는 각 사물은 우주의 질서이고 자연의 일부이기 때문에 생명 에너지를 가지고 있다. 그러기 때문에 모든 사물은 반드시 소중히 다루어져야 한다는 스피노자의 철학과 맞닿아 있다.

2) 신의 삶 자체는 표현

스피노자의 철학에서 신이 스스로 어떻게 드러나는가 하는 문제는 중요한 문제다. 들뢰즈는 스피노자의 신의 표현 문제에 천착한 철학가이다. 들뢰즈의 『스피노자와 표현 문제』[80]는 바로 스피노자의 신이 자연이라는 우주 만물과 어떻게 관계 맺나를 서술한 책이다. 스피노자는 이 문제를 제기하면서 우리 삶을 병들게 하는 것, 그것은 신이 세계를 자유로운 의지로 창조했다는 통념이라고 하였다. 신이 자신의 뜻대로 세계를 창조했으므로 신의 뜻대로 그것을 멸망시킬 수 있다는 잘못된 통념 때문에 인간의 삶이 병들게 되었다는 것이다. 이런 통념은 우리의 삶을 신에 굴종하는 노예적인 삶으로 만든다는 것이다. 신은 누군가를 위해 '의도적'으로 '자유의지'에 의해 이 세계를 창조한 것이 아니라고 스피노자는 주장한다. 신과 세계 사이에 존재하는 것은 자유의지가 아니라 필연성이라는 것이다. 거미가 거미줄을 치는 것은 신의 의도에 따른 것이 아니라 거미의 본성이 '필연적'으로 표현되는 변용 능력 때문이라는 것이다.

표현은 신 안에서는 신의 삶 자체다. 그렇기 때문에 신이 자신을 표현하기 위해서 세계나 우주나 소산적 자연을 생산한다고 말할 수 없을 것이다. 충분 이유는 모든 목적성 논의를 배제하면서 필연적이어야 하며, 뿐

---

80   질 들뢰즈, 현영종·권순모 역, 『스피노자와 표현 문제』, 그린비, 2019.

만 아니라 신은 그 자신 안에 그 자신의 본성 속에 그를 구성하는 속성들 속에 자신을 표현한다.[81]

신의 삶 자체, 그것은 '표현'으로 드러난다. 신의 무한한 실존 능력의 표현이 곧 만물의 생산이고 신은 곧 생산의 존재라는 것이다. '표현'이라는 개념을 스피노자에게서 발견하고 재창조한 것은 들뢰즈이다. 들뢰즈에 따르면 스피노자의 신은 실존하는 모든 것들과 표현의 관계를 맺고 있다. 만물은 신의 표현이며 신은 만물을 통해 구성된다. 표현된 것은 신의 능력이며 표현되지 않은 것, 즉 신의 무능력은 존재하지 않는다. 표현되지 않는 세계, 표현되지 않은 관념을 추방하는 것, 모든 초월성을 거부하고 내재성, 신의 속성이나 타자가 가지고 있는 속성을 내 속에 가지고 있다는 자기 원인을 스피노자는 이 세계의 원리로 받아들인다. 이것을 통하여 공통성에 기반한 연대가 가능하다. 즉 차이를 긍정하고 모든 생명체가 새로운 연대를 형성할 수 있다는 것이다.

위 인용문의 본성은, 내재성에 기반한 우리의 이익이 타인의 이익과 일치되는 삶 그 상태를 본성과 일치되는 삶이며 필연적이라고 스피노자는 말한다. 그러기 위해서는 선을 따르는 삶이 아니라 이성적 인식을 통한 능동적인 삶에 있다는 것이다. 능동은 결과를 발생시키는 원인을 파악하고자 하는 이성적 노력이다. 능동의 존재가 된다는 것은 우리에게 좋은 일이 타인에게도 좋은 일이 된다. 이성은 사물을 참되게 인식하는 것이고 사물 그 자체를 있는 그대로 인식하는 것이며 필연으로 인식하는 것이다. 이성적 인간의 공동체는 평화와 사랑과 일치의 상태가 된다.

---

81 질 들뢰즈, 이진경·권순모 역, 『스피노자와 표현 문제』, 그린비, 2019, 114면.

스피노자는 지금, 이 순간, 그리고 매 순간 존재하는 모든 것들은 신의 표현이기 때문에 완전하다는 것이다.[82] 스피노자에게 실재하는 것, 즉 이 현실 속에서 그 실존을 부여받은 모든 것은 완전하다. 장애가 있든 없든, 곤충이든 인간이든 그 어느 것을 가리지 않고 만물은 완전하다. 대신 본성에 따른 능력은 어느 한도 내에서 증가하거나 감소할 수 있다. 완전성이 오르내리는 상태, 그것은 감정이라는 관념이 표현하는 신체적 변이로 나타난다. 감정은 항상 신체의 현재 상태만을 지시하는 것이 아니다. 신체의 능력이 증가하면 기쁨이 나타나고 신체 능력이 감소하면 슬픔이 나타난다. 신체에 새겨진 흔적을 지시하는 관념이 상상적 이미지라면 신체 능력의 변이를 지시하는 관념은 감정이다. 감정은 이미지나 관념으로 환원되지 않고 순전히 변이에 관련된다.

스피노자가 사물의 변이를 통하여 자신을 표현한다는 것은 인간 개개인의 양상에 따른 삶 자체가 신의 표현이기 때문이다. 『토지』에서 다양한 성격의 인물들이 펼치는 삶의 전개가 바로 신의 표현 자체라고 할 수 있다. 인간이 느끼는 기쁨이나 슬픔으로 경험하는 다양한 정서적 상태들도 스피노자는 모두 관념의 일종으로 본다. 이런 감정에 해당하는 관념은 신체의 활동 능력이나 존재력의 증가나 감소와 같은 변이 자체를 가리키게 마련이다.

감정에는 크게 두 가지, 기쁨의 계열과 슬픔의 계열이 있다. 외부 신체의 영향으로 인해 우리 신체의 활동 능력이 증가할 때 신체 능력의 증가분에 해당하는 정신의 관념이 바로 기쁨이다. 이것을 스피노자는 더 큰 완전성으로 이행하는 정념이라고 정의한다. 우리 신체의 활동 능력이 감소할 때 신체

---

82 이수영, 「정신과 신체의 본성에 관하여」, 『에티카, 자유와 긍정의 철학』, 오월의봄, 2017, 222면.

적 능력이 감소분에 해당하는 정신의 관념이 슬픔이라는 정념이다.

이와 같은 스피노자의 사상을 참조하여 『토지』 속의 인물들을 분석해 보고자 한다.

3) 『토지』 인물의 코나투스에 의한 존재력 증감

스피노자는 윤리학을 통해서 인간과 신과의 적절한 관계 속에서 참되고 적합하게 살기 위한 모색을 탐구했다고 할 수 있다. 인간이 유한한 조건 속에서 살아가는 동안 최선을 다하는 삶을 살기 위한 방법이다. 스피노자는 능동적 삶을 살기 위해서는 적합한 관념의 획득이 필요하다고 말한다. 적합한 관념의 획득은 외부 물체 안에 있는 공통개념을 우리 신체 안에도 가지고 있는 것, 그것은 신 안에 있는 것처럼 우리 안에도 있는 것을 지칭한다.[83] 즉 우리의 이익이 타인의 이익이 되는 삶은 스피노자가 제시한 능동적인 삶을 살기 위한 요건들이다. 적합한 관념은 신체 간의 공통된 인식이며 추상개념이나 보편개념이 아니다. 어린아이들이 사물을 인식하는 방법이 바로 신체를 통한 적합 관념이다. 뜨거운 것을 처음 아이들에게 말로 설명해도 모르지만 스스로 만져보면 뜨겁다는 관념을 알게 된다. 사물이나 인간 간의 부딪침을 통해 가지는 형성되는 관념이 적합한 관념이다. 우리는 다른 신체와 공통적인 것을 더 많이 인식할수록 더 적합한 관념을 갖게 된다.

스피노자의 철학은 신의 위치가 아니라, 바로 우리들의 위치에서 삶의 구체성을 찾는다. 외부와 돌발적인 마주침을 피할 수 없는 나, 숱한 생성의 과정에서 자신을 지키고 능력을 확장해야 하는 유한 인간으로서의 나. 스피

---

83 질 들뢰즈, 현영종·권순모 역, 『스피노자와 표현 문제』, 그린비, 2019, 181면.

노자는 그런 나를 출발점으로 삼는다. 물의 리듬을 타느냐 못 타느냐가 수영 선수와 익사자를 가르듯, 내가 다른 사람이나 사물과 관계하는 양상은 내 능력을 극대화하고 우리 자신의 특이성을 만개하게 할 것인가. 스피노자는 바로 이 지점에서 우리에게 가장 매혹적이다.

『토지』인물 중에서 길상이가 새라든가, 꽃이라든가, 사람과의 부딪침을 통하여 자신을 철저히 인식하는 방법을 선택하고 있는 것이 적합한 관념에 의한 자기 인식 방법이다. 길상이 만주에서 가족들을 따라 고향으로 돌아가지 않고 독립운동을 하는 것도, 나중에 도솔암에서 탱화를 그리는 것도 '제 무리에 어우러지기 위한 귀소본능'[84]으로 작중 화자는 규정짓고 있다. 여기서 의미하는 귀소본능은 천애 고아로 살아 온 철저히 타자화된 자신은 민중의 한 사람이고 일제의 피식민지인이라는 인식이다. 이러한 자기 인식은 나와 외부 사물, 혹은 이웃들과의 접촉을 통해 가지는 적합한 관념이다. 이것은 신의 무한한 본질을 인식하는 방법의 하나이다. 이런 인식이 실제에 대한 인식이고 능동적 기쁨을 준다.

모든 인간은 자신을 보존하고자 하는 충동을 무의식적으로 갖고 있는데, 그런 충동이 우리의 현실적 본능이라고 스피노자는 본다. 자신을 보존하고자 하는 욕망, 코나투스는 살아있는 생명이 실존하는 순간 다 가지는 것이다. 우리가 기쁨을 느낀다면 신의 속성을 드러내는 능력이 증가된다. 기쁨을 느낄수록 더 큰 의욕이 생성되기 때문이다. 또 슬픔을 느낄 때는 의욕이 상실되기 때문에 능력이 감소한다. 그러나 코나투스를 개인의 이기적 욕망 충족을 위한 것이냐 적합한 관념에 의한 공동체의 것으로 인식하느냐에 따라 삶의 방향은 달라진다.

---

84 박경리, 『토지』 5부 1권, 마로니에북스, 2012, 20면.

『토지』 인물 중에서 대표적으로 조준구, 귀녀, 김평산, 김거북, 두만이, 임이네 등은 개인적 이기적인 욕망을 채우는 인물들이다. 반면 독립운동을 하며 민족 해방을 위해 고생하고 자신의 삶을 헌신하는 이동진, 김강쇠, 송관수, 김환, 길길상, 최서희, 장연학 등과 같은 인물은 전면에서 혹은 뒤에서 민족의 독립을 위해 헌신했던 인물들이다.

박경리의 작품 세계에서『토지』전까지의 단편과 장편에서는 전체적으로 타자에 대한 존중의식, 자기 존엄성 등이 작품의 주제로 구현되었다.『토지』에 와서는 작품 전체의 인물 개개인이 자신의 한을 풀어나가는 과정이 자기 존엄을 찾기 위한 전제로 작용하고 있다. 한은 우리나라에서만 많이 거론되는 정서로, 위에 서술한 스피노자에 의하면 적합한 관념을 획득할 수 없었기 때문에 생기는 정서이다. 오랜 기간 가부장적 질서 속에서 당하게 되는 개인의 억울함, 분노 등으로 인해 심리적으로 한이 쌓일 수밖에 없는 삶의 구조 때문에 한이 생성된다.

> 한이 된다, 한이 맺혔다, 할 때는 물질적이든 정신적이든 빼앗겼든 당초 주어지지 않았든지 간에 결핍을 뜻하고, 한을 풀었다, 할 때는 채워졌음을 의미하는 말입니다. 해서 결핍은 존재할 수 없는 방향으로, 채워졌음은 존재하는 방향으로, 그렇다면 그것은 생명 자체에 관한 것이에요. 한은 생명과 더불어 왔다 할 수 있어요.[85]

위의 인용문에 의하면 한은 '맺혔다', '풀었다' 함에 따라 생명력이 좌우된다고 한다. '결핍'은 존재할 수 없는 방향으로, '채워졌음'은 존재하는 방향, 즉 스피노자의 존재력의 증감과 같은 방향의 것이다. 박경리가 말하는 이

---

85   박경리,『토지』4부 2권, 마로니에북스, 2012, 371면.

한[86]은 스피노자의 코나투스의 개념과 기본적으로 동일하게 사용되고 있음을 알 수 있다. 자기 자신에 대해 적합한 관념을 통해서 이해받을 수 있을 때 한은 쌓이지 않는다. 그렇지 않으면 신체적으로 우울증, 울화병으로 온다. 작품에서 다양한 인물들을 통해서 드러나는 한 풀기는 생명으로 나아가기 위한 전제 조건이다. 한을 풀지 않고는 생명의 길로 나아갈 수 없다. 이 작품에서 한을 푼다는 것은 '복수를 하는 것'과는 다르다. 한을 풂으로써 자신의 존엄성이 획득되고 그 이후의 자신의 존재력이 확대되기 때문이다.

> 뱃멀미 때문에 얼굴은 노오랗게 돼 있었지만, 한복은 전과 달리 명랑했고 어조에는 매우 적극적인 것이 있었다. 그것은 큰 변화였으며 확실한 것이었다. 원인의 첫째는 마을 사람들과의 진정한 화해에 있었을 것이다. 다음은 과거의 굴레를 벗어나 부친의 죄업은 부친으로 끝난 것하며 인간의 존엄과 신념과 사명감을 가지게 해주었던 길상이 마을로 돌아왔기 때문일 것이다.[87]

위의 인용문에서 한복의 존재력을 증가시키는 길상이 돌아옴으로 인해 '전과 달리 명랑했고 어조에는 매우 적극적인 것이 있었다.' 등의 능동적인

---

86 한국의 한에 대해서는 다양한 해설이 있는데, 유독 한국인에게 한이 많은 것은 『토지』에서도 나타나듯이, 신분에 의해서, 가부장적 의식에 의해서 가해지는 폭력이 많아, 피해자가 가해자에게 감히 대항하지 못하고 속으로만 앓기 때문에 울화병 우울증 등이 많이 생긴다는 것이다. 박경리는 이 작품에서 한을 포괄적으로 해석하고 있다. 인간이 살아가기 위해서는 어쩔 수 없이 가지는 생명력 그러니까 스피노자의 코나투스 같은 것이다. 박경리는 한을 샤머니즘의 연장선상에서 신비와 현실적인 두 관념을 수용한 것에 한이 있다고 말한다(박경리, 『토지』 4부 2권, 마로니에북스, 2012, 371면). '생명의 지향은 자연에의 접근, 혹은 동화, 그건 생명의 지향일 것입니다.' 박경리가 말한 것도 스피노자가 신, 즉 자연은 우주의 법칙을 따르는 것이라는 맥락과 동궤에 있는 것이다.
87 박경리, 『토지』 4부 2권, 마로니에북스, 2012, 303면.

삶으로 나타난다. 살인자의 아들이라는 한을 벗어던지고 동네 이웃들과 동등한 인간으로 마주 서게 됨으로써 인간으로서의 존엄을 획득하게 된 것이다. 이런 존재력이 증가되는 서술은 작품 곳곳에 다양한 인물들을 통해서 나타난다.

『토지』에서 한을 푸는 방식은 다양하게 나타난다. 그 많은 인물을 다 다룰 수는 없고 주요 인물들 중심으로 다루겠다. 서희를 중심으로 한 최치수, 김환, 길상, 봉순이 등, 또 용이를 중심으로, 또 강청댁, 임이네, 월선이 그리고 이홍 등이 한을 푸는 방식을 다루고자 한다. 우선 일차적으로 이런 인물들이 한을 어떻게 극복했으며 스피노자의 코나투스 이론에 의해서 기쁨과 슬픔이라는 관념에 따라 존재력을 어떻게 증가 혹은 감소하는가를 보고자 한다. 이 인물들은 기쁨, 슬픔이라는 삶의 열망과 절망이라는 구조를 잘 보여주는 인물군이라고 판단되기 때문이다.

❶ 서희를 중심으로 한 인물군

서희는 어린 나이에 엄마인 별당 아씨가 사라진 이후, 또 윤보 목수가 이끄는 마을 장정들이 조준구에게 점령당한 최참판댁을 습격, 그로 인해 윤보를 비롯한 마을 장정들과 머슴들, 길상이까지 왜헌병에 쫓겨 사라졌을 때 가장 존재력이 떨어졌다. 서희는 조준구 식솔에게 둘러싸인 고립무원의 신세가 되어 불안과 공포심에 빠진다. 그것은 서희에게 한이 되어 최참판댁의 가문을 새로 일으켜야 한다는 서희의 삶을 추동하는 생명성, 스피노자가 말하는 '코나투스'로 작용했다. 서희가 큰 상흔과 분노를 지녔음에도 간도에서 그처럼 기쁨의 코나투스를 향해 자신의 존재력을 증가시킬 수 있은 것은 간도까지 동반해준 평사리 사람과의 부대낌 속에서 그들에 대한 사랑이 싹텄기 때문이다. 그들이 서희를 마치 가족처럼 아끼고 사랑하는 가운데 서희는 고립무원의 처지에서 벗어난 평안함과 안도감을 함께 느꼈을 것이다. 또 평사리에서 간도까지 함께 온 일행과 가족 이상의 끈끈한 정으로 묶여 있었을 것이다. 길상을 비롯한 이상현, 용이, 월선이 김첨지 등은 최참판댁의 당주인 서희에 대한 깊은 사랑과 신뢰로 만주에서 서희가 진행하는 일을 전적으로 밀어주었다. 이것은 서희가 이들에 대한 사랑을 통하여 자신의 존재력을 증가시킬 뿐만 아니라, 재산 증식을 도모하고 조준구에 대한 복수를 단행한다.

그러나 서희는 자신의 꿈을 이루고 조준구에게 뺏긴 최참판 집을 도로 거금으로 구매하고 난 후 깊은 허무 의식에 빠진다.

> 며칠 전에 조준구와 마주 보고 앉았던 자리에 서희는 그림자 같이 앉았다. 허울만 남았구나. 서희는 마음속으로 중얼거린다. 나비가 날아 가버린 번데기, 나비가 날아 가버린 빈 번데기, 긴 겨울을 견디었건만 승리의 찬란한 나비는 어디로 날아갔는가? 장엄하고 경이스러우며 피비린내가 풍기듯 격렬한 조수 같이 사방에서 밀려오는데 서희는 자신이 살아있는 사람이 아니지 않는가 하고 생각해 보는 것이다. 실재하는 것은 아무 것도 없었고 어느 곳에도 없었다.[88]

인용문에서 보여준 회한은 그동안 최참판댁을 새로 일으켜야 한다는 일념으로 쫓아온 자신의 개인적 욕망에 대한 허무 의식이었다. 서희는 그동안 자신의 신체에 새겨진 분노와 한을 갚기 위해 내처 달려왔다. 이런 의식은 적합한 관념에 의한 인식이 아니라 공포, 분노, 외로움, 걱정 등에 의한 부정적 코나투스이다. 이런 부정적 에너지를 통하여 획득된 코나투스는 목표에

---

88   박경리, 『토지』 3부 1권, 마로니에북스, 2012, 229-230면.

닿으면 한계점에 도달하게 된다. 목적성이 이기적 한풀이라는 부적합한 관념에 의한 것일 때 그것은 허위관념이 될 수밖에 없다. 일본제국주의의 하수인 조준구를 통하여 빼앗긴 재산을 도로 찾는 것이 그 당시 나라 잃은 백성으로서 적합한 관념인가 하는 새로운 의문에 도달하기 때문이다. 위의 인용문에서의 실재에 대한 회의는, 획득한 것이 영원할 때 그것은 실재하는 것이 될 수 있다. 가문이라든가, 그 가문을 상징하는 집이 실재일 수는 없을 것이다.

이런 허무 의식은 성경에서 솔로몬이 모든 왕의 권세와 욕망을 다 경험한 후, '헛되다 헛되도다'고 전도서에서 외치고 하나님에게 돌아간 솔로몬의 외침과 같은 것이다. 서희는 그때부터 개인적 욕망을 내려놓고 민족 독립이라는 대의로 눈길을 돌린다. 스피노자가 말하는 적합한 관념을 획득함으로써 민족이라는 공동체로의 관심과 행동의 전환이 이루어지는 것이다.

작가는 서희가 자신이 민족의 독립을 위해서 돕는 일이 운명적이면서 필연적이기까지 하다고 한다. 길상과 결혼 후 만주에서 진주로 내려 올 때도 길상은 독립운동을 위해 만주에 남는다. 그때 서희는 두 사람의 관계를 절대적인 관계로 규정한다. 절대적이라는 개념은 스피노자의 개념으로 사소한 감정에 휘말리지 않는 적합한 관념에 의한 꼭 필요한 관계를 말한다. 두 사람은 부부이지만 독립을 위해 함께 돕고 함께 뜻을 같이함을 천명하는 말이다. 서희와 길상은 일본제국주의로부터의 해방을 위한 헌신을 통해서 그들의 존재감이 확대되고 증가된다. 이것도 부부 서로에 대한 깊은 신뢰와 민족 해방이라는 필연적 의식이 없었으면 불가능한 것이었다. 길상이 결국 계명회 사건의 주동 인물로 서울에 송치되어 감옥살이까지 한다. 길상이 독립운동을 하는 동안에 서희는 독립운동하는 가족을 장연학을 통해 돕는 역할을 했다. 길상이 감옥살이가 끝나자 도솔암에 관음상을 그리는 것도 돌아가신 스승이 "천수관음을 조성하여 도탄에 빠진 이 나라 백성 원을 걸어라"라는 당부를 실현하고자 했기 때문이다. 그로 인해 길상은 자신의 정체성을 회복하고 자존감을 찾는 존재력을 증가시키는 것이다.

윤씨 부인 어머니에 대한 한을 가진 최치수와 김환의 경우 서로 다른 길을 걷는다. 최치수는 다정하던 어머니가 절에 다녀온 이후, 자신에게 눈길조차 주지 않는 냉담함 때문에 존재력을 상실한다. 반면 김환은 어머니 집에 종살이를 하며, 피같은 눈물을 흘리며 방황하다, 생명처럼 다가온 사랑, 별당 아씨와의 불륜을 눈감아 준 윤씨 부인으로부터 존재력이 증가하여, 그 이후 동학 일당을 모아 독립운동에 헌신하는 존재력을 강화한다.

> 치수의 그런 식으로 준구를 괴롭히는 행동은 상당히 집요하고 잔인했다. 그런데 자신은 그런 여자를 서슴없이 상대하면서 조금도 쾌락을 느끼는 것 같지 않았다. 오히려 그런 행위를 싸움 생각하듯 광포했으며 증오하는 것 같았다. 어쩌면 그는 속 밑바닥에서부터 여자에 대한 혐오로 가득 차 있는 듯이도 보였다. 여자를 짓밟아 주지 않고는 못 견디겠다는 심리가 추잡한 방탕으로 폭발된 것 같았고 준구를 괴롭히는 것은 부수적인 일로 생각하는 것 같기도 했다. 치수는 결코 아름다운 별당 아씨를 사랑한 일이 없었으며 어머니인 윤씨에게도 냉담한 아들이었다.[89]

최치수에게 다감했던 어머니가 보여주는 갑작스러운 냉담함은 최치수에게 여성 혐오로 인한 부정적 코나투스로 이어진다. 이런 최치수의 태도는 서로 간의 접촉을 통해 서로의 신뢰를 쌓아가고 대화로 풀어나가는 적합한 인식 아래 행해진 행위가 아니다. 고립에서 오는 편견과 최참판댁 당주라는 오만에 의해서 행해진 편협한 관념에 의해 행해진 행위이다. 어머니 윤씨

---

89   박경리, 『토지』 1부 1권, 마로니에북스, 2012, 262-263면.

부인 역시, 자신이 당한 강간으로 인한 죄의식과 체면에 짓눌려 아들의 슬픔을 돌볼 여유가 없었다. 가문의 노예가 되어 제도의 희생자로서 개인의 삶을 살필만한 적합한 인식을 위한 노력은 없고 서로 간의 고립을 통한 신뢰의 상실, 믿음의 부재로 이어지고 결국 최치수의 삶 자체를 망가뜨리는 원인이 된다. 아들 최치수의 삶을 광포로 몰아간다. 소중히 여겨주던 엄마의 사랑을 잃음은 급격한 존재력의 상실로 이어질 수밖에 없다.

아내인 별당 아씨마저 고독과 외로움 속에 방치하였다. 김환과의 불륜도 결국 최치수가 원인을 제공한 것이다. 윤씨 부인이 두 불륜 남녀를 도망가게 한 것도 최치수의 성적 능력이 회생 불능 상태인 것을 알았기 때문이다. 결국 귀녀와 김평산의 음모에 의한 희생도 최치수가 자초한 것이다. 인간에 대한 증오는 슬픔으로 인한 감정을 극복하고자 하는 코나투스에 의한 것임에도 불구하고 최치수는 인간에 대한 관심을 끊어버리고 극한 상황으로 치닫는다.

최치수의 씨 다른 형제 김환은 최치수와는 달리 별당 아씨와의 사랑의 도피를 통하여 슬픔의 코나투스를 극복하고 새로운 사랑의 코나투스로 전환함으로써 생명력을 확대하게 된다. 윤씨 부인이 엄마임에도 엄마 집에서 종살이를 해야 했던 그 한도, 아버지 김개주의 불행한 삶도, 자신이 윤씨 집안의 노예가 된 것도, 윤씨 부인 탓으로 돌려 김환은 한을 품었다. 그 한은 매일 밤마다 지리산 골짜기를 헤매면서 통곡하는 회한으로 나타난다. 김환의 별당 아씨와의 불륜조차 그런 엄마에게 고통을 주기 위해 사랑의 불장난이었을 수 있다. 최치수의 방황이나 김환의 불륜은 같은 동기로 시작되었다고 할 수 있다. 그러나 김환은 어쩔 수 없이 받아들일 수밖에 없는 엄마를 통해 엄마에 대한 한을 푸는 실마리가 된다. 절망적 정열로부터 사랑의 도취로 한을 풀고 독립운동을 할 수 있는 기쁨의 코나투스로 자신을 확장, 독립운동을 하게 된다. 결국 배반자로 인해 김환은 스스로 목숨을 끊었지만, 그의 열렬한 숭배자였던 강쇠의 기억 속에 남아있는 김환의 이미지는 공통의 소망에 대한 목마름으로 기억된다.

> 아비 도요새, 어미 도요새, 아아 별당 아씨, 그 여자 도요새와 더불어 만경창파 구만리 장천을 나는 것을 꿈꾸며 진달래 빛 눈보라, 진달래 빛 빗속에서의 처절한 통곡을 거치며 그의 절망적 정열은 그의 불행과 행복과는 상관없이 <u>생동하는 생명의 지속</u>이었던 것이다. 때 묻지 않았던 산 사나이 강쇠가 김환에 뜨거운 애정을 갖는 것은 슬픔이 빚는 진실, 슬픔이 포용한 크나 큰 사랑 때문일 것이며, 마음속 깊은 곳에 김환이 살아있는 것도 <u>너와 내가 아닌 우리의 채울 수 없는 공통의 소망의 목마름</u> 때문일 것이며, (…중략…)[90]

위의 인용문에서 어머니로부터 버림받고 어머니 집 종살이를 하는 구천이 (김환)가 한으로 매일 밤, 집 뒤 지리산 기슭으로 올라가 뱉어내던 처절한 통곡도 별당 아씨와의 사랑의 도피도 살기 위한 몸부림의 하나였다는 것이다. 청춘의 혈기, 생동하는 생명력으로 인한 것이라는 것이다. 자신의 '혼신을 불어넣은 것' 그 자체가 능동성이며 스피노자가 말하는 '코나투스'인 것이다. 박경리는 인간이나 사물의 개체는 누구나 다 영성을 가지고 있기 때문에 살아남으려는 욕망, 능동성으로 자신의 혼신을 다하며 값진 삶이 된다고 하였다. 별당 아씨와 김환의 불륜까지도 처절함 속에서 살아남으려는 생동하는 생명력 때문이라고까지 말한다.

스피노자에 의하면 한 인간이 자유로운 영혼을 위해서 생명성을 확대할 때도 필연적인 관계 속에서 라는 말을 하는 것은 바로 위 인용문에서 밑줄

---

90 박경리, 『토지』 4부 2권, 마로니에북스, 2012, 46면.

친 부분 '너와 내가 아닌 우리의 공통된 목마름'을 위할 때라고 했다. 자기 자신의 자유가 자신만의 자유가 아닌 필연적일 때 자신의 본성은 바로 인간의 보편성이 된다. 즉 자연의 질서, 우주의 질서에 맞는 자유가 바로 필연성, 즉 위의 '공통된 목마름'과 같은 것이다.

서희의 주위 인물로 봉순이를 거론하지 않을 수 없다. 봉순이는 최침판댁의 침모의 딸로서 두 살 아래인 서희와는 친동기처럼 지낸 사이이다. 어릴 때부터 동기간처럼 지냈던 길상을 마음속으로 사모해왔지만, 길상의 지속적인 내침으로 속마음을 눈치채고 간도행을 포기한다. 이런 내침은 서희 아버지 최치수의 절친, 이동진 독립운동가 아들인 이상현에게도 똑같이 당한다. 봉순은 한때 허무주의자 이상현을 먹여 살렸건만 그로부터 진정한 사랑을 받지 못했다. 두 번의 내침을 당하고 봉순은 자신의 존재력을 상실한다. 자신이 하는 일이 설령 비생명적인 대상일지라도 생명, 즉 자신의 혼신을 불어넣는 경우 그만큼 삶은 값진 것이 될 것임에도 자신의 예능에도 신명을 다하지 못한다. 더구나 어머니면 누구나 자식에 대해서 가지는 절대적인 모성을 이상현과의 사이에 난 딸 양현에 대해서도 관심조차 없다. 두 번에 걸친 사랑의 실패는 자신의 생명력을 완전히 상실하고 석화된 인간이 되어 삶을 폐기해버렸다고 할 수 있다. 결국 슬픔과 허무의 감정으로 확대, 존재력을 상실한다. 결국 자살로 마감한다.

감정이 기쁨으로 큰 완전성으로 행하든, 슬픔으로 더 작은 완전성으로 행하든 이것을 정념(passion) 혹은 수동(passion)이라고 한다. 이것은 스스로 활동하지 못하고 외부 신체의 작용을 받아서 '노예'처럼 '비주체적'으로 움직이기 때문이다. 스피노자에게 수동은 우리의 정신 안에 생겨난 관념만으로는 그 결과를 설명할 수 없는 상황을 가리키는 개념이다. 그 결과가 우리 자신에 의해, 그리고 우리가 알고 있는 원인에 의해 명확하게 발생하지도 이해되지도 않는다는 것이다. 최치수나 봉순의 경우 인간에 대한 실망으로 슬픔이 온몸을 장악, 존재력을 완전히 상실, 스스로 활동하지 못하고 결국 삶의 끈을 놓아버렸다고 할 수 있다.

❷ 용이를 중심으로 한 인물군

용이와 관련된 강청댁, 임이네, 월선이 이야기는 여인들에 대한 용이의 사랑의 강도에 따라 그들은 삶의 활성을 잃어가고 그들의 존재력이 감소된다. 용이는 오직 월선만을 사랑해 왔기에 월선과의 관계에서만 존재력이 증가, 혹은 감소됨을 볼 수 있다.

> 한평생을 사람 기리는 것이 무엇인지, 일 속에 파묻혀 사는 농촌 아낙들, 그중에서 과부라든가 내외 간의 정분이 없는 여자들에게 야릇한 심화를 일게 하는 만큼 용이라는 잘난 남자를 지아비로 삼은 강청댁은 불행할 수밖에 없는 여자였다. 질투는 이 여자에게 영원한 업화였으며 사나이의 발목을 묶어 둘 만한 핏줄 하나가 없었다는 것도 노상 불붙는 질투에 기름이었던 성싶다. 강청댁은 여자라면 모조리 용이를 노리는 요물쯤으로 생각했었고 병적인 적개심 때문에 마음에서도 외로운 존재가 되었다.[91]

위의 인용문에서 작가는 강청댁을 질투의 화신으로 규정하고 있다. 인용문처럼 강청댁이 이렇게 질투의 화신이 된 것은 용이가 잘난 남자였기 때문이 아니다. 용이가 무당 딸 월선과의 첫사랑을 못 잊어 강청댁에게 정을 주지 않기 때문이다. 정을 주지 않는다는 것은 용이와 강청댁 사이에 사랑을 통한

91　박경리, 『토지』 1부 1권, 마로니에북스, 2012, 105면.

깊은 소통을 못했기 때문에 다른 이웃들과의 신뢰 관계도 쌓을 수가 없다. 인간과 인간 사이에 신뢰를 쌓을 수 없다는 것은 자신에 대한 존엄성마저 잃게 된다. 그로 인해 인간관계에 적합한 관념을 가질 수 없다. 적합 관념을 가질 수 없는 강청댁으로서는 존재의 불안감으로 평상심을 가질 수가 없다. 존재의 불안감은 시시각각 강청댁을 흔들어댄다. 용이 장에 가서 월선을 만날까 두렵고, 임이네가 애교를 부리면 남편이 유혹당할까 무섭다. 이런 고립과 불안은 신체에 균열을 일으켜 죽을 수밖에 없다. 콜레라 유행 도중 그 또래의 아낙 중에 유일하게 희생당한다.

이것은 임이네의 경우도 마찬가지이다. 임이네가 탐욕에 의해서 용이나 홍이에게 소외당했다기보다는 용이와의 진정한 사랑에 의한 소통을 하지 못했기 때문에 용이나 홍이에게 사랑을 줄 수 없다. 홍이는 자신을 낳은 친엄마임에도 임이네를 도외시하고 용이의 전적인 신뢰 아래에 있는 월선이만 따른다. 임이네는 부인으로서뿐만 아니라 어머니로서 존엄성을 상실할 수밖에 없다. 이것은 자기 소외로 이어지고 자기 소외는 결국 탐욕으로 이어진다. 이런 의식은 작가에게도 있었다.

생모 임이네와 월선의 틈바구니에서 겪은 곤혹과 갈등은 괴로웠지만 또 용정촌에서 불이 나기 직전까지 그러니까 용이 통포슬로 옮겨가기 전까지만 해도 집안은 항상 폭풍이었고 용이의 분노, 슬픔 그리고 절망이 빚는 행패는 이루 말할 수 없이 격심하여 아비의 잔인성-지금은 어찌하여 한 인간을 잔인하게 몰고 가는가, 뼈에 스미도록 홍이 자신이 체험하고 있으며 지난날 광포하게 날뛰던 아비의 심정을 이해하지만-에 넌더리를 쳤으며 아비의 입버릇처럼 집안을 지옥이라 생각한 때도 있었다.[92]

92   박경리, 『토지』 3부 1권, 마로니에북스, 2012, 295면.

위의 인용문에 의하면 용이의 분노, 슬픔, 절망은 그 당시 간도에서 용이 가족이라 할 수 있는 임이네, 홍이, 임이 모두 월선이 하는 식당에 의존, 의식주를 해결하는 데 연유한다. 그동안 월선이를 돌보지 못한 자의식에서 비롯, 월선이의 신세를 질 수밖에 없는 남자로서의 자존심은 분노, 슬픔 등을 유발, 가족들을 지옥의 삶으로 몰고 갔다는 것이다. 무당 딸이라는 잘못된 사회적 관습에 의해서 월선을 용이는 비록 조강지처로 맞이할 수 없지만 두 여인을 철저히 소외시키면서까지 사랑했기 때문에 월선이 앞에서는 완벽한 남성으로 있고 싶었을 것이다. 위의 절망과 분노는 가족을 향한 것이라기에는 월선을 향한 자신의 절망과 분노였을 것이다.

용이는 농부로 다소 보수적이고 신실한 사람이다. 그러나 두 여인을 철저히 소외시킴으로써 그녀들을 불행하게 했다는 혐의는 벗어날 수 없다. 월선의 임종 앞에서 용이 '후회가 없지'라고 월선에게 말한 것은 자신이 월선을 사랑하는 데 최선을 다했음을 자인하는 것이다. 월선이 만주에서 식당을 하면서 용이네 가족을 먹여 살리고 임이네의 횡포에도 평심을 유지할 수 있었던 것 역시 용이의 사랑에 의해서 존재력이 극대화되었기 때문이다. 대신 용이 사랑의 강도에 의해서 삶의 존재력이 증가 혹은 감소되는 강청댁이나 임이네는 질투 혹은 탐욕의 노예가 되어 잘못된 코나투스의 지배를 받고 자신의 삶을 망가뜨리게 된다. 강청댁은 한을 남겨줄 자식이 없었지만, 임이네의 탐욕으로 인한 잘못된 코나투스는 홍이에게까지 한을 남긴다.

만주에서 홍이, 자신을 낳아준 엄마 임이네에게는 정을 못 느끼자 월선의 사랑을 통해서 심리적 안정을 찾는다. 몇 번의 우여곡절 끝에, 고비를 넘기고 결국 적합한 관념을 획득하게 된다. 아버지의 자괴감과 엄마의 탐욕 사이에서 지옥 같은 삶을 살았던 홍이가 결국 적합한 관념을 획득하게 되는 데에는 첫 번째 월선의 사랑이 크다. 두 번째는 조금 나이 차이가 있지만 비슷한 한을 가진 석이와 친하게 지내면서 서로의 한을 나누고 자신들의 장래를 계획하고 걱정하는 소통을 통해서이다. 홍이는 결국 아버지 용이가 죽고 임이네까지 죽고서야 자신의 존재력을 증대시킬 수 있었다.

석이 아버지 정한조는 조준구를 무시했다는 것으로 최참판댁 습격 사건 때, 진주에 있었음에도 조준구에 의해 폭도로 고발당해 왜헌병에게 총살당했다. 석이는 왜헌병에게 아버지를 잃은 한을 가지게 된다. 그로 인해 힘들었던 석이는 봉순의 도움으로 물지게를 지면서 어렵게 고학하며 선생이 된다. 결혼한 부인 양을례의 봉순에 대한 오해로 석이가 3·1운동에 관여한 것을 형사에게 고자질, 결국 도망 다니는 신세가 된다. 결국 만주로 피신, 관수를 따라 독립운동에 합류한다. 경우야 다르지만, 한을 가진 석이와 홍이는 서로의 속 이야기를 나눔으로써 서로 의지하는 관계로 발전한다.

> (…중략…) 착한 사람이 될 수 없어요. 지어미를 짐승 보듯 하는데, 징그럽게 몸서리쳐지는데, 그러는 내가 밉고, 미워하는 나를 죽이고 싶고 불덩이같이 맘이 활활 타는데, 노상 그러는데 안녕하십니까? 목사님, 안녕하십니까? 장로님, 하면서 착하고 얌전하고 독실하게 인사를 할 수 있을까요? (…중략…)[93]

위의 인용문은 서희네와 함께 용이네도 고향으로 돌아온 이후 아직 홍이 일자리를 찾지 못했을 즈음 석이네 집을 방문한 홍이에게 교회 일자리를 소개하는 석이의 말에 대한 거절의 말이다. 인용문처럼 홍이는 어머니에 대한 증오가 자기혐오로 이어지며 분노에 가까운 공포와 절망으로 이어진다. 이런 절망으로 인한 존재감의 상실은 임이네가 죽고 아버지에 대한 예를

---

93 박경리, 『토지』 4부 1권, 마로니에북스, 2012, 325면.

갖추기 시작하면서 서서히 자신의 존재감이 증대된다. 결국 만주로 가서 독립운동에 참여하라는 주위의 충고를 받아들인다.

『토지』 인물들의 존재력을 상실하게 하는 한은 다양하다. 윤씨 부인을 속박하는 가문의 족쇄로 인해 두 아들들의 존재력을 위협하는가 하면, 용이처럼 제도의 벽을 뛰어넘지 못해 월선과 처 사이에서 우왕좌왕하는 가운데 주위 여자들뿐만 아니라 아들까지도 존재력을 감소시키는 경우, 조준구처럼 자신의 이익 챙기는 것에만 급급, 악의 화신으로 자기 자식에게마저 삶의 훼방꾼으로 등장, 다른 주위 사람들의 존재력을 상실하게 하는 인물로 매김된다.

4) 능동으로서의 코나투스와 존재력의 증감

이번 『토지』 인물들의 정서적 반응에 따른 존재력의 증감을 살피기 위해 『토지』에서 넘어야 할 고비의 하나는 『토지』의 주요 주제의 하나이면서 우리 고유 정서인 한에 관한 것이었다. 『토지』에서 인물이 자기 존엄성을 찾기 위한 전제가 바로 한을 푸는 것이었다. 『토지』에서 한을 극복한다는 것은 자신의 존엄성을 획득, 그로 인해 삶의 변화 시점이 되는 변곡점 같은 역할을 한다. 그런 의미에서 한이 스피노자의 코나투스와 같은 개념으로 사용하고 있음을 발견했다. 한을 품고 있을 때와 한을 풀었을 때의 정서적 반응이 확연하게 구분되어 묘사되고 있다는 것도 놀라운 발견이었다.

스피노자의 코나투스에 의한 존재력의 증감을 『토지』의 그 많은 인물들을 한편의 논문에 다 일일이 분석할 수는 없다. 다만 인물들의 개개인의 한은 각자 다르고 한을 극복, 존엄성을 회복하고 자기 존재력을 증대하는 것도 다 다르다. 병수 같은 인물은 어머니, 아버지의 횡포를 벗어나 새로운 예능을 통하여 자기 세계를 찾음으로써 자기 존엄성을 회복하고 존재력을 증대하였다. 남편으로부터 소박을 당하고 자살까지 하려고 했던 길여옥은 종교를 통해 자신의 존재력을 회복하기도 한다. 동학 혁명군으로 독립운동에 투사한 일군의 인물들도 각자의 한과 존재력의 증감 구조가 다르다. 신지식인군과 신여성군도 접근 방식이 다르고 존재력의 증감구조 또한 다르다. 신지식인군과 신여성군 중에서 명희, 조용하, 조찬하, 이상현, 오가다를 제외한 인물들은 주로 토론 중에 등장, 생활감정이 잘 드러나지 않아, 존재력의 증감을 파악하기는 힘들다.

그러나 이 모든 인물들의 한의 구조와 자신의 존엄성의 회복, 존재력이 어떻게 증감하는가는 분석이 필요하다. 그동안 『토지』의 주제를 생명사상, 혹은 한의 문학, 민족 문학 등 특정한 관념의 틀을 가지고 따로 분석, 『토지』 총체적인 의미를 파악하기는 역부족이었다. 이런 인물들을 통하여 나타나는 한이 작품 전체 구조와 어떻게 연관되었으며 생명주의는 어떻게 드러나고 그것이 민족주의라는 전체적인 맥락 안에서 어떻게 제시되었느냐를 통해 『토지』 전체적인 의미망이 드러날 것이다.

6. 『토지』에서의 만주 공간과 능동적 공동체

1) 희망의 땅, 만주

박경리는 중국, 특별히 민주에 대해 다음과 같이 피력하고 있다.

> 중국은 우리와 같은 피해국으로 헐벗은 우리 민족의 유랑지였으며,
> 일본의 마수를 피하여 망명해 갔던 곳이며, 국권을 탈환하기 위한 투사들
> 의 저항의 근거지, 민족의 대이동이 이루어졌던 그 땅을 알지 못하고서
> 작품을 쓸 수 없었던 것이다.[94]

위의 인용문에서 박경리는 첫 번째는 국권을 탈환하기 위한 투사들의 저항의 근거지로, 두 번째로 민족의 대이동이 이루어졌던 공간으로 작품 속에 형상화하지 않을 수 없었다는 것이다. 많은 연구자들 역시 『토지』에 등장하는 만주 공간의 의미를 다양하게 해석하고 있다. 특히 정호웅은 박경리와 동궤에 있다. 그는 만주를 '정치성의 공간', '피난지 또는 이상의 공간', '떠도

---

94 박경리, 『만리장성의 나라』, 나남출판, 2003, 24면.

는 공간', '소망 또는 희망의 공간'으로 4 층위로 검토하고 있다.[95] 결국 국권을 탈환하기 위한 저항의 공간인 만주는 이상의 공간이면서 희망의 공간이다. 또 피난지 또는 떠도는 공간은 민족의 대이동과 관련이 있는 공간으로 보고 있다. 이 논문에서도 두 사람의 관점인 국권을 탈환하기 위한 저항의 공간으로 만주를 이상의 공간, 희망의 공간으로 보려고 한다.

『토지』의 1, 2부에서 간도에 가기 전까지 평사리에서의 서사, 간도를 떠난 이후 그곳에서의 생활, 다시 서희네가 고향으로 귀환 이후의 서사 분위기를 비교하면 쉽게 수긍할 수 있다.

1부 평사리에서의 분위기는 삶의 방향을 잃어버린 구한말 민족의 퇴색한 분위기가 지배적이다. 첫 장면에서 보여주는 흥이 돋는 한가위와는 다른 흉흉한 소문과 간음, 불륜, 음흉한 음모, 전염병의 창궐로 평사리 사람들의 잇따른 죽음 등으로 인한 최참판댁의 멸망은 민족의 앞날, 미래가 어둡고 절망적임을 상징적으로 드러내고 있다.

2부 의병 활동으로 일경에 쫓기게 된 김첨지, 길상이 일행이 서희와 함께 간도로 정착하게 된다. 서희가 윤씨 할머니가 몰래 주고 간 금괴를 기반으로 새로운 경제 활동을 시작, 사업이 번창해진다. 송장환 일가의 민족 교육 사업에 집중 분투, 공노인의 민족 자산에 대한 지극한 애정, 다양한 무장 투쟁하는 독립운동단체들을 통하여 민족에 새로운 희망의 씨앗을 보여준다. 만주에서의 자잘한 일상의 갈등은 존재하지만 삶은 언제나 희망을 향해 나아가고 민족에 대한 희망을 이야기한다.

간도를 떠나 진주에로 귀환 후의 서사를 들여다보면 서희가 주체가 된

---

95 정호웅, 「『토지』와 만주 공간」, 『구보학보』 15, 구보학회, 2016.
    정호웅, 「한국 현대소설과 만주공간」, 『문학교육학』 7, 한국문학교육학회, 2001.

서사는 나타나지 않는다. 이것도 작가의 의도적인 것으로 귀환 후의 서희의 사회적 성격이 바뀌었기 때문이다. 이전까지의 서희는 최참판댁의 손녀로 재산을 탈환해야 하는 서희에서, 독립운동가 길상의 아내로 바뀐 역할을 보여주기 위한 것이다. 장연학을 시켜 독립운동의 뒷돈을 대고 독립운동 가족을 돌보는 것은 바로 이 역할의 일환이다.

임진영이 진주 귀환 후의 서사를 후일담으로 규정한 것도 서희의 역할에 대한 소극적 의미를 두고 해석하였기 때문이다.[96] 서희의 역할이 줄어든 반면 최참판댁과 운명적으로 엮여 있었던 소작농이라든가, 동학운동 잔당들의 일상과 그들의 활동상을 구체적으로 서사화하고 있다. 그러나 서사의 중심에는 언제나 만주의 항일 저항 운동이 있다. 즉 인물들의 의식 중심에는 독립운동과 만주를 향해 있다.

지금까지 간도 서희의 경제 활동에 의한 재산 모으기는 최참판댁 새로 일으키기로 해석되어왔다. 서희는 서사에서 억울하게 당한 조준구의 재산 탈취에 대해 반복적인 원수 갚기를 다짐해왔기 때문이다. 그렇게 해석될 수밖에 없다. 또 서희가 재산을 일구고 다시 조준구에게 빼앗긴 재산을 도로 다 찾은 이후, 허무의 감정을 드러내었다.

이 허무의 감정에 대한 해석도 다양하겠지만, 대다수의 나라 잃은 국민들이 국가의 비참한 운명 앞에서 방향을 잃고 길을 찾지 못하는데 혼자 최참판댁의 재산을 회복했다고 기쁠 리 없다. 그건 한 개인의 행복도 국가의 품안에 있을 때 제대로 행복을 느낄 수 있음을 역설하고 있다.

서희가 고향으로 귀환하기 위해 떠나는 날, 길상은 하얼빈 독립운동가들의 만남 일정으로 서희가 혼자 아들 둘을 데리고 떠나면서 두 번이나 반복적

---

96   임진영, 「『토지』의 삶과 역사의식」, 『『토지』와 박경리 문학』, 솔출판사, 1996.

으로 길상을 '용서하지 않을 것이라' 말을 한다. 이것은 수사에 지나지 않음은 서사 전체의 흐름을 통해서 파악된다. 진정 서희의 마음속에 '용서하지 않을 마음'이 있었다면 후의 서사에서 그런 에피소드가 소개되어야 한다. 작가는 그 이후 서희와 길상과의 갈등을 그리지 않았다. 이것은 서희의 분노가 의도적인 수사에 지나지 않았음을 보여준다.

일본제국주의 힘을 업고 재산을 찬탈한 조준구에게 뺏긴 최참판댁의 재산 탈환은 바로 우리의 강토 탈환을 어떻게 해야 하는지를 상징적으로 보여준 사건이다. 만주에 일어나고 있는 다양한 집단의 저항 항일 운동과 교육 운동, 곳곳마다 부딪치는 민족주의자들을 통해 받은 희망의 닻은 우리 민족의 등불로 작용한다. 그것은 서희가 진주로의 귀환 후, 장연학으로 하여금 민족의 강토 탈환을 위해 독립운동 자금을 후원하고 독립운동 가족을 돕는 것이 민족 공동체 회복을 위한 것으로 작용한다.

2) 『토지』에서의 능동적 공동체

스피노자는 구체적인 실존 속에서 누군가와 함께하고 싶은 '결합의 관념' 즉 기쁨의 관념으로 인해 보편적인 공통개념이 형성된다고 했다. 우리가 늘 만나고 헤어지는 사람들과 소통을 통하여 관계를 형성하는 것, 바로 거기에 이성과 자유가 있다고 했다. 왜냐하면 우리 신체가 해체의 경험 대신 오직 결합의 경험만을 갖기 때문이다. 여기에서 스피노자는 신체 없이 사유할 수 없다는 것을 강조한다. 즉 신체 없이 타인과의 조화로운 능동의 관계는 불가능하다는 것이다.[97]

---

97 이수영, 「인간의 예속과 자유에 대하여」, 『에티카, 자유와 긍정의 철학』, 오월의봄, 2013, 325면.

공통개념이 형성된다는 것은 우리가 마주치는 사람들과 서로서로를 이해할 수 있는 적합한 관계를 맺는다는 것이다. 우리가 서로 공통성을 형성하게 되면 우리의 이익은 그의 이익이 되고 우리들의 만남은 늘 적합한 관계들로 확대된다. 이 적합한 관계는 바로 자기 이익의 추구가 곧 유덕한 삶의 등식을 완성하는 조건이다. 이것은 자연 상태[98]로서 외적 원인에 의해 지배되는 수동적 감정을 극복하고자 하는 인간들의 노력이다. 들뢰즈는 스피노자가 말하는 사회상태라는 것은 이성을 예비하는 이성의 첫 번째 노력으로서 정념에 지배되는 인간들의 불우한 마주침을 적합한 마주침으로 가능하게 하기 위한 것이라고 했다. 이 정념의 지배를 끊기 위해서는 인간들이 빠져든 정념보다 더 강력한 감정을 생성해 낼 수 있어야 하는데 그런 역할을 하는 것이 바로 국가라고 했다.

국가는 이성적이지 않아도 이성을 모방하고 예비할 수 있을 정도로 법 전체를 이성에 부합시키기 위해 노력할 수밖에 없으며 이것만이 스피노자의 민주적인 국가, 즉 국가의 본성에 적합한 국가라는 것이다. 국가는 이성을 예비하는 단계에 불과하다는 것이다. 사유와 이성, 이것은 어떤 국가도 침범할 수 없는 신성불가침 영역이며 양도 자체가 아예 불가능한 자연권이다. 이렇게 이성적 인식에 이르기 위한 스피노자의 길은 국가를 거쳐야만 한다. 따라서 사회상태, 혹은 공동체 없는 이성은 존재할 수 없으며, 홀로 가는 고독의 길은 이성의 길이 아니다 라는 것이다. 공동체 없는 이성인, 사회상태 없는 자유인 이는 스피노자에게 환상과도 같은 불가능한 개념이다.[99]

스피노자의 능동적 공동체가 『토지』에 나타난 것은 지식인의 토론을 통해

---

98 여기서 자연상태라는 것은 이성 조절이 안된 그대로의 적나라한 상태.

99 이수영, 「인간의 예속과 자유에 대하여」, 『에티카, 자유와 긍정의 철학』, 오월의봄, 2013, 305면.

서 나타난다. 4부 2편에서는 작가는 1장을 아예 「남천택(南天澤)이란 사내」라는 장으로 전체를 남천택에게 할애한다. 작가는 남천택을 동경에서 막 돌아온 영어, 중국어, 일본어를 유창하게 말할 수 있고 타인을 다룰 줄 아는 천재로 소개하고 있다. 전주의 갑부 전윤경과 남천택은 임명빈 집을 방문, 공황으로 인한 어수선한 세계 경제 상황, 임박한 전쟁 전의 다양한 시국 담론을 전개한다. 이 부분에 스피노자의 개념 '능동적 공동체'라는 단어가 등장한다. 물론 이 담론을 주도하는 이는 남천택이다. 대화의 일부를 소개해 보겠다.

> "그, 그렇다면 역사나 민족은 절로 갈 길을 가고 우리네 개인은 별반
> 할 일이 없다……."
> "아니지요. 사람이 감나무 밑에 드러누워 입 벌리고 살아가는 것은
> 아니지 않습니까."
> "그는 그렇지요. 생명, 모든 생명은 존재하고 운동하는 한에 있어서
> 의지가 있다 할 수 있겠지요. 풀잎 하나에도."
> "그렇다면, 역사는 독자적인 것이 아니라면 지배하는 건가?"
> "능동적인 공동체다. 저는 그런 생각을 합니다."[100]

이 대화는 임명빈과 전윤경과의 사이에 오간 대화이다. 『토지』 전체에서 작가 의식은 한 인물만을 통해서 나타나는 것이 아니라 인물 전체의 발언 중 여기저기 나타난다. 위의 인용문에서 박경리가 스피노자를 읽은 흔적이 나타난 첫 번째 스피노자의 개념, 능동적 공동체가 나온다.

위의 인용문의 요지는 박경리의 삶에 대한 전반적인 의식을 지배하는 의식이기도 하지만 국가나 민족에 대한 의식이기도 하다. 특히 그 당시, 경제

---

100 박경리, 「남천택이란 사내」, 『토지』 4부 1권, 마로니에북스, 2012, 386면.

공황이라는 혼란과 전쟁이 도래할 것 같은 임박한 상황 속에서 식민지 국민인 우리는 감나무 밑에 드러누워 입 벌리고 살아갈 것인가에 대한 질문에 대해, 그럴수록 우리 나름대로의 민족적인 대비를 해야 한다는 요지의 대답이다. 그러기 위해서는 '능동적 공동체'가 되어야 한다는 것이다. 능동적 공동체는 그 뒤에 나오는 '고루 족하였는가 보살피는 일'과 관련이 되며 이것은 스피노자와 박경리의 유기적 생명의식과 관련이 된다.

『토지』의 민족주의는 다양하게 논의되지만, 양문규는 전통적 정신세계에 대한 애착이 민족주의와 연결된다고 분석하고 있다.[101] 양문규는 생명성이 거세된 일본의 물질문명과 다른 정신문화의 위엄의 전통을 민족주의와 연결시키고 있다고 본다. 이러한 생명성은 『토지』에서 샤머니즘 정신과 함께 민족주의와 연결된다. '고루 족하였는가 보살피는 일', 즉 국가가 백성을 보살피는 일은 스피노자와 박경리의 유기체적 생명의식과 관련이 된다.

일제 강점 하에서 보살핌을 받지 못하는 헐벗고 핍박받고 소외당한 백성을 고루 보살피기 위하여 국가의 회복이 필요하다는 것이다.

이 장을 주목해야 할 것은 장 전체가 스피노자의 철학 의식과 맞닿아 있는 담론의 장이기 때문이다. '능동적 공동체' 단어가 나온 이후 1페이지를 넘기면 위의 장에서 서술한 스피노자의 국가관과 닮은 남천택의 국가관이 피력된다.

　다스린다 함은 두말할 것도 없이 고루 족하였는가 보살피는 일이며
옳고 그름을 판단하는 일이며 취하고 버릴 것을 선택하는 일, 결국 알뜰
하게 살림을 꾸려가면서 정신적이든 육체적이든 백성이 필요로 하는 것
을 백성과 더불어 이룩해가는 일인데, 정치이념이야 언제나 명쾌한 것

101　양문규, 「토지에 나타난 작가의식」, 『『토지』와 박경리 문학』, 솔출판사, 1996, 47면.

아닙니까?[102]

『토지』에서 위의 인용문 같은 비슷한 문장은 반복되어 나타난다. 위 인용문은 스피노자가 자신과 타인을 해치지 않으면서 존재하고 활동할 수 있는 각자의 자연권을 최대한으로 보존하도록 하는 것이 국가의 궁극목적이다라고 한 말과 동일선상에 있다.[103] 또 위에 서술한 대중이 거기에 동의할 수 있는 정치체, 법에 대한 두려움보다 대중들이 욕망하는 선에 대한 희망에 의해 고무되는 정치체와 거의 동일한 국가관이다.

이 장은 마치 남천택이라는 인물을 천재라고까지 소개하며 스피노자의 이론, 능동적 공동체, 국가관, 또 우주의 질서가 신이라는 스피노자의 핵심 사상을 소개하고 있는 장이다. 그러니까 박경리는 스피노자의 국가관에 영향을 받은 일제 강점 하에서 민족이 나아갈 길은 민족의 독립을 향해 능동적 공동체가 되어야 한다는 것이고 그 다음 대화 중에 나온 것처럼 '좌파든 우파든 활로는 결국 뛰는 것밖에 없겠지요'[104] 결론을 내린다. 바로 이 활로가 되는 것이 만주 지역의 민족 운동이다.

3) 『토지』에서의 일제 하 만주 지방의 민족적 의미

일제 40여 년은 우리 민족의 수난사인 동시에 개인의 삶이 어떻게 일그러져 갔는가, 어떻게 인생의 방향이 달라져 갔는가, 떼려야 뗄 수 없는 불행의 고리였다. 중국은 우리와 같은 피해국으로 헐벗은 우리 민족

---

102 박경리, 「남천택이란 사내」, 『토지』 4부 1권, 마로니에북스, 2012, 388면.

103 B.스피노자, 강영계 역, 「자유국가에서 마음대로 생각할 수 있으며」, 『신학-정치론』, 서강사, 2017, 426면.

104 박경리, 「남천택이란 사내」, 『토지』 4부 1권, 마로니에북스, 2012, 395면.

의 유랑지였으며, 일본의 마수를 피하여 망명해 갔던 곳이며, 국권을 탈환하기 위한 투사들의 저항의 근거지, 민족의 대이동이 이루어졌던 그 땅을 알지 못하고서 작품을 쓸 수 없었던 것이다.[105]

위의 인용문에서 작가가 밝히고 있듯이 일제 40년간 중국 특히 만주 지역은 우리 민족의 미래를 향한 꿈을 꿀 수 있는 특정한 장소였다. 일제 손아귀에서 숨도 쉬지 못한 채 소문과 소문으로 이어진 국내와의 달리 중국에서는 민족의 미래를 향해 발돋움하는 세계였다.

1910년 일제에 의해 한국이 강점되자 국내에서 활동하던 많은 독립운동가들은보다 자유로운, 그리고 지속적인 독립운동을 전개하기 위하여 중국 동북지역, 중국 본토, 러시아령, 미주 등 해외로 망명하였다. 그중 특히 중국 동북지역은 타지역에 비해 특히 무장투쟁 방략과 교육산업 우선주의를 지지, 실현코자 하던 지사들이 많이 망명했던 곳이며, 실제 많은 독립전쟁이 이 지역 독립운동단체들에 의하여 전개되었던 지역이다.[106]

국내에서는 3·1운동이 거족적으로 일어난 후, 이것이 제국주의적 기본 속성을 간파하지 못한 비현실적인 투쟁방략이었음을 절감하게 되었다. 이를 계기로 중국 동북지역을 중심으로 무장 투쟁론이 적극 대두되었고 재만 동포들의 절대적인 지지하에 각 독립운동 단체들을 중심으로 70여 개의 독립군 부대가 편성되었다.[107]

이런 일제 강점 하에서의 민족적 방향은 『토지』에서도 그대로 나타난다.

---

105 박경리, 「중국을 보는 눈」, 『만리장성의 나라』, 나남출판, 2003, 24면.
106 박영석, 「만주지역에서의 항일 독립운동」, 『만주지역의 한인 사회와 항일 독립운동』, 국학자료원, 2010, 99면.
107 박영석, 「만주지역에서의 항일 독립운동」, 『만주지역의 한인 사회와 항일 독립운동』, 국학자료원, 2010, 101면.

『토지』에서 서희네가 쫓겨 만주로 가서 정착한 곳은 용정이다. 주로 신경, 용정, 하얼빈, 회령 등을 중심으로 부각되는 인물로 민족 자본의 필요성을 역설하는 공노인과 교육의 필요성을 외치는 송장환을 중심으로 독립운동가들, 권필응, 이동진 또 밀정으로 김두수 등이다. 실제 동북 만주 지역에서 일본제국주의 하에서의 역점 사업은 항일 무장투쟁과 민족 교육 사업이었다.

그중 공노인은 그 지역의 중요 인물이다. 지역 토지나 집의 매매나 수요 공급은 이 공노인을 통해서 이루어진다. 그는 그 지역 거간군으로 토지나 부동산을 소개하고 있지만, 민족 자산에 대해서 확고한 의식을 가지고 있는 인물이다. 공노인이 서희 대신 거간군으로서 서희의 땅을 도로 조준구로부터 사기 위해 서울에 있는 임명빈의 아버지 임역관을 만난 자리에서 민족 자산을 어떻게 형성하는가에 대한 대화의 이야기 중 일부를 인용해보자.

"저 같은 무식꾼이 뭘 알겠습니까마는 자릴 잡아야 해요. 자릴. 어떻게 잡는고 하니 청국사람이나 왜놈들 그들을 피해서 제제 가끔 가져야 하는 거고 더군다나 왜놈이 들어설 수 없게시리, 더 이상은 들어 설 수 없게시리 땅을 차지하되, 그놈들한테는 팔지 말아야 하고 조선사람 자금으로 곡물이건 소 돼지건 거래를 틀어줘어야 하고 그곳 농사꾼들은 절대로 왜놈한테 곡식을 내지 말아야 하고 하다못해 잡화상 음식점 채소가게, 뭣이든 조선사람은 조선사람 가게에서만 물건을 사게 해야, 암만 주먹 쥐고 떠들어봐야 소용없소. 할 수 있는 한 재물의 힘을 기르는 것밖에는 더 있겠소?"[108]

임역관 역시 이에 대한 응답으로 면암 최익현 선생께서 그 비슷한 말씀을

---

108 박경리, 「용정촌과 서울」, 『토지』 2부 3권, 마로니에북스, 2012, 370면.

하셨다며, 애초에 조선이 망하기 시작한 꼬투리가 거기에 있었다고 응답한다. 이런 내용은 공노인의 대화 중에 어렵지 않게 나오는 내용이다. 조선에 있을 때는 대부분이 조선 사람에 둘러싸여 일본의 지배 하에 있어도 실감을 하지 못한다. 가끔 총을 차고 가는 왜병들을 볼 때나 조준구 같은 친일 인물들에 의해 당하는 억울한 피해를 입지 않으면 일제 강점 하의 현실을 인식하기 힘들다.

그러나 용정 같은 곳에는 독립운동을 하는 독립투사, 민족을 위해 투쟁은 하지 않지만 민족의 미래를 생각하고 교육 사업에 투자하는 그 지역 자산가인 송장환의 아버지 송병문 같은 인물, 철저한 민족의식 아래 교육을 수행하는 송장환 등 민족과 반민족으로 확연하게 구분되는 분위기다. 심지어 일개 거간꾼에 지나지 않는 공노인조차 민족 자산이 어떠해야 하고 우리가 독립을 위해서는 무엇을 해야 하는지에 대해 스스로 노력하고 주위 사람들에게 영향을 끼치고 있다. 최재형 같이 자신이 모은 모든 재산을 독립운동에 투자하는 사람, 집안의 전 재산을 다 팔아 독립운동을 하기 위해 동북 지역으로 가족을 이끌고 온 사람들, 감동의 물결이 끝없이 일어나는 만주 지방이다. 물론 개인의 탐욕과 한을 갚기 위해 무수히 같은 민족을 파멸로 이끄는 김두수 같은 인물도 있다. 그런 분위기 속에서 자라나는 홍이, 정호, 두메 같은 인물들은 알게 모르게 그런 분위기에 영향을 받아 자연스럽게 독립운동에 관여하게 된다. 두메가 나중 독립운동에 뛰어들고 홍이 역시 고향으로 귀환, 후에도 온통 만주행에 관심을 가지고 있다, 결국 만주로 간다.

들뢰즈는 스피노자의 표현 문제를 설명하면서 다음과 같이 말한다. '각 본질에 대응하는 관계들에 따라서 속성을 펼치는 실존 양태들에서도 자신을 표현한다.'[109] 인간은 자신의 실존 형식, 즉 자신이 외부의 다른 것과 어떻게 관계 맺는가에 따라 얼마든지 다르게 나타난다는 것이다. 홍이, 정호, 두메가 만주의 민족적인 대의가 끊임없이 논의되는 일상생활 속에서 그들의 머릿속에는 자나 깨나 민족의 해방이 우선되어야 한다는 것이 박혀 있었을 것이다. 이것은 그들의 미래의 향방을 결정짓는 계기로 작용하게 된다. 그들에게는 그들 주위를 에워싸고 있는 외부에 의해서 민족 해방이 최고의 선으로 자리매김한다. 이들 관계는 최고의 선인 민족 해방을 위해서 자신들의 삶을 펼쳐 보이게 된다.

서희와 길상이 역시 결혼한 후 길상은 송장환, 김환 등을 여러 차례 만나 독립운동에 관한 심도깊은 대화를 자주 나눈다. 물론 길상과 김환은 자신들의 태생 문제에서 오는 동질감, 내지는 연대 의식으로 서로가 서로를 의지함으로써 더 깊은 공감을 가지게 되는 사이로 발전한다. 송장환과는 앞으로 독립운동이 어느 방향으로 나가야 하는지, 구체적인 조직이 어떠해야 하는지까지 논의의 대상으로 삼고 있다. 이동진과 함께 독립운동에 깊이 관여해 온 권필응조차 길상이 자기 대열에 합류할 것을 기대하고 있다.

> "간단명료하게 말해서 너도 나도 모르게, 아무도 모르게, 구신 같은 손이 홍시 속을 쏙 빼내고 홍시껍데기는 놔둔 채, 그 홍시 속을 아무도 모르게 봉지마다 잘라서 또 모르게 여기서 숨겨두고 일 조 이 조 그런 식으로 형성하는 거구, 물론 홍시 속 말고도 여기저기서 훔쳐오기도 하고 오고 싶은 사람 골라내어 데려오기도 하겠으나 그 아무도 모르고 보이지도 않는 한 조, 한 조, 제각기 제 나름의 구실을 한다. 그 한 조, 한 조, 제각기 제 나름의 구실을 한다는 그거겠고 그 한 조 한 조의 움직임이 아무도 모르는 새 전체의 큰 대열이 된다."[110]

---

109 질 들뢰즈, 현영종·권순모 역, 『스피노자와 표현 문제』, 그린비, 2019, 259면.
110 박경리, 「용전촌과 서울」, 『토지』 2부 4권, 마로니에북스, 2012, 177면.

위의 인용문을 통해서 보면 이미 길상이 독립군의 조직까지 어떠해야 하는지를 논의하는 수준이라면 이미 깊이 연루되었음을 시사하는 발언이다. 조직에 합류하지 않은 인물에게 조직의 구체적 방법까지 알려줄 필요가 없을 것이다. 길상은 만주에 남아 독립운동 대열에 합류하기 위해서 서희가 떠나기 전 사전 준비를 위해 많은 관련된 사람들을 만나서 그에 대응하고 있음을 보여주는 대목이다. 이는 앞으로 전개될 강대국의 전쟁에 어부지리로 우리 민족의 운명을 맡기기보다는 적극적인 우리 민족의 앞날에 대한 투쟁을 위한 준비가 필요함을 역설한 것이다. 우리 민족의 문제를 우리 스스로가 감당함으로써 다음 세대와 다른 나라에 우리 민족의 떳떳함을 알리는 것이다. 해방 직후 많은 작품에서 어부지리로 얻은 해방에 대해 많은 반성이 있었지만 동북아 지역의 항일 투쟁사를 보면 우리 민족은 여건이 허락하는 범위 안에서 최선의 노력을 해왔음을 『토지』에서 보여주고자 했음을 알 수 있다.

4) 연대의식을 통한 민족 세우기

1부에서 의병을 일으켜 최참판댁 습격으로 만주까지 쫓겨나게 된 '최서희-길상이'를 비롯한 평사리 마을 농민들로 연결되어 있는 집단은 민족의 작은 공동체에 불과하다. 하나하나의 작은 공동체가 각자의 맡은 소임을 다하고 독립운동이라는 큰 대열에 합류함으로써 민족 독립이라는 목표를 달성하기 위한 것이다. 만주에서의 독립운동의 열기에 영향을 받아 귀환 후 길상을 구심점으로 새로운 민족운동을 위한 새로운 모임을 결성하는 계기로 작용하기도 한다.

그러나 한 사람으로 인한 인연의 줄은 거미줄같이 얽히고설켜, 대의를 위함이 아니었다 하더라도 최참판댁의 수난과 이 나라 백성이 겪어야 하는 고통은 동질적인 것, 원했든 아니했든 간에 이들은 어느덧 한배를 타게 된 것이며, 이르게 못하게 될지도 모를 강토 탈환이라는 희망봉을 향해 망망대해를 표류하고 있음을 부인 못한다.[111]

30년 전 오백 석지기의 토지를 윤씨 부인이 김환을 위해 우관선사에게 맡긴 것을 혜관이 다시 길노인에게 관리를 부탁했다. 그 인연으로 다시 30년이 지난 시점에 서희가 어떤 이유로 내놓은 것인지 짐작만 할 뿐인 오백 석지기의 토지를 길노인 집에 맡겼다. 이 땅으로 인해 장연학, 해도사, 관수, 강쇠, 소지감, 조막산, 손태산 등 이런 저런 얽힌 인연을 따라 모인 사람들이 길상의 탈옥 후의 독립운동의 방향을 위해서 토론을 하고 있는 장이다.

위의 인용문은 서술자 시점으로 나온 '최참판댁의 수난과 이 나라 백성이 겪어야 하는 고통은 동질적인 것'으로 보고 최참판댁의 탈환과 마찬가지로 강토 탈환을 희망봉으로 삼아 함께 나아가자는 결의의 모임이다. 장연학은 서희가 하는 일에 대해 태산같이 바람을 막아주고 물심양면으로 민족의 공동체를 향한 뒷바라지를 하고 있음을 은연 중 내비친다. 앞으로 어떤 방향으로 민족운동 방향이 나아갈 것이며 여기 모인 사람들이 각기 어떤 인연들에 의해서 맺어졌는가를 서술하고 있다.

스피노자는 공통개념이 형성되지 않으면 타인과 함께 있어도 그것은 사실 함께 있는 것이 아니라고 했다. 구천으로부터 시작해, 길상, 서희로 이어지는 특별한 인연들이 합쳐 민족이라는 테두리 안에서 공통개념을 형성하는 것이다. 고아 아닌 고아로 자란 구천이나, 고아로 자란 길상은 같은 혜관 스님과

---

111   박경리, 『토지』 4부 2권, 마로니에북스, 2012, 11면.

연결되어 정신적 뿌리를 같이하며, 서희로 인해 다시 가족으로 연결된다.

김강쇠, 송관수 역시 부산에서 부두 노동을 조직하다가 발각되어 지리산에 정착한다. 하지만 결국 두 사람도 관수의 딸이 강쇠의 며느리가 됨으로써 가족으로 묶인다. 해도사와 송관수와 윤필구, 손태산은 동학으로 인연이 된다. 살인자 아내를 엄마로 둔 홍이나 살인자 아버지를 가진 한복이나, 아버지를 억울하게 일본 왜병에게 잃은 석이 역시 애환으로 서로의 아픔을 공유하는 관계가 결국 독립운동으로 힘을 모으는 계기가 된다.

작가는 작품 속에서 이런 인연이 세대를 달리하면서 지속되고 있음을 강조하고 있다. 중국에서 자동차 서비스 공장, 영화관 등 사업으로 성공해 독립 자금을 대어주는 홍이, 악극단의 색소폰 연주자요 작곡가인 송영광, 어업 조합에 취직한 월급쟁이 김영호, 목공소를 차려서 자유업에 종사하는 휘 등, 이들 네 명도 운명적으로 연결되어 있다. 부모대에서 또는 조부대에 시작, 최참판댁의 운명과 일제강점기라는 역사의 부침에 따라 흥망성쇠를 같이하는 연계성을 가진 인물들이다.

> 공통된 것이라기보다 운명적으로 깊이 연결되어 있다, 하는 편이 옳
> 다. 그것은 물론 부모대에서 또는 조부대에서 시작된 것이며 시세(時勢)
> 에 따라 부침하고 성쇠를 거듭한 최참판댁 명운과 무관하지 않고 일본의
> 침략으로 파생되는 사건과도 연관된다.[112]

위의 홍이, 송영광, 영호, 휘 등의 인물들은 윗세대부터 필연적으로 또 운명적으로 엮인 공동체라는 것이다. 스피노자는 한 신체가 다른 신체와 공통적인 것을 많이 가질수록 공감대가 확대되고 정신적 능력은 더 유능해진다고

---

112 박경리, 「운명적인 것」, 『토지』 5부 3권, 마로니에북스, 2012, 300면.

했다. 그리고 활동 능력이 고조된다고 했다.[113] 이런 공통개념의 형성은 두 신체가 공감력을 통해서 합성되는 것이라는 것이다. 그에 따른 능력의 증가가 능동의 기쁨을 가지게 된다. 이런 작은 공동체의 모임의 합성에 의해서 민족 공동체가 탄생하고 독립이라는 목적을 이룩할 수 있다.

최서희가 용정에서 어느 정도의 재산 형성의 목적을 달성하기 전이나 그 이후에도 고향으로 돌아가기 위해 친일이라는 허울을 가장하지 않으면 안 되는 것 역시 만주 지역의 분위기 때문이다. 민족과 반민족으로 확연하게 구분되는 분위기에서 반민족적으로 구분되는 순간 고향으로 돌아가지 못한다는 두려움 때문에 가식이 필요한 것이다. 그 가식이 고향으로 돌아가기 위한 것이라는 것을 독자까지도 눈치챌 수 없게 완벽하게 의미를 노출시키지 않고 있다. 서희가 진주로 돌아가기 위해 이삿짐을 준비하는 중 길상은 고향으로의 귀환은 아랑곳없이 열심히 하얼빈을 드나들고 심지어 이사하는 날까지 길상이 하얼빈에서 돌아오지 않는다. 홀로 아들 둘과 이사를 떠나면서 서희는 두 번씩이나 절대 길상을 용서하지 않을 것이라는 말을 반복한다.

'오냐! 나 당신 용서하지 않을 테요! 저 어린 것 가슴을 멍들인 당신을 용서하지 않을 테요! 결코, 결코!'[114]
'결코 용서 안 할 게요! 당신을 용서치 않을 거요!'[115]

위의 인용문의 서희의 울분은 나중 서희가 길상이 독립운동에 투신할 수 밖에 없는 이유를 통해서 납득이 된다. 두 사람의 관계를 나중 계명회 사건으

---

113 이수영, 『에티카, 자유와 긍정의 철학』, 오월의봄, 2013, 344면.
114 박경리, 「늙은 호랑이와 젊은 이리」, 『토지』 2부 4권, 마로니에북스, 2012, 408면.
115 박경리, 「늙은 호랑이와 젊은 이리」, 『토지』 2부 4권, 마로니에북스, 2012, 409면.

로 길상이 압송되었을 때 서희는 남편의 면회 후 '남편에 대하여 원망도 존경도 없었다. 다만 절대적 관계만 있을 뿐이다'[116] '절대적인 관계'로 설정함으로써 정당화하고 있다. 절대적인 관계는 아이 둘의 아버지로서뿐만 아니라, 가족이 제대로 살기 위해서는 민족 해방이 절대적으로 필수적인 것이다. 작가의 '민족에 대한 존엄은 변할 수 없는 보편적 윤리'[117]라는 관점에서도 독립운동까지도 포함된 의미이다. 또 길상이 서희의 남편으로 아이들의 아버지로서 제자리를 찾기 위해서도, 서희와의 간극, 주인과 머슴의 관계를 극복하기 위해서도 독립운동의 대열에 끼어야만 하는 절대적인 것이다.

두 사람과의 관계는 서희가 진주에 자리를 잡으면서 길상을 대신해 집안 일뿐만 아니라 대외적인 모든 일을 처리해주는 장연학을 통해서 서서히 드러난다. 장연학은 국내외 독립운동가들을 이런 저런 인연으로 맺어주는 역할과 남자들이 독립운동에 투신함으로써 어려움이 있는 가족을 돌보는 역할을 한다.

독립운동은 어려운 환경 속에서 자신의 목숨까지도 헌신짝처럼 버려야 할 정도로 위험 부담이 따른 작업이다. 그러기 때문에 아무나 독립운동에 투신하게 할 수 없다. 비밀이 유지되어야 하는 상호 간의 신뢰가 바탕이 되어야 한다.

작가는 독립운동을 위한 인물들의 연대를 통하여 일군의 김개주로 시작되는 김환-길길상-김강쇠, 송관수, 석이, 홍이로 이어 운명공동체를 만든다. 이들은 한 사람 한 사람 특별한 인연으로 맺어진 운명적으로 연결되어 있는 인물들이다. 그들은 개인적인 굴곡에 의해 한을 가지고 있는 가장 저층민으

---

116 박경리, 『토지』 2부 4권, 마로니에북스, 2012, 292면.
117 박경리, 『토지』 5부 1권, 마로니에북스, 2012, 457면.

로 민중의 저항 의식을 소유하고 있는 인물들이다. 또 그들은 최참판네와 마찬가지로 일본제국주의와 운명적으로 연관되어 있으면 최참판의 부침에 따른 한을 가지고 있는 인물들이다. 이들은 일제 강점에 의해 훼손된 민족 공동체의 회복이라는 공통의 임무를 가지고 있다. 이들이 줄기차게 만주를 들락거리고 만주에 뿌리를 두고 있는 것도 만주의 독립운동군들과 연계를 위한 것이다. 즉 만주를 구심점으로 민족 공동체의 회복을 꿈꾸는 것이다. 작은 공동체가 모여 제각기 제 나름의 구실을 해서 그 작은 공동체 모임이 전체의 큰 대열로 합류함으로써 민족의 대업을 이루려는 목적이다. 이들은 민족의 작은 공동체로 비슷한 환경 속에 뿌리를 가짐으로써 일상적인 공통성을 가지기 때문에 생활감정이 비슷하다.

그러기에 최서희의 귀환이 작품 속에서 평사리의 작은 공동체의 고향 회복으로 상징성을 띤다. 최서희가 귀환 후 길상은 길상대로 독립운동 현장에서 서희는 서희대로 장연학을 시켜서 독립운동가들의 가족의 뒷배를 돌보아 주는 것은 민족 공동체 회복이라는 민족적 소망을 향해 필수적인 과정인 것이다.

5) 『토지』에서 민족주의는 어떻게 드러나는가

『토지』의 플롯을 이끌어가는 가장 핵심적 힘은 민족의 독립운동이다.[118] 『토지』의 인물들은 알게 모르게 독립운동과 관련을 맺고 있다. 서사에서 독자들이 최참판댁의 몰락으로 인한 최참판댁 세우기에만 관심이 있다고 생각하는 서희까지도 길상이와의 결혼 이후 알게 모르게 독립운동과 관련을 맺고

---

118 조정래, 「생존의 원리와 역사성」, 『『토지』와 박경리 문학』, 솔출판사, 1996, 26면.

장연학을 통해서 자금을 투입하고, 독립운동가 가족들을 돕는다. 또 둘째 아들 윤국이 광주 운동과 관련을 가짐으로써 일본제국주의 하의 현실에서 알게 모르게 민족의 문제에 관심을 기울이지 않을 수 없음을 보여준다.

『토지』에서는 많은 새로 등장한 인물은 물론 세대를 달리하면서까지 어떤 방식으로든 독립운동에 관여한다. 4부 2권에 새롭게 등장하는 길노인조차 윤씨 부인이 김환을 위해 맡긴 논 500석지기와 또 서희가 맡긴 500석지기를 맡음으로써 자신도 알게 모르게 독립운동과 관여하게 된다. 작품의 생기를 불어넣은 역할을 했던 주갑 역시 결국 운동의 일선에 서게 된다. 길상이와 미묘한 관계에 있던 바느질하던 여자의 딸 옥이, 귀녀의 아들을 거둬들인 강두수의 아들 강두메까지 사회주의 군관학교의 일원이 됨으로써 독립운동에 관여하게 된다. 평사리 농민 출신 2·3세대인 정석, 한복이, 홍이까지 결국 독립운동에 참여하게 된다.

『토지』에서 항일 운동단체의 갈등이나 중국, 일본 간의 갈등 속에서 민족의 문제를 정면으로 다루거나 심지어 만주나 연해주의 독립운동에 관한 구체적 서사는 없다. 일례로 하동에서 일찍이 최치수와 막역했던 사이의 이동진조차 일찍이 하동을 떠나 만주로 가 독립운동을 했지만 구체적인 그의 행적을 밝힌 서사는 없다. 이런 부분을 류보선은 사회역사적 규정력의 약화로 본다.[119]

『토지』는 일본제국주의라는 역사사회 규정력에 의해서 인물들의 개개인의 삶이 어떻게 제약되고 부침을 거듭하는가를 보여주는 서사이다. 그 제약에 의해서 민족 독립운동의 필연성을 제시한 서사 과정이라 생각된다. 그러기 때문에 『토지』에서는 인물들의 한의 맺힘과 풂을 통하여 개인들의 생명

---

119 류보선, 「비극성에서 한으로, 운명에서 역사로」, 『작가세계』, 1994 가을, 41면.

성이 어떻게 고양되고 증진하는가를 보여주고 있다. 『토지』에서 민족주의는 개인의 생명을 고양시키기 위한 전제로서 민족의 울타리로서 독립운동이 필요한 것이다. 여기에 개개인의 인물, 한과 생명주의와 민족, 독립운동이 유기체적 관계를 가지면서 상호작용한다. 이것과 능동적인 공동체를 만드는 전제 조건이 된다.

작가는 다양한 인물들을 통해 민족주의의 방향을 제시하는데 생명주의와 연결한다.

> 결국은 태어난 생명들이 다 고르게 배불리 먹을 수 있고 무리에서 따돌림 받지 않고 업신여김을 받지 않고 복되게 사는 것을 꿈꾼 것이 어디 사람만의 염원인가? 천지만물 생명 있는 일체의 염원 아니겠는가. 하나도 새삼스러울 것이 없지. 사람의 경우 그러기 위하여 정치의 형태는 달라져야 한다는 그 자각도 변함없이 내려온 것이고 보면 동과 서의 차이가 뭐가 그리 대단할꼬, 안 그런가?[120]

위의 인용문은 사회주의자인 이범호와 해도사의 토론 중 해도사가 한 말이다. 해도사는 사회주의라는 것이 결국 천지만물의 이치는 하나인데 각기 다른 자기 옷을 입혀 주장하는 것에 불과하다며 사회주의 이론이라고 다를 것이 없다는 반발을 하고 있는 말이다. 동학에 대해서도 똑같은 이론으로 반박한다. 동학의 하나님은 천상에 계신 것이 아니며 백성 한 명 한 명, 억조 창생 생명 있는 것, 그 생명이야말로 하나님이라는 것이다.[121]

한 개체에게 생명이라는 것은 단순히 살아있음을 말하는 것이 아니고 자

---

120 박경리, 『토지』 5부 2권, 마로니에북스, 2012, 444-445면.
121 박경리, 『토지』 5부 2권, 마로니에북스, 2012, 446면.

신 속에 있는 역량을 최대한 발휘할 수 있는 상태를 생명이라고 할 수 있다. 각 개체마다 그런 상태를 유지하기 위해서는 위의 인용문처럼 '무리에게 따돌림받지 않고, 업신여김을 받지 않고 복되게 사는' 상태일 것이다. 그러기 위해서는 자신의 자유를 최대한 보장 받고 또 남의 자유도 보장해주어야만 가능하다. 인용문의 '태어난 생명들이 고르게 배불리 먹기 위해' 정치형태가 달라져야 한다는 말은 스피노자가 말하는 이성이 지배하는 국가이다. 즉 능동적 공동체를 말한다.

위의 인용문의 '고르게 배불리 먹는다'는 것은 자연상태에서는 불가능하다. 어떤 이성적 장치, 즉 최소한의 암묵적인 규율이 필요하다. 자연 상태에서 '고르게 배불리'라는 말은 모순이다. 자연 상태는 약육강식의 세계가 아닌가. 스피노자는 나 자신이 전체라는 바로 그런 건전한 이성으로 모든 사람을 대할 때 그대로 자신을 보호할 수 있다고 했다. 그러기에 최소한의 공동체가 필요하고 그것이 국가라는 것이다. 이 공동체는 우리의 본성과 일치하고 적합한 대상과 만날 기회를 더 많이 가짐으로써 개인의 행복 지수가 높은 공동체로 발전해야 한다. 『토지』에서 전 권에서 다양한 연대를 통해 드러나는 민족 해방의 꿈은 이런 공동체를 희망하기 때문이다.

제2부

유기적 생명체,
능동적 공동체와 가족 그리고 고향

1. 김동리의 샤머니즘론과
박경리의 생명의식

1) 비교를 위한 전제

이푸 투안(Yi-Fu Tuan)[122]에게 자연환경에 대한 개인의 가치를 결정하는 요인은 사회 문화적 요인이 아니라, 자연적 조건과 거기서 파생된 원형의 상징체계이다. 그렇기 때문에 투안에 의하면 '개인은 문화적 영향을 초월한다. 서로 다른 세계관에도 불구하고 모든 인간은 공통된 관점과 태도를 공유한다'고 했다. 인간의 보편적 동일성과 자아동일성을 향한 가치추구의 보편성이야말로 투안의 휴머니즘적 성격을 규명한다.

김동리와 박경리는 모두 공통적으로 샤머니즘에 대한 관심이나 고향에 대한 애착을 가진 작가들이다. 물론 박경리와 김동리는 여러 가지 인연을 가진 스승과 제자이다. 서로 영향 관계를 고려해 볼 수 있는 작가들이다. 그런 영향관계보다 위의 투안이 제시한 인간이면 누구나 가지는 인간의 보편

---

122 이 푸 투안, 구동희·심승희 역, 『공간과 장소』, 대윤, 1995, 16-17면.

적 동일성과 자아동일성을 향한 가치추구의 보편성에 의해서 같은 것을 추구하게 되었다고 보아야 할 것이다.

김동리와 박경리가 추구하는 범신론적 세계관에서 보여주는 신, 유기체적 생명, 공동체적 운명 비슷한 용어들을 두 작가 모두 많이 사용하고 있다. 그러나 신을 자연이나 우주로 상정한 것 외에는 전부 다른 방향을 지향하고 있다. 김동리가 제시한 유기체적 생명은 박경리처럼 명확하지 않다. 단지 유기체적 생명은 우리가 자연이나 우주와 연결되어 있다는 의미 이상은 없다. 공동체적 운명도 김동리가 의미하는 것은 죽음이라는 큰 운명, 누구나 다 겪어야 하는 공동체적 운명으로 의미화하고 있다. 박경리가 지칭하는 공동체는 너와 내가 함께 이루어나가야 할 생명체로서의 민족, 혹은 필연적으로 이루어야 할 사회를 이야기한다.

김동리와 박경리가 같은 운명적 세계관을 추구하되 박경리는 『토지』 작품의 후반부부터는 그 운명적 세계관에 굴복하지 않고 서사의 진행 방향에 따라 진보적 세계관을 수용하게 된다. 샤머니즘 역시 김동리가 추구하는 방향과 박경리가 추구하는 방향은 다르다. 김동리는 우리나라 고유의 무속에 바탕을 둔 샤머니즘을 통하여 인간의 유한한 생명을 '구경(究竟)적 삶의 추구'라는 새로운 관점을 통해 해석하고 있다. 즉 삶의 신비에 속하는 사후의 세계를 삶의 연속선상에서 초월적인 세계와 연관시키고 있는 것이다. 박경리가 『토지』에서 샤머니즘을 추구하는 방향은 모든 생명, 개체적 생명이 우주의 총체적 세계와 유기적인 연관성과 관련이 있다. 한 사물의 개체마다 영성이 있기 때문에 개체의 생명체에 존엄성이 있다는 것이다. 이런 의식은 한 인간의 존엄성까지 연결된다. 한 인간의 존엄성과 마찬가지로 살아있는 생명체는 모두 소중하다는 것이다. 박경리는 이 샤머니즘을 구한말의 동학을 거쳐 생명사상까지 끌어올리고 있다. 두 작가의 작품에서 이런 요소들이 어떻게 구체적으로 적용, 주제로 수렴되는가를 보자. 이런 요소가 주제로 수렴되기 위해서는 작가의 그 개념에 대한 담론보다는 작품에서 어떻게 서사화되느냐가 중요하다.

이 글은 두 작가의 범신론적 세계관을 비교하는 관점에서 쓰였기 때문에 김동리 작품 전체를 독해하지 못하는 한계를 가진다. 「무녀도(巫女圖)」에서 『을녀』까지 개작을 보면 얼마나 김동리가 그 계열의 작품에 집중해 왔나를 보여주고 있다. 그 계열의 작품들이 김동리 작품의 대표성을 지닌다고 해도 반박할 사람은 없을 것이다. 또 김동리와 박경리의 비교 대상 작품들이 김동리의 작품들은 장, 단편이고 박경리는 『토지』라는 대하소설에서 오는 불가역성도 있을 것이다. 그러나 박경리의 범신론적 세계관이 『토지』에서 총체적으로 드러나기 때문에 어쩔 수 없음을 양해하기 바란다.

2) 김동리의 샤머니즘 사상의 배경과 작품

김동리는 1936년 발표한 「무녀도」를 위시한 「바위」(1936), 「허덜풀네」(1936), 「당고개 무당」(1958), 「자매」(1958), 「까치소리」(1966), 「만자동경(曼字銅鏡)」(1979) 등을 통해 샤머니즘에 대한 관심과 애정을 표현하였다. 그의 단편소설 「무녀도」와 이를 발전시킨 장편소설 『을화(乙火)』는 샤머니즘과 기독교의 충돌을 다룬 작품으로써, 이들은 김동리의 대표작으로 인정받고 있다. 김동리는 1936년 5월 「무녀도」[123]를 『중앙』에 발표한 이후 「무녀도」를 계속

---

123 김동리는 단편소설 「무녀도」를 1936년 5월 『중앙』에 처음 발표한 이후, 1947년 5월 작품집 『무녀도』(을유문화사)와 1953년 작품집 『무녀도』(을유문화사)에서 부분적으로 개작하여 발표했다. 그리고 1963년 작품집 『등신불』(정음사)의 『무녀도』에 이르기까지 전체적으로 네 차례 개작했고, 1978년에는 장편 『을화(乙火)』로 완전 개작하였다.

개작을 하면서 본격적인 샤머니즘에 관한 담론까지 생산한다. 「무녀도」 첫 발표에서는 단순히 무속 이야기로 끝난데 비해 두 번째 발표 이후부터는 샤머니즘과 기독교의 대립으로 그리고 있다. 김동리는 샤머니즘과 관련된 작품을 계속 발표하면서 그 당시 담론의 중심 이슈였던 기독교로 표상되는 서양의 근대라는 보편성에 대한 대항 담론으로서 우리 것에 대한 탐구로서 샤머니즘에 관한 담론을 지속적으로 생산하고 있다.

> '우리 민족의 가장 근본적인 것은 무엇일까', '민족의 근원적인 얼과 넋은 무엇일까'라는 점을 자문하고 중국인의 유교, 서양인의 기독교에 필적하는 우리의 것이 과연 무엇인지 성찰하다가 마침내 그는 샤머니즘 이야말로 바로 그것이라는 결론을 얻었다.[124]

위의 인용문에서 보듯이 김동리는 "동양적인 가운데서 특히 우리의 것, '동양적'인 것을 한국에서 찾자. 한국의 고유한 '넋'이나 '얼'은 무엇인가? 중국의 유교나 인도의 불교에 해당될 만한 한국 고유의 정신적 바탕은 무엇일까?"를 고심해왔다고 생각된다. 그 당시 샤머니즘으로 표상되는 무속은 중국으로부터 유입된 불교, 유교, 도교로부터 분리된 오직 우리 고유의 것으로 서양의 기독교에 대한 대항담론으로 김동리는 샤머니즘을 제시하고 있는 것이다.

김동리가 문학을 하게 된 동기는 죽음을 생각하고 그것을 두려워한 결과라고 이야기한 바 있다. 그래서 죽음에 대한 집착이 문학을 종교와 결부시켜 놓은 것인지도 모른다고 이야기하였다.[125] 실제 김동리는 그 당시 어릴 때부

---

124 김동리, 『명상의 늪가에서』, 행림출판사, 1980, 156면.
125 김동리, 「소설을 쓰게 된 이유」, 『전집 30』, 163면.

터 친한 여동생의 죽음에서 충격을 받고 우울한 나날을 보내왔고, 일제강점기 하의 식민지 지식인으로서의 절망을 통하여 죽음에 대한 사색은 어쩌면 당연한 실존적 질문이었을 것이다. 「무녀도」나 「화랑의 후예」, 「황토기」 등을 비롯한 많은 작품들의 배경 특히 샤머니즘을 소재로 작품들이 쇠락한 황폐한 배경에 있는 것도 이와 궤를 같이 한다고 생각된다. 김동리는 처음 1936년 「무녀도」를 발표한 후 두 번째 개작을 하기 위해 사상적 기초로 '구경(究竟)적 삶의 추구'라는 틀을 제공한다.

김동리는 우리나라 고유의 무속에 바탕을 둔 샤머니즘을 통하여 인간의 유한한 생명을 '구경(究竟)적 삶의 추구'라는 새로운 관점을 제시하고 있다.

> "우리는 우리들에게 賦與된 우리의 共通된 運命을 發見하고 이것의 打開에 志向하지 않으면 안 된다. 우리가 이 事業을 遂行하지 않는 限 우리는 永遠히 天地의 破片에 끄칠 따름이요, 우리가 天地의 分身임을 體驗할 수는 없는 것이며, 이 體驗을 갖지 않는 限 우리의 生은 天地에 同化될 수 없기 때문이다. 그리고 우리는 우리에게 賦與된 우리의 이 共通된 運命을 發見하고 이것의 打開에 努力하는 것, 이것을 가르쳐 究竟的 삶이라 부르는 것이다. 웨 그러냐 하면 이것만이 우리의 삶을 完遂할 수 있는 길이기 때문이다."[126]

위의 인용문에서 제시한 '우리의 공통된 운명'은 바로 죽음을 의미한다. 죽음을 통해서 절대 자유를 누릴 수 있는 자연으로 돌아감을 의미한다. 즉 천지의 분신임을 체험하게 된다는 것이다. 이것이 '구경(究竟)적 삶의 추구'라

---

126 김동리, 「文學하는 것에 對한 私考-文學의 內容(思想性)的 基礎를 위하여」, 『백민』 제4권 제2호, 1948.3, 44-45면.

는 것이다. 장자에 의하면 '구경(究竟)적 삶'의 궁극적 이상은 우주의 원리에 따라 자연과 하나가 되어 무한한 경지에 노니는 '절대 자유의 단계'를 말한다.[127] 김동리의 샤머니즘 계열의 작품에서 남녀 관계가 원초적인 본능에 따라 이루어지며, 죽음이 자주 발생하는 것이 바로 이런 연유로 인한 것이다. 이것을 실현하는 「무녀도」의 '모화'란 새 인간형의 창조이고 이 '모화'가 개성과 생명의 구경을 추구하여 신명에 의해 절대 자유를 실현하는 인물이라는 것이다.

'무녀도'가 한 무녀를 주인공으로 삼은 것은 그냥 민속적 신비성에 끌려서는 아니다. 조선의 무속이란, 그 형이상학적 이념을 추구할 때 그것은 저 풍수설과 함께 이 民族特有의 이념적 세계인 神仙觀念의 발로임이 분명하다. '仙'의 영감이 道詵師의 경우엔 風水로서 발휘되었고, 우리 모화의 경우에선 巫로 발현되었다. '선'의 이념이란 무엇인가? 不老不死 無病 無苦의 常住의 세계다. 그것이 어떻게 성취되느냐? 限있는 인간이 限없는 자연에 융화되므로서다. 어떻게 융화되느냐? 인간적 기구를 해체시키지 않고 자연에 귀화함이다. 그러므로 巫女 '모화'에게 있어서는 이러한 '선'의 영감으로 말미아마 인간과 자연사이에 상징적으로 가로놓인 장벽이 문어진 경우다.[128]

---

127 오강남, 「자유롭게 노닐다」, 『장자』, 현암사, 2009, 40면.

128 김동리, 「신세대의 문학정신」, 『전집 30』, 91-92쪽.
　　　김동리, 『내 문학의 자화상, 꽃과 소녀와 달과』, 제삼기획, 1994, 23면.
　　　비슷한 내용의 발언이 여러 차례 반복되었다. 거의 유사하지만, 약간 다른 형태의 다음과 같은 발언도 있다. "'동양적'을 한국에서 찾자. 한국의 고유한 '넋'이나 '얼'은 무엇인가? 한인의 유교나 인도의 불교에 해당될 만한 한국 고유의 정신적 바탕은 무엇일까?" 김동리, 「창작의 과정과 방법-'무녀도' 편」(『신문예』, 1958.11), 「무속과 나의 문학」(『월간문학』, 1978.8)에서도 같은 내용이 나온다. 본고에서는 자신의 문학을 최종 정리하는 말년의 발언이라는 점에서 내 문학의 자화상의 글을 인용한다.

위의 인용문에서 핵심 문장은 밑줄 친 부분, 중 특히 '한 있는 인간이 한 없는 자연에 융화함으로써이다.' 이것을 좀 풀어서 해석하자면 무화와 같은 무녀는 인간과 자연의 매개자로서 초월한 선(仙)의 역할이 가능하기 때문에 인간과 자연을 이어준다는 것이다. 무녀가 무당으로 굿을 할 때는 신이 내려준 신명으로 인간과 자연 즉 신과 연결시켜주고, 죽음을 통해서는 자연과 융화하게 해서 인간의 삶을 무한한 자연과 연결시킨다는 것이다. 김동리는 인간과 무한 세계 자연을 이어주는 것이 바로 무녀인 모화의 역할로 작품에 형상화했다는 것이다. 인간이 죽음을 통해 자연에 귀의할 수 있는 길은 무녀가 가지고 있는 신명에 의해서 가능하다고 생각하고 있다.

김동리에게 샤머니즘은 '역사성'의 대상으로서가 아니라, 현실의 어떤 모순, 예컨대 '인간과 자연 사이에 상식적으로 가로 놓인 장벽'을 무너뜨릴 대안적 세계이자, '인간이 개성과 생명의 구경을 추구'하여 인간의 한계를 넘어설 수 있는 하나의 새로운 모색의 길이다. '자연과의 합일', '개성과 구경의 생명'은 그러한 원형으로서의 세계를 구성하는 일종의 '보편 원리'라고 할 수 있는데, 중요한 것은 그토록 존경하던 형 김범부의 사상적 영향을 받은 것이든, 혹은 전래의 자연사상이든, '보편으로서의 서구'를 타자로 의식한 일종의 '대항 보편성'으로 제시하는 길이었다.[129]

「무녀도」는 몇 번의 단편으로 개작하다 40년이 지난 시점에 와서 결국 1978년 『을화』라는 장편으로 다시 태어난다. 물론 「무녀도」는 단편 양식으로 김동리가 의도하는 사상적 측면을 다 담을 수 없는 한계도 있었지만 그동안 아쉬웠던 부분을 장편으로 좀 더 보강했으면 하는 욕망이 있었을 것이다. 결과적으로는 「무녀도」와는 다른 성격의 『을화』가 되어버린 것이다.

---

129 한수영, 「김동리와 조선적인 것」, 『한국근대문학연구』 21, 한국근대문학회, 2010, 403면.

『을화』의 창작 후기에서 김동리는 "나도 나의 문학을 통해서나마 새로운 성격의 신과 새로운 형의 인간을 창조해야 한다고 믿고 그것을 샤머니즘의 인간으로서 시도하려 했던 것이다."라고 하였다. 여기서 주목할 만한 핵심 구절이 '새로운 형의 인간'이라는 말이다. 이 말은 김동리가 『을화』 쓰기에서 주안을 둔 것이 인물 형상화였음을 드러낸다. 즉 「무녀도」의 모화와 욱이, 『을화』의 을화와 영술의 인물 형상이 전혀 다르다는 것이다. 「무녀도」의 모화는 무녀가 가지고 있는 원형적인 색채를 가지고 있다면 『을화』에서 을화는 신명이나 천지에 매달리는 인물이 아니라 합리적인 의식의 인물로 그려지고 있다. 영술 역시 회의하고 성찰할 뿐만 아니라 끊임없이 변화할 가능성을 보이는 주체적인 현대인으로 그려지고 있다. 그러니까 「무녀도」의 심화된 장편으로서의 『을화』가 아니라 「무녀도」를 모티브로 한 장편소설로 생각해야 한다. 「무녀도」에서는 무속이라는 세계 속에 완결된 배경과 인물로 그려지고 있다면 『을화』에서는 근대적 개인이라는 주체로 그려지고 있다.

거의 돌아가시기 바로 직전에 발표한 무속을 다룬 「만자동경」에서는 또다시 「무녀도」와 똑같은 무속의 세계로 돌아간다. 그럼 결국 김동리의 작품 세계는 1947년에 개작한 「무녀도」에서 「만자동경」[130]으로 이루어진 일관된 샤머니즘의 세계를 이루는 작품 계열이 전체적인 주류의 흐름으로 잡아야 할 것이다. 우선 샤머니즘 세계관에서는 배경, 인물, 죽음까지도 자연으로 포섭된다.

---

130 『을화』를 썼던 1978년은 김동리가 66세가 되던 해이다. 그 이후 김동리가 쓴 소설은 단편 「참외」(1978), 「만자동경」(1979), 「우물 속의 얼굴」(1979) 등이 있을 뿐이고, 주로 수필집을 발간하는 데 주력하였다. 김동리전집 편집위원회, 「김동리 생애 연보」, 『나를 찾아서』(김동리 전집 8), 민음사, 1997, 453-454면.

낭이뿐 아니라, 모화는 보는 사람마다 너는 나무 귀신의 화신이다, 너는 돌귀신의 화신이다 하여, 걸핏하면 칠성에 가 빌라는 둥 용왕에 가 빌라는 둥 했다. 모화는 사람을 볼 때마다 늘 수줍은 듯, 어깨를 비틀며 절을 했다. 어린애를 보고도 부들부들 떨며 두려워했다. 때로는 개나 돼지에게도 아양을 부렸다. 그녀의 눈에는 때때로 모든 것이 귀신으로만 비친다는 것이었다. 그것은 사람뿐 아니라 돼지, 고양이, 개구리, 지렁이, 고기, 나비, 감나무, 살구나무, 부지깽이, 항아리, 섬돌, 짚신, 대추나뭇가지, 제비, 구름, 바람, 불, 밥, 연, 바가지, 다래끼, 솥, 숟가락, 호롱불……이러한 모든 것이 그녀와 서로 보고, 부르고, 말하고, 미워하고, 시기하고, 성내고 할 수 있는 이웃 사람같이 보여지곤 했다. 그리하여 그 모든 것을 '님'이라 불렀다.[131]

위의 인용문에서 보듯이 모화가 동물들과 의사소통하고, 그들의 언어로 말하고, 그들의 주인이 되는 것은 단순한 인간적인 삶보다 더욱 풍부한 영적인 삶을 제 것으로 삼는다는 것과 동일한 의미다. 동물, 곤충, 모든 살아있는 것들은 다 이웃이다. 너와 나의 경계, 타자가 존재하지 않는 일체화된 세계이다. 그들을 '님'처럼 대한다. 또한 원형적 인간의 눈에 식물들이나 동물들의 사심 없는 본능적인 교섭은 매우 매력적인 것으로 비친다. 무속을 위시한 샤먼은 식물, 동물들과 소통하면서 자연의 비밀을 공유하고 그들의 완전한 삶을 향유한다. 동물들과 우정을 나누는 것, 그들의 언어를 아는 것은 낙원 신드롬을 구현하는 것이다. 이 우정은 태초의 인간 조건을 구성하는 것이었다. 모화는 동물들과의 생생한 경험을 통해 '타락한' 인간성의 일반적인 조건을 초월한 원형적 존재가 된다. 모화는 자신의 딸 낭이의 존재도 꽃과 새

---

131 김동리, 「무녀도」, 『한국문학선집』, 문학과지성사, 2007, 741면. 1947년판을 기준.

같은 자연적 상징물의 연장선상에서 파악한다.[132] 모화는 여기에서 보편적인 사람과 다른 자연, 즉 신과 교섭이 가능한 신명이 나 있는 인물이다.

스피노자는 인간은 기쁨이 충만할 때 모든 사람에게 자신의 기쁨을 나누어주고 싶은 상태, 즉 기쁨의 코나투스라고 하는데 자연도 신명이 나면 똑같아진다는 것이다. 스피노자의 코나투스는 신체와 분리될 수 없는 정서로 가슴이 뛴다든가 가슴이 두근거리는 신체에 자극을 받으면서 정서적으로 확장되는 에너지 같은 것이다.

김동리 샤머니즘 계열의 작품은 특정한 장소를 중심으로 이루어진다는 특징을 가지고 있다. 김동리는 많은 작품에서 근대 이전의 순수 세계에 살던 사람들에게서 발견된 자연과의 결속과 장소, 특히 김동리의 고향인 경주에 대한 사랑을 보여준다. 경주라고 하는 한국의 정서적 원형적 공간을 작품 배경으로 한 것은 인간 본연의 성향이 장소에 있음을 드러낸 것이라 할 수 있다. 투안은 장소애(topophillia)를 통해서 인간이 추구하는 것은 인간의 삶과 자연 환경적 본원적 관계를 해명함으로써 궁극적으로 자연과 적대적이지 않은 삶을 모색하는 것이라고 했다.

특히 주로 샤머니즘 계열의 소설에서 김동리는 경주를 표상으로, 구체적인 배경으로 설정하고 있다. 구체적인 공간과 장소는 주로 김동리가 태어난 생가 주변인 경주 읍성, 서문거리를 포함한 성건리(현재의 성건동) 일대, 그리고 예기청수(藝妓淸水)로 지리적 범위가 매우 좁고 한정되어 나타난다. 개인은 장소와 별개가 아니라 자기 자신이 바로 장소인 것이다. 김동리 개인에게 있어 경주는 곧 자기 자신인 것이다. 읍성 주변을 위시한 서문거리는 김동리

---

132 미르치아 엘리아데, 강응섭 역, 『신화·꿈·신비』, 숲, 2006, 83-84면 엘리아데는 꽃, 동물 등 자연과의 교섭을 통해 타락한 인간상을 극복할 수 있다고 했다.

의 생가가 있는 곳이고 유년 시절 체험이 깃든 예기청수이기에 경주의 다른 장소보다 더욱 각별한 애정을 드러내고 있다. 김동리가 소설 속에서 설정한 장소인 경주 읍성과 예기청수는 경주가 일반적으로 가진 이미지와는 다른 장소성과 장소애를 드러낸다.

샤머니즘 계열의 작품, 「무녀도」를 위시한 「무녀도」를 개작한 장편 『을화』는 물론 타계하기 전 거의 마지막에 쓴 「만자동경」[133]까지의 배경은 경주 읍성, 즉 서문거리로 되어 있다. 이 장소는 김동리에게 고향으로 치환되고 있으며, 경주 읍성의 소멸은 고향 상실이며 곧 자기 정체성의 상실로 이어진다. 그러기에 대부분의 작품에서 바로 죽음 이미지와 연결된다. 김동리에게 고향이란 개념은 '고향=경주=읍성(서문거리)'의 등식이 성립한다고 볼 수 있다.

「허덜풀네」에 드러난 읍성의 장소성은 자신의 정체성을 확립하는 뿌리이며 고향의 의미를 부여하는 장소라면, 「만자동경」에 드러난 읍성의 완전한 소멸은 고향 상실의 안타까움을 넘어 읍성과 그 주변을 신라 정신을 구현하는 성(聖)스러운 장소로 격상시키고 있다.[134]

이재선에 의하면, 이 작품들은 "모든 것이 변해가는 소용돌이 속에서 소멸하여 가는 것의 마지막 남은 빛에 끝내 매달리며, 이를 지키려는 삶의 비극적 고뇌와 그 초월의 문제를 그리고 있다."[135]라고 했다. 이로 미루어보자면 김동리는 샤머니즘과 관련된 작품을 서양적인 것에 대한 대항논리라는 탐구정신에 의한 것도 있지만 근대화에 의한 퇴락한 경주, 일본제국주의 하의 사라져

---

133 『문학사상』, 1979.10.

134 유문식, 「김동리 소설의 경주 '장소성' 연구 — 경주 읍성과 예기청수를 중심으로」, 『신라문화』 55, 동국대학교 신라문화연구소, 2020.2, 205면.

135 이재선, 「무녀도에서 을화까지」, 김동리, 『을화 외』, 문학사상사, 2005.

가는 민족 전통, 개인의 심리적 취향도 많이 작용한 것 같다. 이진우는 "김동리의 소설적 연원은 경주였다, 그는 자신의 고향인 경주 즉, 옛 서라벌에 신들려 있고자 한 '작가 무당'이었다.[136]"라고 했다.

> "내 어릴 때 내 눈에 비친 고도(古都)는 폐허였다. 그것은 끝없는 슬픔이요, 우울이요, 주검이었다. 이 슬픔과 우울과 주검의 리듬이 나의 전생과 연결되어 〈나〉로서 태어났는지, 나는 어려서부터 이 슬픔과 우울과 주검의 폐허 속에 젖어들기 시작했다. (…중략…) 그 무렵의 나에게는 그것도 다 폐허의 연장에 지나지 않았다. 다시 말해서 그러한 사적들과 잡초와 낙엽에 덮여 있는 어느 이름 모를 절터·궁터 하는 따위와를 전혀 구별하지 못한 채였다. 그만큼 나의 가슴속은 언제나 죽음과 주검(폐허)과 〈죽은 나라〉로 가득 차 있었다고나 할까."[137]

많이 알려진 것처럼 김동리는 청년 시절 주위 사람들의 죽음은 삶에 대한 많은 고통과 실존적인 문제로 방황하고 있었고 죽음에 많은 의식이 집중된 결과의 산물이 작품으로 드러나고 있다. 이것은 주위 장소뿐만 아니라 죽음까지도 자연으로 포섭, 자신과 일체화하고 있음을 보여주고 있다. 낭이가 작품에서 보여주듯 동식물에 대해 혹은 자신의 주위 배경, 모든 장소에 대해 '님'이라는 호칭을 통해서 자연과 무한한 애정과 존경을 보여주는 김동리의 자연관으로 곧 자연, 신, 자신과의 일체화를 보여준다고 할 수 있다. 자신을 둘러싼 환경, 혹은 사물, 자연까지도 자신의 분신이면서 자연의 일부로 받아들이면서 자연과의 일체화된 관계를 통해 샤머니즘의 세계관을 보여주고

136　이진우, 『김동리 소설연구―죽음의 인식과 구원을 중심으로』, 푸른사상, 2002, 53면.
137　김동리, 「다시 고향에 가보니」, 『나를 찾아서』(김동리 전집 8), 민음사, 1997, 412-413면.

있다.

> 우리는 한 사람씩 한 사람씩 천지 사이에 태어나 우리 사이엔 떠날래
> 야 떠날 수 없는 유기적 관련이 있다는 것과 이 <유기적 관련>에 관한
> 한 우리들에게는 공통된 운명이 부여되어 있다는 것을 발견하게 되는
> 것이다.
> (…중략…)
> 우리는 우리에게 부여된 우리의 공통된 운명을 발견하고 이것의 타개
> 에 노력하는 것, 이것이 곧 구경적 삶이라 부르며 또 문학하는 것이라
> 이르는 것이다. 왜 그러냐 하면 이것만이 우리의 삶을 구경적으로 완수할
> 수 있는 길이기 때문이다.[138]

위의 인용문에서 보여주듯이 인간과 신 즉 자연은 유기적인 관계 속에서
일체화되어 있다는 것이다. 여기서 공통된 운명은 죽음을 말한다. 낭이를
'님'이라는 호칭을 통하여 보여주듯이 인간뿐만 아니라 자연 하나하나를 신
으로 보며 그 개체의 존엄성을 생각하는 유기체적 세계관을 통하여 살아있는
생명뿐만 아니라 작품의 배경이라 할 수 있는 장소까지도 유기체적인 관계
속에서 인물과 일체화되어 있다.

김동리는 자연뿐만 아니라 문학하는 행위, 자신의 인생까지 하나의 일체
의 관계, 죽음까지도 초월하는 '구경(究竟)적 삶'을 샤머니즘적 세계관을 통해
서 평생 탐구했다고 할 수 있다. 그러나 김동리의 샤머니즘적 세계관에서는
일체의 인과관계가 없다. 사랑의 시작점도 끝도 없다. 죽음도 마찬가지이다.

---

138 김동리, 「文學하는 것에 對한 私考-文學의 內容(思想性)的 基礎를 위하여」, 『백민』 제4권
    제2호, 1948.3, 44-45면.

자연으로 포섭된 본능만이 존재한다. 즉 시간성과 개체성이 지워진 일체화된 관계로 나타난다. 예를 들면 「무녀도」에서 욱이와 낭이의 사랑도, 「까치소리」의 화자인 '나'와 영숙과의 성적인 관계나, 「만자동경」에서 홀아비 석씨와 연달래의 사랑도 순간적인 본능에 지배당한 사랑이었다. 김동리는 사랑, 죽음까지도 자연이라는 범위 속에 포섭하고 있다. 그러기에 작품 속에 수시로 나타나는 원초적 본능이나 느닷없는 죽음은 이런 연유로 인한 것이다.

3) 박경리의 생명의식과 작품에서의 재현

박경리는 김동리의 추천으로 문단에 나왔다. 김동리의 집에 박경리의 친구가 세 들어 살면서 인연을 맺었다. 마침 김동리의 부인이 진주여고 박경리의 선배였다. 그런 인연으로 습작하고 있던 박경리는 「계산(計算)」이라는 작품으로 1955년 『현대문학』지로 첫 추천을 받았다. 이름도 그 당시 김동리가 지어준 이름이었다. 두 번째로 1956년 「흑흑백백」이라는 작품을 다시 추천받아 문단에서 활동하게 된다. 그러나 김동리가 첫째 부인과 헤어지면서 두 사람과는 10여 년간 소원한 관계로 지내게 된다.

> 우연히 알게 된 김동리 선생님, 그 어른이야말로 내 내부의 것을 끌어내어 문학을 하게끔 해주신 분이다. 내가 쓴 졸렬한 시 속에서 소설을 쓸 수 있을 것이란 가능성도 그 어른이 발견해 주신 것이다. 그분은 내 문학의 아버지라 할 수 있다. 준엄한 산 같은 문학세계에 비하여 그냥 소리만 질러대는 것이 내 문학이 아니었던가. 십 수년 동안 선생님을 뵙지 못하였다. 그러나 항상 감사하고 존경하며 그 門下였던 것을 자랑스럽게 생각한다.[139]

위의 인용문에서 보듯이 김동리 문학을 '준엄한 산 같은 문학세계'라 할 만큼 존경의 마음이 담겨있다. 이 글이 아니더라도 김동리가 누구인가. 해방 직후 1947년 진보 진영 '문학가동맹' 그룹의 많은 작가들이 북한으로 쫓겨갔을 때 거의 유일하게 남은 작가가 김동리였다. 해방이 되면서 임화, 김남천 등 진보 진영 단체 '문학가 동맹'에 가입한 작가들이 거의 90퍼센트 이상이었다. 그러기 때문에 월북하지 않은 작가군들도 그 이후 활동이 자유롭지 않았다. 진보 단체에 가입하지 않은 몇몇 작가 중에 이광수, 김동인, 채만식 등 해방 전에 쟁쟁하던 작가들도 납북 아니면 친일 문제로 불편한 상태에 있었다. 이때 많지 않은 작가 중에 김동리가 있었고 그 이후 문단을 좌지우지할 수 있는 몇 안 되는 작가 중에 한 사람이었다.

또 김동리는 인생 전체를 문학에 걸고 탐구와 작품 활동을 지속해온 진정한 문학을 위한 작가였다. 진정성에 있어서뿐만 아니라 작품의 수준에 있어서도 이태준 외에는 비교할 작가가 없었다. 소설가 중에 이광수 납북, 김동인 병사, 이태준, 박태원 같은 분은 월북, 채만식은 칩거중이었다. 김동리는 해방 직후 문단에서 신과 같은 작가였다. 그 당시의 인연을 중심으로 문단계가 이루어지고 있었음을 미루어보면 김동리 추천을 받은 박경리 또한 장래를 보장받은 것이나 마찬가지였다. 그러니 알게 모르게 영향을 받지 않았다고 할 수 없다.

박경리가 김동리의 영향권 안에 있는 것은 당연하지만 박경리의 성격상 누구를 쫓아가는 작가는 아니다. 박경리는 알려진 대로 결벽증과 자존감이 강한 작가이다. 거기다 전쟁으로 인한 남편과 아들의 죽음은 합리적인 이해가 불가능한 사건이었다. 그렇기 때문에 응어리진 가슴 속의 분노나 우울을

---

139 박경리, 「나의 문학적 자서전」, 『꿈꾸는 자가 창조한다』, 나남, 1994, 146면.

어떻게든 풀어내어야 한다. 그것이 작품으로 드러났으며, 초기 소설을 사(私) 소설로 규정지어지는 이유이기도 하다.

김동리와 박경리는 작가의 세계관, 운명적이고 샤머니즘적인 세계관은 서로 닮아있다. 두 사람이 주위 사람의 죽음으로 인한 젊은 시절의 우울도 닮아 있다. 그리고 두 작가는 모두 한을 제시하고 있다. 김동리는 한에 대한 담론으로만 그치고 인물의 형상화로 나타나지 않은 것이 비해 박경리는 『토지』에서 어떻게 한이 이루어지며 한을 어떻게 풀어 인간의 존엄성을 획득해 나가는가를 인물 한 명 한 명의 삶을 통하여 보여주고 있다. 이것은 투안이 얘기했던 인간의 보편적 동일성과 자아동일성을 향한 가치추구의 보편성 때문이라고 할 수 있다.

박경리가 작품 활동을 시작할 때 남편의 행방불명과 아들의 죽음으로 인한 절망 속에서도 생존을 위해 세상과 부딪치지 않으면 안 되는 어려운 환경에 있었다. 초기 작품에서 보이는 세계는 자신의 결벽증으로 인한 인간들과의 결별과 고통, 불합리한 세계에서의 자존감 지키기로 작품 세계가 집약된다. 김동리는 근대를 기독교를 통하여 습득했다. 그러나 박경리는 진주여고 시절 대부분이 일본 선생 및 일본 학생들과 같은 공간에서 생활하면서 좀 더 근대화된 세계에서 합리를 경험하였다. 더군다나 자전적 소설 「환상의 시기」에 의하면 기숙사 생활 중에 일본인 후배를 S동생으로 삼고 싶어했고, 일본의 깨끗하고 아름다운 환경을 흠모까지 했다. 나중 반일 작가로 자처하게 된 것은 『토지』를 쓰면서 민족의식이 강해졌고 일본에 대한 탐구를 통해 반일 의식이 뚜렷해진 것이다.

초기 작품 「흑흑백백」, 「전도」, 「불신 시대」에서 자신이 부딪친 세계에 대해서 신경질적인 반응을 보이는 것은 바로 박경리가 경험한 세계와 다른 불합리한 세계로 인한 것이다. 또 그 당시는 전쟁 직후였기 때문에 더 열악한 환경이었으며 체계가 없는 사회였다. 가난과 불합리한 사회에서 경험을 그대로 소설로 쓰면서 박경리는 세계를 정리하고 자신이 나아갈 방향을 확립한다. 불합리와 모순이 판치는 사회에서 같이 통속화되든지 아니면 자신의 주체성을 찾아야 한다. 결국 자신은 자신의 자존감을 지키기로 한다.

> 그렇지, 내게는 아직 생명이 남아있었다. 항거할 수 있는 생명이 남아
> 있다. 항거할 수 있는 생명이! 진영은 중얼거리며 휘어잡고 눈 쌓인 언덕
> 을 내려오는 것이다.[140]

위의 인용문은 「불신시대」의 마지막 장면이다. 이 작품에서 진영은 남편은 9·28에 폭사하고, 얼마 안 있다 아들 문수는 길에서 넘어진 후 의사의 무관심으로 죽게 된 것이다. 의사는 중대한 뇌수술을 엑스레이도 찍어 보지 않고, 심지어 소독약 준비도 없이 시작한 것이다. 마치 도축장의 망아지처럼 죽은 것이다. 그 이후 곗돈을 사기한 아주머니, 아들 문수의 영정을 맡기러 간 절에서는 영가 노자가 적다고 시무룩한 중, 교회에 나가는 것을 핑계로 사기 치는 청년, 온 천지가 거짓과 불합리로 가득한 세계이다. 이때 망연자실한 진영은 결국 자신이 항거할 수 있는 생명이 있다는 것을 새롭게 인식하고 절에서 아들 문수의 영정을 찾아 불태운다.

> 가로질러 온 내 발자취에서 어떤 궁핍보다 잊지 못하는 것은 네 존엄
> 이 침해당한 일이다. 결코 지워지지 않는 피멍 같은 것, 인간의 존엄과
> 소외, 이것이 아마도 내 문학의 기저(基底)가 아니었나 싶어진다.[141]

---

140 박경리, 「불신시대」, 『환상의 시기』, 나남, 1994, 84면.
141 박경리, 「나의 문학적 자전」, 『환상의 시기』, 나남, 1994, 138면.

'항거할 수 있는 생명'은 살아있음의 증거로 부정을 통한 자신의 의지 속에서 자신의 삶의 원칙을 새롭게 발견한 것이다. 글쓰기를 통해서 발견된 자신의 존엄과 소외, 즉 부정적인 사회에 영합하지 않고 반동적인 삶 속에서 자신의 생명을 느끼는 것이다. 이것은 나중 박경리의 『생명의 아픔』에서 수 없이 반복하는 '능동적'인 삶인 것이다. 이것은 박경리의 초기 작품에서 보여주는 일관되게 흐르는 불의에 타협하지 않는 반동적인 정신이다. 끊임없이 자신을 내던지는 무(無)에의 의지 아래에서 보편적인 삶은 오히려 비현실적으로 인식되고 자기 존엄을 지키는 생명만이 하나의 원칙이 된다.

박경리의 작품 세계에서 『토지』 전까지의 단편과 장편에서는 전체적으로 타자에 대한 존중의식, 자기 존엄성 등이 작품의 주제로 구현되었다. 『토지』에 와서는 작품 전체의 인물 개개인이 자신의 한을 풀어나가는 과정이 자기 존엄을 찾기 위한 길로 그건 자신의 생명성을 찾기 위한 길이다. 서희가 조준구에게 재산을 빼앗기고 간도로 쫓겨가서 친일도 마다하고 악착 같이 재산을 모은 것도 조준구에 대한 한과 민족을 되찾기 위한 독립을 위한 길이다. 그것은 바로 서희의 자존을 지키는 길이기도 하다. 작가는 서희가 민족의 독립을 위해서 돕는 일이 운명적이면서 필연적이기까지 하다고 한다. 『토지』의 수많은 인물들의 한을 풀고 채워서 자신의 자존감을 회복하고 그것이 민족의 생명, 민족의 능동적 삶을 확대해나가는 길이며 곧 민족 공동체의 회복이 필연적이라는 것이다.

박경리의 능동성이라는 것은 니체가 초인이 되기 위해서 필요한 권력 의지이면서 스피노자의 코나투스이다. 인간도 신명을 얻으면 신과 같은 무한한 생명력을 확대할 수 있다. 그러면 박경리의 능동성에 대해 좀 더 구체적으로 논의를 펼쳐보자.

세상의 일이란, 우주의 모든 운행? 아니 질서란 묘한 것인가. 한 미물에서 우주의 질서를 느꼈다면 그 크기와 넓이가 또 시간이 어떤 것이든 만물의 영장으로 자부하는 인간을 우주질서의 일부로 본들, 한 개인의 얽히고 비틀어진 행로를 우주질서의 과정으로 본들…[142]

위의 인용문에서 미물의 움직임에서 우주의 질서를 보며 한 개인의 삶의 과정 전체가 우주의 질서의 과정이 아니겠느냐는 유기체적 생명의식을 보여주고 있다. 박경리의 이런 생명의식과 맞닿아 있는 범신론적인 관점을 스피노자의 신의 관점과 비교해서 읽어보면 좀 더 쉽게 이해가 될 것이다. 박경리가 우리나라의 무속의 관점과 비교해서 받아들이고 있는 글을 보자. 이 부분의 스피노자의 신에 대한 철학과 박경리의 『토지』의 주제 의식이기도 한 생명의식과 맞닿아 있다.

오랜 옛적부터 우리 본래의 사상, 더 깊이 근원을 찾아가면 샤머니즘의 생명 공경의 사상에서 비롯된, 잠재적인 것이 아니었을까.[143]

지금은 무속이라는 형식만 남아있고 원시종교다 미신이다 하는 말을 듣지만 나는 생명주의라고 감히 말합니다. 생물에는 모두 영성이 있다고 믿은 그때의 사람들은 천 년 오백 년을 살아 온 나무의 영성을 위대하다고 생각했으며 그와의 교신을 소망했습니다.[144]

박경리는 샤머니즘에 대해 생명을 가진 개체가 다른 생명체와 교섭을 통

---

142 박경리, 『토지』 4부 1권, 마로니에북스, 2012, 174면.
143 박경리, 『생명의 아픔』, 이룸, 2004, 14면.
144 박경리, 『생명의 아픔』, 이룸, 2004, 132면.

하여 무한하게 뻗어나가는 공간 확대와 시간 확대가 이루어지는 영성(靈性)을 강조한다. 스피노자의 해석에 따르자면, 신은 자신이 본질을 구성하는 이 동일한 속성들 속에서 사물을 생산한다는 것이다. 그러므로 모든 사물의 원인은 바로 영성이라는 것이다. 신은 자신이 존재하는 방식대로 사물을 생산한다.[145] 신의 속성의 하나로 드러나는 코나투스 생명 욕구가 바로 영성이라는 것이다. 박경리가 생의 의지를 영성으로 본 것과 맥락을 같이 한다. 이 영성은 우주만상이 다 가지고 있다는 것이다. 박경리는 이어서 생물이 생존하는 것은 순리일 뿐만 아니라 지구 자체가 거대한 생명체로서 모든 생물, 생명과 불가분의 관계에 있다는 것이다. 그래서 결국 지구와 모든 생명은 공동체이며 같은 운명이다 라는 것이다. 삼라만상의 모든 생명이 유기체적인 연관관계 속에서 존재한다는 것이다. 그러기 때문에 여기서 생명 존중이 나오는 것이다.

각 개체의 사물은 신성한 자연의 법칙 혹은 우주의 질서에 의해서 움직인다는 것이다. 스피노자는 신적인 본성의 필연성에서 무한히 많은 것이 무한히 많은 방식으로 생겨나고, 그렇게 생겨난 모든 것들은 신성한 자연의 법칙에 의해서 움직인다고 했다. 자연 안에는 우연적인 것은 없으며 모든 것은 일정한 방식으로 존재하고 작용하도록 신적인 본성의 필연성으로부터 결정되어 있다고 했다.[146] 즉 이 자연 속에 우연은 없다, 이 세계는 필연의 질서라는 것이다.

생물이 생존하는 것은 순리일 뿐 아니라 지구 자체가 거대한 생명체로 모든 생물, 생명과 불가분의 관계가 있기 때문이다. 보다 절실하게 말한

---

145 질 들뢰즈, 박기순 역, 『스피노자의 철학』, 민음사, 2018, 87면.
146 B.스피노자, 황태연 역, 『에티카』 1부, 정리 20, 비홍, 2011.

다면 지구와 모든 생명은 공동체이며 같은 운명이다. (…중략…)

　　물이, 공기가, 생물이 없다면 존재할 수 없고 억조창생 일체가 그 생존
의 조건이 같으며 능동적으로 대처하는 기능도 같아서 일사불란하게 순
환해 왔던 것이다.[147]

　　위의 인용문에서 제시하고 있는 '운명 공동체', '능동', '일사불란한 순환'
같은 개념은 스피노자가 신이라고 하는 자연, 즉 영원하고 무한한 존재는
지구의 모든 존재 생명과 동일한 필연성을 가진다는 의미와 같은 것이다.
또 스피노자는 이 자연 속에 우연은 없고 이 세계는 필연의 질서라는 것이다.
전체 자연에서 인간은 아주 작은 부분에 지나지 않는다. 오직 전체 자연의
필연성에 의해서 모든 개체는 존재하고 작용하도록 일정한 방식으로 결정된
다는 것이다.[148]

　　박경리는 작품을 쓰기 시작한 초기 작품에서부터 개인의 존엄성을 강조해
왔다. 동시에 인간만을 중시하는 인본주의나 자본주의의 물질 숭배 사상에
의해서 마구 개발되는 환경과 파괴되는 자연에 대해서도 안타까워했다. 김동
리가 무녀의 신명을 통하여 접속되는 자연과의 합일은 박경리에 와서는 개개
사물에 있는 영성과 관련이 있다. 여기서 개체가 가지고 있는 영성 하나하나
에 존엄성을 가지기 때문에 어떤 미물도 중요하지 않은 것이 없고 모든 자연
이 유기체적인 관계 속에서 사슬고리처럼 연계되어 있어, 특정한 어떤 부분
의 파괴조차 전 우주의 총체성에 미치는 영향이 크다는 것이다. 신의 속성인
변용으로 드러나는 각 사물은 우주의 질서이고 자연의 일부이기 때문에 생명
에너지를 가지고 있다. 그러기 때문에 모든 사물은 소중히 다루어져야 한다

147　박경리, 『생명의 아픔』, 이룸, 2004, 12면.
148　B.스피노자, 강영계 역, 『신학정치론』 서광사, 2017, 338면.

는 스피노자의 철학과 맞닿아 있다.

　김동리(1913년생)와 박경리(1926년생)는 13년의 나이 차이를 가진 작가였다. 김동리는 자신의 주관적인 철학이 뚜렷하였기 때문에 해방 전 카프에도 가담하지 않았고 해방 후 진보 단체에도 가담하지 않았다. 정치 역사적인 상황으로 인해 해방 후에는 거의 일인 천하처럼 문단을 장악했었다. 전혀 어려움이 없는 작가였다. 그러나 박경리는 가장 어려운 환경에 처했던 미망인 작가였다. 거기다 성격까지 결벽증과 자존감이 강해 잘 어울리지 못했다. 작가의 길을 가기 위해서는 스스로 소외될 수밖에 없다고 생각한 작가였다.

　　결국 나는 스스로 소외되는 길밖에 없다는 것을 깨닫는다. 대개의 경우 그것은 절연으로 나타난다. '토삼 뿌리 같이 혼자 살끼가' 한 어머니의 말은 결코 틀린 말이 아니었다.
　　이곳 풍토에 있어선 과부란 인권 유린의 대상으로 예각(銳角)과도 같은 존재이다.[149]

　박경리는 결국 원주행을 택했고 거기서 스스로를 소외시키며 『토지』의 아성을 지키며 살아갔다. 박경리는 고립을 통해서야 자기 자신의 길을 갈 수 있었다. 박경리는 원주의 큰 집이 자신을 누르지만 뜰에 충만한 생명들은 혈육같이 다정한 것으로 자신의 뜰 안에서만이라도 독식(獨食)을 막으며 생명을 잇게 하는 생명주의를 실현한 것이다. 박경리는 원주라는 공간을 통하여 자신의 생명뿐만 아니라 뜰 안에서 함께 살아가는 모든 생명들이 서로 공존하며 살아가는 법을 터득하며 자신의 세계를 확대해나가며 『토지』를 완성해

149　박경리, 「나의 문학적 자서전」, 『환상의 시기』, 나남, 1994, 137-138면.

나갔다.

김동리가 샤머니즘 세계관에서 시작해 거기에서 작품 세계를 마무리한 것으로 끝났다면, 박경리는 샤머니즘 세계관을 확장시키고 발전시켜 유기체적 생명의식으로 새롭게 발전, 결국 민족조차도 살아 움직이는 능동적 공동체가 되어야 한다는 민족의식으로 발전한다. 두 사람의 담론만 비교하면 거의 김동리의 샤머니즘론과 박경리의 샤머니즘론의 미묘한 차이를 알기 힘들다. 그러나 작품으로는 현격한 차이를 보여준다.

김동리의 샤머니즘론에서 신은 자연 우주와 일체가 된다. 박경리 역시 이 부분에서는 동일하다. 그러나 김동리는 유한한 인간이 무한한 신 혹은 자연에 귀의하기 위해서는 매개자인 무녀나 무당이 필요하다. 왜냐하면 무녀의 신명에 의해서 자연과의 합일 과정이 일어나기 때문이다. 박경리에게 이 무녀의 신명은 인간의 능동성과 궤를 같이 한다. 박경리는 인간의 개개인뿐만 아니라 사물까지도 개체마다 영성이 있고 유기체적 관계를 가지고 있다는 것이다. 김동리가 이야기한 신명이 무녀가 아닌 각 개체의 생명 속에 숨어 있어서 그 영성으로 나타나고 그것이 자신의 생명력을 확장하기 위해 능동적으로 움직인다는 것이다. 영성에 의한 능동적 움직임에 의해서 사물과 사물이 연결, 무한히 확대된다는 것이다. 하나의 개체가 병이 들면 생태계 전체가 위협을 받는다. 유기체적인 상호 관련 속에 있는 개체가 서로 소중히 다루어져야 하는 이유이다. 각기의 생명은 소중하고 서로 존중 받아야 한다는 것이다.

2. 박경리의 작품에 나타난
   근대에서 탈근대까지

1) 박경리의 근대적 감수성의 수용

우리가 일본제국주의자들에 의해서 강점당한 것을 두고 조선 민족의 구성원 대부분은 구한말 왕을 비롯한 대신들의 정치적 갈등이 장기화되면서 근대화에 실패했기 때문이라 생각했다. 그렇기 때문에 구한말 지식인들이나 일제 강점기의 지식인들 대부분은 근대화에 대한 강박증을 가지고 있었다. 그럼에도 정치적으로 더 이상 나아갈 길이 막힌 상황에서 문학으로 갈증을 풀었고 문학을 통하여 근대 의식을 간접적으로 실현하는 길만이 유일한 길이라고 생각했다.

근대소설이라고 일컬어지는 『무정』은 물론이고 근대소설의 대부분의 소재가 자유연애로 집약되었다. 근대 의식을 대표하는 자유, 개인의 주체성, 존엄성을 하나로 집약적으로 그릴 수 있는 자유연애는 소설의 소재감으로 안성맞춤이었다. 자유연애는 가부장제 가장의 권위에서 벗어나 개인의 주체성을 찾고 존엄을 내세우기 쉬운 것이었다. 부모가 혹은 집안끼리 자녀들의 배필감을 정해줘 자신의 결혼에서조차 스스로가 소외된 우애혼 관습에서 벗어난 자유연애는 근대성의 핵심이었고 또 젊은 지식인의 관심사였다. 소설 속에서뿐만 아니라 실제 그 당대에 유행했던 지식인 남자들이 조강지처를 버리고 신여성과의 동거하거나 부모의 허락을 얻지 못하면 동반자살로 사회적 물의를 일으킨 것 역시 같은 맥락이었다. 일본제국주의 하에서 정치적으로나 제도적 혁명을 통하여 근대성의 보편성을 획득할 수 없었던 지식인들은 너도 나도 예술 세계에 뛰어들었다.

예술 세계는 1920년대를 전후한 시기의 식민지 지식인들이 품었을 법한 세계의 보편성에의 의지가 쉽게 만날 수 있는 영역이었다. 이미 굳어져버린 식민-지배의 관계 속에서는 사회 전체적으로 보편성과 동시대상을 획득할 수 없었다. 오직 예술행위와 미적 탐구 속에서만 보편성과 동시대상에 참여할 수 있었다. 예술 행위를 통해 어떤 작품을 산출한다면, 또 동시대의 문학을 숙지하고 그에 대한 입장을 정립한다면, 그것은 그 자체로 '보편성'과 '동시대적'인 것에 자리를 잡고 보편적인 언어로 발언할 수 있음을 뜻한다. 예술이라는 것이 본래 개별자인 동시에 보편자로서 존재하게 되어 있다. 지극히 구체적이고 개별적인 것을 통해서 보편적인 삶의 문제를 다룬다면 그것은 '예술'로서의 보편성을 획득하게 되는 것이다.

박경리의 등단 연도는 1950년대이지만 사춘기 시절과 여학교 시절이 일제 강점기였다. 근대적 감수성은 일본제국주의로부터 왔다 라고 생각해야 할 것이다. 『토지』이전 작품에서 일제강점기를 소재로 한 작품은 그렇게 많지 않다. 「환상의 시기」의 배경이 일본제국주의 하의 여학교 시절이므로 박경리의 근대성 감수성을 분석할 수 있는 적절한 작품이다. 이 작품을 살펴볼 필요가 있다고 생각된다.

「환상의 시기」는 박경리의 체험적 자아인 민이라는 여학생이 일본인과 조선인 상류층만이 다닐 수 있는 진주여고의 기숙사 생활을 하는 모습을 그리고 있다. 그 당시 여학교에서는 여학생끼리 언니 동생 맺기는 꽤 인기였다. 이 작품에서는 S관계를 맺기 위해 일본 여학생에게 편지를 전달하려다 들킨 사건을 중심으로 기숙사 사감 이야기, 친구 관계 등을 환상적으로 그리고 있다. 예민한 감수성과 사춘기 여학생들의 심리를 보여 준 작품은 「환상의 시기」(『한국문학』, 1966.3-12)가 유일하다. 이 작품은 중편이고 또 초기 작품에서 보여주는 현실에 대한 불만을 직접적으로 그린 작품과는 달리 박경리의 여고시절(1940-1945)과 집필 시기까지의 시간적 거리로 인해서 많이 각색되어 있다. 또 박경리의 체험적 자아가 그 당시의 체험을 환상적 낭만으로 처리, 일본제국주의의 하의 여고시절이지만 아름답게 그려져 있다.

이 작품은 이상진이나 이정숙 등에 의해서 분석되었다. 그동안 돌아가시기 전에 반일 작가라고 공공연하게 알려진 박경리가 이 작품에서 소재로 삼은 일본 여학생 오가와 나오꼬와 S관계 맺기를 통해서 드러난 친일 의식에 대해 이상진은 여고 시절의 체험을 서사적으로 재구성하는 과정에서 다양한 양상을 왜곡하고 재단하기 두려워하는 작가의 무의식이 드러난 것이라고 했다.[150] 이정숙은 이 부분에 대해서 『토지』에서 한 사건의 의미가 정반대의 이중적 결과를 낳고 그래서 아이러니 효과를 가져오기도 하면서 소설을 보다 비극적으로 치닫게 하는 설정이 많다고 지적했다.[151] 본 연구자는 물론 두 연구자의 분석 역시 이 점을 부정하지 않았다. 작품 속의 옥순자를 비롯한 조선적인 것의 추함과 더러움, 대조적으로 묘사한 일본적인 것에 대한 찬사는 충분히 그런 오해를 불러올 만하다고 생각된다.

---

150 이상진, 「식민 체험과 기억의 이면」, 『어문학』 94, 한국어문학회, 2006, 350면.
151 이정숙, 「『토지』에 나타난 의식의 이중성과 아이러니」, 『현대소설연구』 23, 한국현대소설학회, 2004.9.

『토지』에서 생명사상과 더불어 가장 큰 비중을 가지고 다루고 있는 것은 친일 문제이다. 일본제국주의 하의 여학생 시절의 초점 화자가 일본인 여학생과 S관계 맺기를 소재로 다루고 있는 「환상의 시기」는 관련 연구자들의 관심이 많은 것은 당연하다. 또 「환상의 시기」에 나오는 소재를 다시 반복하여 『토지』에서 용이 아들 홍이의 딸 상희를 초점 화자로 바꿔 차용하고 있다.[152] 그래서 이 작품은 가볍게 다루어질 작품은 아니다. 또 한편으로 생각하면 이 작품에서 조선보다 100년이나 먼저 근대화에 성공한 일본인 교사와 일본인 여학생과 같이 생활하는 여학교에서 배운 근대성은 과연 무엇이었는가를 분석할 필요가 있다. 이 작품이 다루고 있는 의식을 근대성과 관련 박경리의 작품 전체의 패러다임 속에서 다시 한번 생각할 필요가 있다.

더러움과 불완전, 추함으로 묘사된 조선적인 것과 그 완벽함과 아름다움으로 상징화된 일본적인 것과의 대비를 통하여 이루어진 서사이다. 더러움과 추함, 작품 속에서 묘사된 모든 것은 조선과 일본의 대립이기보다, 피식민지국과 식민지국, 자본주의가 아직 꽃을 피우지 못했던, 가난으로 찌든, 전근대적인 사회와 자본주의의 경제적인 혜택으로 물질적인 풍요가 가져다주는 아름다움, 넉넉함이 비교되고 있다.

아름다움과 흠모의 대상은 바로 일본인의 표상이라기보다 자기 존엄과 자유의지를 가질 수 있는 근대인의 표상이다. 또 기숙사 생활에서 일본인 교사를 통해 받은 부당한 대우는 자존심이 강한 박경리의 체험적 자아인 민이를 통하여 자기 존엄이 무엇인가를 깨닫게 하고 항변하게 한다. 또 근대

---

152 1987년 <토지> 드라마의 용이 역을 맡은 임동진이 2020년 7월 16일 오전 10시 KBS 1 프로그램 <아침 마당>에 출연, 박경리 선생님을 원주에서 인터뷰했을 때 용이는 자신의 아버지 이야기라고 했다고 공개. 그렇다면, 홍이의 딸 상희는 한 세대 건너 띄어 박경리의 자신의 이야기라고도 추정할 수도 있다. 「환상의 시기」 인물과 거의 동일 인물이기 때문에 그렇게 추정이 가능할 것이다.

화로 세련된 일본인 여학생 오가와 나오꼬를 통하여 스스로 느낀 박경리의 체험적 자아인 민이를 통하여 근대화에 대한 강한 의지의 표명으로 나타난다. 위의 분석을 통하여 드러난 것처럼 박경리의 근대 의식은 일본을 통하여 일본을 자기 것으로 하면서 얻어진 것이다. 이런 무의식 속에서 획득한 근대 의식은 아득한 미래의 자유의지에 대한 열망과 자기 존엄의 문학으로 나타난다.

2) 폭력적 세계와 자기 소외

박경리의 등단작인 「계산」을 『현대문학』에 발표한 시기는 1955년 8월이었다. 초기 중요 단편인 「전도」나 「불신시대」는 2년 후인 1957년, 6·25전쟁이 끝나고 휴전 협정이 마무리된 1953년 7월로부터 계산하면 전쟁 이후 2-5년이 채 안 된 시기였다. 전쟁 후 국가가 정상적인 질서가 확립되기 이전의 혼돈된 상황 속에서 경제적으로는 물자가 절대로 부족한 실정이었다. 정치적으로도 남과 북의 극심한 대립 속에서 부역자 색출 등 전쟁 후유증으로 지역마다 크고 작은 폭동들이 발발하여 불안한 시기였다. 그리고 경제적으로는 아직 자본주의가 성숙하지 못한 초기 단계, 일본제국주의 시절 일본인들이 세운 평양, 인천 등지의 공장들에도 전쟁으로 가동이 거의 중단된 상태에서 겨우 복구된 단계였다.

이런 와중에 박경리 개인으로는 전쟁 중에 남편이 행방불명되고 홀어머니와 어린 자녀들의 부양을 책임져야 하는 가장이었다. 또 우연한 사고로 잃은 아들로 인해 가장 불행한 상황 속에 놓여 있었다. 이런 개인적 체험을 바탕으로 한 초기의 단편 「전도」, 「불신시대」, 「영주와 고양이」 등의 작품의 초점화자는 박경리의 체험적 자아였다. 위의 1장에서 본 것처럼 박경리는 일본의 피식민지인으로서 근대화된 일본의 고도의 세련된 질서와 물질적 풍요를 간접적으로나마 경험한 근대인이었다.

일본으로부터 근대성을 체험한 박경리로서 전쟁 이후의 현실은 사회적 질서나 경제적인 것이 회복되지 않았다. 자본주의, 물질주의 의식이 팽배하고 아직도 가부장적 불합리한 권력에 의해 사회가 지배되는 폭력적 세계였다. 폭력적 세계란 현실의 불합리를 개인의 합리적인 의식으로 바꿀 수 없는 사회, 곳곳에 폭력이 전횡하는 사회이다. 박경리의 초기 작품이 폭력적 세계에 대한 개인의 소외를 다루고 있는 작품이 많은 이유이다.

「전도」에서 박경리의 체험적 화자인 숙혜라는 인물은 직장을 가지기 전 이미 결혼을 했다. 남편과는 생활감정이 서로 맞지 않은 갈등 속에서 딸의 피아노 선생이면서 음악 교사로부터 아름다운 삶의 극치를 느낀다. 이 부분은 「환상의 시기」에서 일본인 음악 선생님의 지휘하는 모습을 보고 '이 세상에 없는 선녀만 같아서 자랑스러움에 민이 마음은 부풀어 가슴이 아플 지경이었다'[153]라고 묘사한 부분과 「전도」에서 숙혜가 사랑했던 순명에 대한 묘사와 정서적으로 거의 일치한다.

그 선생과는 초보적 연애 단계였음에도 숙혜가 남편에게 이혼을 요청함으로써 주위 사람들이나 이웃에게 '구구한 낭설'이 유포되고 그로 인해 화병으로 어머니마저 돌아가셨다. 숙혜의 단호한 태도에 비해 음악 교사의 태도는 분명하지 않았다. 그런 이후 숙혜는 고향을 떠나왔다.

숙혜는 언제나 순명의 곁에 있으면 그의 선이 굵은 모습 속에서 섬세

---

153 박경리, 「환상의 시기」, 『환상의 시기』, 나남, 1994, 215면.

한 감정의 율동을 느낄 수 있었다. 마치 건반을 누를 때 전신으로부터 모여든 하나의 선율이 손끝으로 흘러내리듯이, 그것은 잔잔한 물결 같은 것이었다. 순명은 피아노보다 유망한 바리톤의 풍부한 성량을 가지고 있었다. 그가 노래를 부를 때 숙혜는 예술의 극치, 아니 무엇인지 모르게 아름다운 삶의 극치를 느꼈다.[154]

그 당시 초기 단편 작품들은 이미 일본을 통해 세련된 근대의 문화적 체험을 가지고 있는 박경리의 체험적 자아의 눈을 통해 바라보는 그 당시 전쟁 직후의 현실이다. 즉 식민지 하에서보다 경제적 수준이나 의식 분야에서 거의 달라지지 않은 미개 상태라고 할 수 있다. 그 상태에서 극히 세련된 아름다운 삶의 극치는 바로 세련된 문화의 체험인 것이다.

숙혜와 음악 선생과의 연애 사건을 그 음악교사를 짝사랑하던 친구, 해영이 남편 친구인 은행 동료인 윤이 알게 된다. 은행 동료인 윤은 숙혜의 과거를 놀림감으로 만들어 보이지 않는 조롱의 대상으로 삼는다. 윤은 숙혜에게는 혐오의 대상이다. 근대적 합리적 의식을 소유한 박경리의 체험적 자아인 숙혜는 자신과 전혀 관계없는 동료가 자신의 과거 연애 사건을 가십거리로 삼는 자체가 혐오의 대상이다. 윤은 윤대로 그동안 굴복시킬 수 없었던 도도하고 오만하다는 여성의 과거 약점을 잡아 심리적으로 굴복시키자는 의도이다.

숙혜는 그런 혐오의 대상인 남성뿐만 아니라, 같은 동료 모두가 한 패가 되어 자신에게 야유의 시선을 던질 그 상황을 견딜 수 없어 한다. 결국 사표를 쓸 수밖에 없었다. 이 상황에서 숙혜가 선택할 수 있는 길은 두 가지다. 하나는 사표를 쓰고 그만두는 길이고, 두 번째는 그런 인물들과의 타협 즉 현실과의 타협을 통해서 은행에 남는 길이다. 두 번째 것은 숙혜도 혐오의

---

154 박경리, 「剪刀」, 『환상의 시기』, 나남, 1994, 41면.

대상과 같아지는 것이다. 근대성을 경험한 자로서 저 너머에 무엇이 있다는 것을 봐 온 박경리의 체험적 자아인 숙혜가 선택할 수 있는 것은 첫 번째 길뿐이다.

그 일로 은행을 그만둔 이후 더 큰 혐오의 대상을 만나게 된다. 살아야 하기 때문에 주인집의 봉제 일을 거들며 목숨을 연장하고 있는 숙혜에게 주인 남자의 용의주도한 강간 시도는 결국 숙혜를 죽음으로 몬다.

> "죽이세요…"
> 숙혜의 목소리는 갑자기 낮아지더니 말꼬리가 힘 없이 흐려진다. 아무렇게나 목숨을 내던져 버리려는 심산인 것이다. 자포와 깊은 절망에 잠긴 숨소리가 명주 오라기처럼 들릴락 말락한다. 그러나 눈동자만은 오욕(汚辱)을 태워버릴 듯이 타고 있었다.[155]

여성을 자신들의 소유물처럼 생각하던 전근대 시대의 남성들이 여성을 강간하는 것은 한순간의 유희일 뿐이다. 남자들의 한순간의 유희를 여성은 목숨을 바쳐 지키지 않은 한, 그 악의 손아귀에서 벗어날 수가 없다. 숙혜는 어찌할 수 없는 폭력적 세계에서 절명할 수밖에 없는 것이다. 여기서도 타협하기 위해 혐오의 대상을 받아들인다는 것은 숙혜의 또 다른 죽음이 되는 것이다.

「전도」에서 자신에게는 소중한 경험의 한 부분인 과거를 같은 은행 동료로부터 조롱거리의 대상이 된다든가, 주인집 남자가 집안의 모든 여자를 대상화하려는 전근대적인 의식 속에서 저지른 성폭력은 아직도 이 세계가 폭력적인 세계임을 드러낸다.

---

155 박경리, 「剪刀」, 『환상의 시기』, 나남, 1994, 56면.

「군식구」에서 아내의 가출로 알코올중독자가 된 양서방이 스스로의 술값을 위해 딸을 중국인에게 판 것은 양서방이 폭력적 세계의 주체이기도 하다. 그런 양서방을 사위나 이웃 사람들까지도 제대로 된 인간 취급을 하지 않는다. 그 또한 돈으로 모든 것을 평가하는 폭력적 세계의 피해자이기도 하다. 그 당시의 극소수를 제외하고는 모든 사람들은 가부장적 의식에 의해서 소외된 인간들로 서로가 서로를 소외시키는 모두 폭력적 세계에 속해 있는 사람들이라고 생각할 수 있다.

위의 작품에서 본 것처럼 여성들의 섹슈얼리티를 아버지의 법에 의해 억압하고 관리되어 온 여성들이 신경질적인 히스테리로 반응하자 폭력을 통해서 다시 관리하고자 한다. 여성들은 자신들의 생명을 걸고 반응한다. 여성의 자기 존엄에 의한 결사적 대결은 근대를 분열시키는 징후들이다.[156] 박경리의 초기 작품에서 보여주는 현실에 대한 날카롭고 예리한 시선, 어떻게 보면 신경질적이기까지 한 현실에 대한 반응은 일본의 식민지적 상황에서 받은 박경리의 고등학교 교육과 일본제국주의 하에서의 근대인으로서 체험을 통해 획득된 것이다. 그 당시 해방된 지 얼마 되지 않은 상황에서 전쟁까지 당한 대한민국 대다수의 국민들의 수준과 근대인의 박경리 개인적 체험과는 현실적 거리가 많았음을 알 수 있다.

또 하나는 박경리의 등단 시기의 개인적 심리적 상황이다. 통영을 떠나 정릉으로 올라온 시기와 등단 시기는 거의 비슷하다. 떠나온 이유에 대한 구체적인 서술은 없지만, 「전도」(『현대문학』, 1957.3)와 「悔悟의 바다」(『불신시대』, 동민문화사, 1963)[157] 등 작품 속에 이리저리 흩어진 정보를 수집해서 종합해보

---

156 박숙자, 「고통과 기억」, 『박경리 문학의 민족사적 의의와 세계화 전략』, 2018 여름 길림 대학 초청 국제학술대회 발표지, 184면.
157 이 작품은 박경리 전집, 지식산업사 17권에 수록되었으나 출처 기록이 없다. 『불신시대』

자면 박경리는 등단하기 전 고향 통영에서 이성 문제로 떠나지 않으면 안 되는 심각한 상황이었음을 알 수 있다. 전언에 의하면 30년 이상 고향을 찾지 않을 정도로 심리적 상처가 컸다고 한다.[158]

위에서 서술한대로 박경리는 등단 시기를 정점으로 가장 상처를 많이 받은 시기였다. 그래서인지 등단작인 「계산」(『현대문학』, 1955.8)으로부터 「흑흑백백」, 「군식구」, 「전도」, 「불신시대」, 「반딧불」, 「영주와 고양이」 등 대부분의 작품이 과거의 체험적 사건으로 인한 상처로 같이 일하는 곳의 동료들뿐 아니라 이웃으로부터, 세상으로부터 단절 속에서 소외 상태에 있다. 또 하나는 경제적인 궁핍이다.

> 지금의 이 생활이 감옥보다 나을 것은 없다. 나에게 자유가 있다지만 생활을 영위해 나갈 능력(직업)이, 즉 생존의 자유가 없다. 끝없는 궁핍 속에서 오는 공포 속에 나는 쫓겨다니며 있는 것이다.[159]

대부분의 작품에서 드러난 박경리의 체험적 자아인 초점 화자는 연애 후의 상처로 자신의 과거를 가십거리로 삼는 타인에 대한 공포와 경제적 궁핍에 대한 공포였다. 이것은 결국 사회로부터 타인으로부터 소외를 만들었고 그 공포로 인해 아무렇게나 자신을 내던지는 자신으로부터의 소외까지 보여

동민문화사, 1963. 그리고 1976년판 서문문고 단편선에 또 수록되어 있다. 단편 선집마다 수록되어 있는 것을 보면 작가가 이 작품을 중시했음을 알 수 있다.

158 박경리는 고향을 떠난 이후 30년 이상 고향을 찾지 않았다. 그 당시의 통영시장과 연구자가 우연히 아침 식사를 하며 들은 이야기다. 박경리를 통해 통영의 문화콘텐츠 사업을 일으키려는 그 시장의 초대로 통영을 방문하게 된다. 통영으로 박경리가 옮겨오기를 바라는 그 시장의 부탁은 성사되지 못하고 박경리가 사후에 묘소는 통영에 두기를 원함에 따라 통영시에서 박경리와 함께 알맞은 장소를 물색하고 통영시의 예산으로 지금의 박경리의 묘소와 문학공원의 토지를 매입 현재에 이른다.

159 박경리, 「영주와 고양이」, 『환상의 시기』, 나남, 1994, 90면.

준다. 초기 작품의 대부분이 자살 혹은 죽음으로 끝나는 것은 이를 단적으로 보여주고 있다.

이런 사회로부터 오는 소외는 「전도」, 「군식구」, 「불신 시대」 등의 작품에서 보여주고 있는 물질만능주의에 의해서 인간을 사물화시키기 때문이다. 즉 「전도」의 숙혜나 「군식구」의 양서방의 죽음은 자본주의 병리적 모순인 물질 만능주의에 의한 인간의 사물화에 의한 소외이다. 또 「불신시대」나 「전도」, 「군식구」 등에서 보여주는 물질에 의한 인간의 등급화는 인간의 내적 균열을 초래하고 현실의 파편화와 사물화 현상을 초래한다.

3) 자본주의와 낭만적 사랑

1959년 장편 『표류도』(『현대문학』, 1959.2-10)를 발표하기 전까지는 『새벗』에 발표한 동화 외에는 모두 단편이었다. 박경리는 『표류도』이후 일 년에 한 번 정도 신문연재 소설을 발표하면서 중간에 틈틈이 단편 작품을 발표한다. 그러나 단편보다는 중편 『환상의 시기』, 장편 『표류도』, 『김약국의 딸들』, 『파시』, 『노을진 들녘』, 『시장과 전장』 등이 더 주목을 받았다. 물론 장편이 주목을 받게 된 데는 긴장을 유발하는 연재 소설이 가지고 있는 장점이 많이 작용하였겠지만 또 박경리 작가의 서사성이 강한 작품 구성 원리가 장편에 더 잘 어울리기 때문일 것이다.

『표류도』는 박경리의 작품 세계에서 단편 위주의 작품에서 장편으로 옮기는 계기가 된 작품이다. 또 『표류도』의 발표 이후 박경리의 개인적인 경제적인 여건이 개선되면서 심리적인 변화와 함께 여유도 생긴다.

『표류도』에서 초점 인물 현희는 가부장적 세계의 완강함을 느끼고 그 완강함으로 인해 고립을 느낀다. 현희가 가부장적 세계의 완강함을 뛰어넘을 수 있는 길은 낭만적 사랑이다. 「불신 시대」에서 개인의 자존을 지키려는 각오가 결국 사랑하는 대상에 전적으로 의존하는 정서적 환경을 통하여 드러난다. 현희의 기쁨과 슬픔은 사랑하는 대상에 달려 있어 그 대상의 정서 상태에 따라 기쁨에서 슬픔으로, 슬픔에서 기쁨으로 요동친다. 최강사의 살인이 그로 인해 발생한 것이다. 자신의 내부의 요인이 아니라 외부 즉 논설위원이 부인과 보내는 다정한 시간에 대한 질투, 최강사의 희롱으로 분노에 가까운 울분 속에서 이성이 마비된 상태가 된다. 결국 최강사 폭행으로 도화선이 되어 살인에 이르게 되고 감옥 생활까지 하게 된다. 지독한 비극적 상황을 접함으로써 이성을 회복하고 낭만적인 사랑보다는 현실 가능한 방법을 모색하게 된다.

> (…중략…) 사회주의, 자본주의 통틀어 유물이라는 세계가 지배하는 현재는 숨통이 막히게 공간은 축소되고 말았다. 더 이상 줄일 수 없을 만큼, 자유와 풍요를 향유하고 있다 하지만 현대인은 모두 정체 모를 억압에 시달리며 내부에서 외부에서 구속하고 구속감을 느낀다.[160]

위의 인용문처럼 어떤 종류의 억압과 구속감을 견디기 힘들어하는 박경리가 자신이 부양해야 할 의무가 있는 현실적 구속은 견디기 힘든 과제였을 것이다. 그러기에 현실적으로 경제적인 것을 위해 글쓰기를 계속하되 자신의 구속감을 벗어나기 위해 새로운 인물의 창조가 필요했을 것이다. 글쓰기는 자신을 버티게 하는 힘이지만 현실적인 것 때문에 집필을 하는 것이라면 그것 또한 구속이 된다.

---

160 박경리, 『생명의 아픔』, 이룸, 2004, 49-50면.

나는 항상 내가 걸친 의상을 벗어던지고 싶었다. 그것은 진실로 찬란한 욕망이었을 것이다. 그래서 여름이 좋았을지도 모른다. 그러나 의상을 벗어버릴 수 없는 데서 여름이 싫어졌을지도 모른다.[161]

『표류도』에서 한 대상에 대한 낭만적 사랑으로 꿈을 이루려는 욕망이 결국 대상에 집착함으로써 살인의 계기가 된다. 다음으로는 이성 회복 후, 현실적으로 가능한 다른 대상을 선택하는 것이다.

위의 인용문처럼 자신을 구속하는 것으로 모두 벗어나고 싶고 그리고 찬란한 욕망을 꿈꾸고 싶은 욕망은 바로 제2의 자아, 이상적 자아를 창조하는 것이다. 바로 자유의지형 원초적 욕망을 꿈꾸는 인물이다. 결국 현실에서는 이루어질 수 없는 것이다

『시장과 전장』에서 한 인간이 자신의 죄과와 무관하게 비극을 초래하는 상황에서, 현실을 극복할 수 있는 길은 두 가지로 제시된다. 즉 자신의 주체적 의지를 실현해나가는 지영과 전쟁이라는 상황 속에서만 가능한 낭만적 사랑을 실현하는 가화, 두 인물을 통해서 박경리는 현실을 극복할 수 있다고 보았다.

『표류도』의 현희와 이상현의 사랑이 불가능했고,『성녀와 마녀』의 수영과 형숙,『파시』,『김약국의 딸들』,『노을진 들녘』,『재혼의 조건』,『애가』 등에서 다 실패했다.『시장과 전장』의 가화와 기훈의 사랑이 성공할 수 있었던 것은 사회의 제도나 인간들의 의식의 영향을 덜 받는 전쟁 중이었기 때문에 가능했다. 그러나『토지』에서 제도의 제약을 뛰어넘은 사랑을 실현한 용이와 월선이, 서희와 길상의 사랑으로 이어져 박경리의 생명사상의 실현 과정

---

161 박경리,「산이 보이는 窓에서」,『Q씨에게』(박경리 문학전집 16), 지식산업사, 1981, 234면.

을 살펴볼 수 있다.

『시장과 전장』의 가화는 원초적인 인간 본래의 인성을 그대로 간직한 여인으로 형상화되어 있다. 가화는 상대방이 누구인지 파악도 하지 않은 채 자신의 괴로움을 호소하는 여인이다. 한편으로 자신의 사랑을 받아들여 줄지 모르는 한 남자를 위해 격투장인 빨치산에 달려드는 용감한 여인이다. 오직 한 사람을 사랑하는 데 몰두한다. 여린 가슴을 가진 세상 물정에는 어두운, 현실감이 없는 여인으로 한 사람을 사랑하면 거기에만 집중하는 외곬 인간이다.

가화가 전신을 던진 맹목적인 사랑은 결국 냉정하고 이성주의자인 기훈을 감화시켜 사랑하게 만든다. 전쟁 이후의 두 사람의 행복을 꿈꾸게 된다. 가화가 과거의 상흔으로 현실과의 소외를 기훈과의 사랑으로 극복하였는가하면 기훈은 이데올로기에 의해서 스스로 소외되었던 인간 세계와의 화합을 가화를 통해서 새롭게 이루었다고 할 수 있다. 이런 가화 같은 사랑은 한 인간에 대한 절대적인 믿음 안에서만 가능하다. 기훈은 가화에게 신과 같은 존재이고 가화는 신을 사랑하는 마음으로 기훈을 사랑했다고 할 수 있다. 이것은 종교적인 헌신적인 사랑에서나 가능하지 현실적 남녀 간의 사랑에서는 불가능하다. 박경리는 이런 가화와 기훈 같은 사랑을 통해서 가장 아름다운 순간에서 영원을 경험하고 지고의 행복을 체험했다고 했다.

사회는 차츰 자본주의화됨에 따라 시장경제가 가지고 있는 어쩔 수 없는 경쟁체제에 적응할 수밖에 없고 물질세계의 집착과 더불어 인간을 사물화, 소외시킨다. 경쟁체제는 타인을 모두 적으로 대상화하면서 이기적인 인간을 양산하고 인간들의 관계를 파괴한다. 가화가 기훈에 기울인 한 인간을 위한 절대적인 믿음을 통한 사랑은 사심 없이 대상에 헌신하는 인간관계를 우선적으로 하면서 개인의 영혼과 육체의 합일을 꿈꾸고 소외의 경험을 무화시킴으로써 심리적 평안을 갈구한다. 한 개인을 해방시키고 충만된 사랑을 구가하고자하는 낭만적 사랑을 바탕으로 하고 있다.

사랑은 개인에게 유토피아를 보여준다. 사랑에 빠진 개인은 집단으로부터 해방, 사심 없음, 풍요로움과 희생을 느낀다. 노동으로부터의 해방 등을 경험하며 이를 통하여 박경리가 「전도」에서 사랑하는 상대에서 느낀 극치의 사랑의 경험은 가화가 기훈에게 보여준 절대적인 사랑을 통하여 해방을 체험한다. 낭만적 사랑 속에서 상대방에게 거룩함을 느끼는 동시에 강한 공동체성을 경험하며 스스로가 정화되는 기분까지 느낀다. 이는 자본주의를 살아가는 사람에게는 중요한 일탈이자 해방의 경험이다. 사랑에 빠진 인물들은 '우리'라는 사랑의 공동체를 만들어냄으로써 일상을 초월한 경험을 하게 한다.[162] 이런 사랑의 공동체는 『토지』에서는 생명을 가지고 발전하는 능동적 공동체인 민족 공동체로 확대된다.

4) 생명사상과 근대

박경리의 작품 세계에서 다양하게 드러나는 자유 의지형의 인간은 세 가지 유형으로 나타난다. 첫 번째는 세상의 이해관계와는 무관하게 살아가는 인간의 원초적인 욕망만을 가지고 살아가는 인간 유형이다. 두 번째는 폭력적 세계의 질서에 아예 제외된 인간형이다. 즉 그 사회의 관습이나 제도 안에서 살 수 없는 인간들, 기생들이라든가 혈통이 나빠 어떻게 해도 그 사회의 주류에 편입할 수 없는 인간 유형들이다. 세 번째는 세계가 폭력적이기 때문에 스스로의 의지에 의해서 세계에 편입되기를 거부하고 세계와 관계없이

---

162 에바 일르즈, 『낭만적 유토피아 소비하기』, 이학사, 2014, 28면.

자유롭게 살아가는 의지의 인간형이다.[163]

이런 세 번째 인물유형은 현실적 구속이 없기 때문에 원초적 욕망을 그대로 유지하며 자연의 본성을 그대로 향유하며 지내는 인물이다. 이 인물유형은 바로 박경리의 생명사상과 이어지는 인물들이다. 이런 인물유형은 기존의 인간들이 만들어 놓은 각종 제도의 억압으로부터 벗어난 자연인으로서 고유의 개성을 그대로 간직한 인물들이다. 이런 인물들은 세계의 질서나 제도에 무관하게 살아갈 수 있는 선천적 요인으로 폭력적 세계에서도 소외를 경험하지 못한다. 또 세계의 질서나 제도를 무시하고 사랑을 쟁취함으로써 소외를 극복하는 인물들이다. 사랑은 현실적 조건이나 제도를 무시할 수 있는 유일한 길이다. 이런 인물은 결국 폭력적 현실에서 소외를 극복할 수 있는 낭만적 사랑을 위한 필요에 의해 창조된 것이다.

순수한 열정을 가진 여성들은 세상살이에 어둡기 때문에 자신의 욕망을 성취시키는데 거리낌을 가지고 있지 않다. 『노을진 들녘』의 주실이나 『김약국의 딸들』의 용란이처럼 현실의 장벽이 두껍기 때문에 미치거나 죽음에 이르는 인물도 있다. 두 번째 부류의 여성들은 제도의 벽이나 장애가 너무 높다는 것을 알기 때문에 자신들이 스스로 제도권 안에 미련이 없다. 그래서 그들은 오히려 자유롭다. 이들은 양쪽 다 자유의지에 의해 움직이는 생명 있는 인물로 만들어졌다는 공통점이 있다.

이런 인물유형의 발전적인 모습으로 형상화된 작품이 『단층』에서 『토지』로 이어진다. 『시장과 전장』의 가화가 사랑의 힘으로 기훈의 인간적인 약점을 극복하게 한 것처럼 『단층』의 명자 역시 근태에게 구원의 여성으로 나타

---

163 이덕화, 「원초적 욕망을 갈구하는 인물들」, 『박경리와 최명희, 두 여성적 글쓰기』, 태학사, 2000, 78면.

난다. 근태는 장교 출신이면서도 세상의 모든 허세를 떨고 살아가는 친일파인 아버지에게 주눅이 들어 기를 펴지 못하고 살고 있다. 근태는 가족들에게 팔푼이로 통한다. 또 어머니 역시 자신의 입을 것, 먹을 것만 관심이 있기 때문에 근태 같은 존재를 아랑곳 않는다. 근태는 가족으로부터 소외감을 느끼고 스스로가 고아라고 생각한다. 근태가 동병상련을 느끼는 명자는 전쟁 속에서 가족의 몰살 장면을 목격한 인물이다. 그 후 그녀는 대인기피증으로 낯선 사람만 보면 도망가는 인물이다.

근태는 명자에게서 동병상련을 느낀다는 것만으로 삶의 의지가 솟는다. 삶의 의지는 인간에게 생명의 근원이며 에너지이다. 근태 아버지나 어머니의 근태에 대한 소외는 고유한 개성을 가진 근태 자체로서보다는 물질주의가 주는 경쟁체제에 의해서 대상화시킴으로써 근태를 하찮은 인간으로 여기는 것이다. 이는 인간의 존엄성을 빼앗고 삶의 의욕을 상실하게 하여 소외감과 슬픔에 빠지게 한다. 근태의 생명을 억압하고 의욕을 상실하게 함으로써 인간 자체를 파멸로 이끈다. 근태의 명자에 대한 사랑을 통하여 느끼는 기쁨은 근태 속에 있는 알지 못하는 능동적인 힘을 끌어냄으로서 소외와 열등감에 시달리던 근태를 인간 사회와 화합하게 하는 데 있다. 이것이 바로 스피노자가 말하는 코나투스의 힘이다.

『토지』에서 이런 원초적 심성을 가진 인물은 용이와 월선이다. 사랑을 이루기 위해서는 결국 제도를 뛰어넘어야 한다. 두 사람의 지순한 사랑은 제도조차 아무런 힘을 발휘하지 못한다. 결국 그 사랑은 서희와 길상까지 이어진다고 할 수 있다. 서희의 길상에 대한 사랑은 최참판댁을 지켜야 한다는 강한 의지에 의해서 선택한 사랑이다. 서희와 길상의 사랑은 서희의 길상에 대한 절대적인 믿음과 신분을 뛰어넘은 사랑이라는 점에서 가화와 기훈의 사랑과 닮아있다.

서희와 길상 두 사람 사이에는 어려울 때, 하동에서의 탈출과 만주에서의 정착 과정 속에서 서로가 의지하고 함께 기댄 공동의 추억을 가지고 있는 사람들이다. 그것은 그들이 신분적으로 너무나 다르기 때문에 서로가 미처 눈치채지 못했던 사랑이다. 길상이 다른 대상과의 사랑이 시작되자 서희는 길상에 대한 사랑을 열열이 열망하는 것으로 인식하는 계기로 작용한다. 신분의 벽을 뛰어넘을 수 없어 사랑을 스스로 키워나갈 수 없었던 길상은 서희의 적극적인 태도에 그동안 가슴 속에만 숨겨놓았던 사랑을 통해서 하인으로 맺혔던 응어리가 다 자신 속에서 터져 나감을 느낀다. 어쩔 수 없이 서희의 일을 도와주고 있었지만, 자유인 남자로서의 응당 민족 운동에 관심을 가지는 것은 당연한 것이다.

위의 월선, 길상을 비롯한 모든 작품에서의 낭만적 사랑의 대상은 가정이라든가 직업이라든가, 자신이 만든 틀, 혹은 사회가 임의로 만들어 놓은 틀을 끊임없이 깨고 도망치려는 욕망에 의해 만들어진 인물들이다. 자유의지에 의해서 꿈틀거리는 욕망 이것은 바로 생명 그 자체이며 고여 있지 않은 삶, 생명을 가지고 도전하는 삶을 위해 선택하는 삶을 위해 만들어진 인물이다. 이것은 박경리가 『생명의 아픔』에서 반복해서 강조하고 있는 삶의 '능동성'이며 인간과 인간, 인간과 노동 등 사물과의 균형된 삶으로 이끄는 원동력이다. 스피노자의 코나투스로 자신의 생명성을 유지하는 길이다.

박경리가 전체 작품을 통해 왜 이런 인물을 반복적으로 그리고 있을까. 『토지』의 전체 작품에서 연애 장면을 뺀 가장 아름다운 장면을 월선의 임종 장면이라고 말한다.

몸 전체에서 뿜어내는 준엄한 기운에 세 사람은 압도되어 선 자리에 굳은 채다. 방으로 들어간 용이는 월선을 내려다본다. 그 모습을 월선은 눈이 부신 듯 올려다본다.

"오실 줄 알았십니다."

월선이 옆으로 다가가 앉는다.

"산판일 끝내고 왔다."

용이는 속삭이듯 말했다.

"야 그럴 줄 알았십니다."

"임자."

얼굴 가까이 얼굴을 묻는다. 그러고 떤다. 머리칼에서부터 사시나무 떨 듯 떨어낸다. 얼마 후 그 경련은 멎었다.

"임자."

"야"

"가만히."

이불자락을 걷고 여자를 안아 무릎 위에 올린다. 쪽에서 가느다란 은 비녀가 방바닥에 떨어진다.

"내 몸이 찹제?"

"아니요."

"우리 많이 살았다."

"야."

내려다보고 올려다본다. 눈만 살아있다. 월선이 사지는 마치 새털같이 가볍게, 용이의 옷깃조차 잡을 힘이 없다.

"니 여한이 없제?"

"야, 없습니다."

"그라믄 됐다. 나도 여한이 없다."

머리를 쓸어주고 주먹만큼 작아진 얼굴에서 턱을 쓸어주고 그리고 조용히 자리에 눕힌다.[164]

---

164 박경리, 『토지』 2부 4권, 마로니에북스, 2012, 243-244면.

위의 인용문은 월선의 임종 장면이다. 몇 차례 아들 홍이가 용이에게 연락했건만 용이는 끝내 산판일을 끝나고 월선에게 왔다. 위의 두 사람과의 대화를 통해서 둘 다 서로에게 절대적인 믿음과 사랑을 가지고 있다는 것을 알 수 있다. 용이도 산판일을 끝내고 자신이 가기 전에는 월선이 죽지 않는다는 믿음과 월선은 꼭 용이 올 것이라는 믿음이다. 용이는 농군의 자식으로 무당 딸 월선과 혼인이 이루어질 수 없지만 죽을 때까지 사랑의 끈을 놓지 않았다. 이 두 사람의 사랑은 첫째 부인 강청댁과의 결혼으로 잠시 헤어질 듯 했지만, 질투로 온몸을 불사르던 강청댁의 죽음 후에도, 서로의 사랑은 변치 않는다. 두 사람의 사랑에는 제도와 관습까지도 아무 소용이 없다. 월선이 강청댁의 질투나 임이네의 구박에도 그렇게 견딜 수 있었던 것은 용이 사랑의 힘에 의해 생명력이 솟아나기 때문이다. 만주에서 임이네의 구박 속에서도 국밥집을 해서 용이 가족을 다 먹여 살릴 수 있었던 것도 바로 사랑의 힘이며 생명력이다. 위의 인용문에서 보여주는 것은 바로 사랑이 힘에 의한 절대적인 믿음 속에서의 인간과 인간에 대한 서로 간의 신뢰이다.

근대는 신과 미래에 대한 믿음이 사라졌을 뿐만 아니라 자신에 대한 신념조차 없는 불안한 시대이다. 그런 사회에서 전적으로 자신을 맡길 수 있는 낭만적 사랑은 새로운 생명력을 주는 에너지이다. 『전장과 시장』의 가화, 『단층』의 명자나 『토지』의 월선이는 삶에 대한 희망마저 잃었던 자신의 생명력을 되찾았을 뿐만 아니라 상대방에게 세계를 포용하는 긍정적 에너지를 줌으로써 주위를 밝게 비추어주었다. 이런 인물들의 절대적인 사랑은 우선 물질보다는 인간에 대한 신뢰에서 비롯된다. 가화가 북한에서의 애인이 자신의 가족을 몰살시키는 장면을 목격한 쇼크로 넋이 빠져나간 듯한 허약한 몸으로 기훈을 찾아 전장에 온 것이나, 명자가 근태를 있는 그대로 받아줌으로써 근태에게 용기를 주는 것은 인간에 대한 깊은 신뢰를 통해서 절대적인 사랑을 보여주는 것이다.

생명은 어떤 경우에도 연대적인 것으로 공생없이 그 어느 생물도 존재할 수 없으며 만물의 영장으로 일컫는 사람도 예외는 아닐 것입니다. 그런데 왜 그 같은 일이 행해지고 있을까요. 직접적인 요인으로는 물질을 절대적으로 보는 사회구조 혹은 경제 제일주의로 개편된 것을 들 수 있고, 과학의 발달도 요인 중의 하나겠지만 저변에 흐르는 것은 인간주의, 인간 위주의 사상과 총체적인 균형감각의 결여라 할 수 있을 것입니다.[165]

위의 인용문처럼 박경리는 인간의 소외는 모두 자본주의나 사회주의로 인해 빚어진 물질만능주의에 의한 것이라는 것이다. 『전장과 시장』의 기훈이 이념적 틀에 갇혀 스승까지도 처단하는 냉정한 인간이 위험한 전장에서의 고단한 생활을 마다하지 않는 가화의 사랑에 감화, 그동안 자신이 가졌던 이념의 틀을 부수고 인간 가화에게 다가가는 모습은 사랑의 위대성을 보여주는 것이다. 『단층』의 근태 역시 아버지의 물질 만능주의에 의해서 자식까지도 경쟁체제의 한 도구로 파악, 모자라는 자식으로 취급받는다. 가족 전체가 근태를 소외시킨다. 오직 명자만이 근태를 그 자체로서 대우하고 사랑해준다.

이런 인간을 소외시키는 다른 무엇이 아닌 인간에 대한 사랑은 『토지』에 와서 강청댁과 임이네, 월선이를 비교하면 더욱더 극명하게 드러난다. 강청댁은 용이의 본처이다. 월선은 용이 엄마에게 무당딸이라고 괄시받아 쫓겨 달아났다 겨우 고향을 찾아 온 한갓 무당딸에 지나지 않는 용이의 첫사랑이다. 이런 월선으로 인해 질투의 화신이 된 강청댁은 용이와의 결혼생활을

---

165 박경리, 『생명의 아픔』, 이룸, 2004, 123면.

황폐하게 한다. 강청댁이 남편에 대한 사랑의 진정성을 가지고 감동시키기보다 월선이에 대한 질투가 앞섰기 때문이다. 그로 인해 남편에게 신뢰를 잃어버렸기 때문이다. 또 임이네 역시 물질에 대한 탐욕으로 간도에서 월선이 식당을 해서 벌어들이는 돈을 모두 착복, 오직 탐욕의 눈으로만 인간을 대하다보니 스스로를 인간으로부터 소외, 아들 홍이로부터, 남편으로부터 고립되어 외로이 죽음을 맞는다.

이런 가화, 명자, 월선이 같은 제도권 안에 포섭되지 않는 순수한 인간 본연의 의식을 가진 소유자를 통해 발산하는 생명력을 통해 주위의 인간에게 어떻게 감동을 주어 새로운 활기찬 삶을 살게 하는지를 보여줌으로써 생명의 근원을 작가는 밝히려고 했다.

위의 예에서 볼 수 있는 것처럼 인간에 대한 진정한 사랑은 자신에게도 생명력을 주지만 주위 사람에게도 역시 생명력으로 감화시켜 새로운 삶의 변화를 가져온다. 박경리가 문학을 통하여 사유하려는 것은 첫 작품 「계산」에서부터 마지막 『토지』까지 생명 그 자체의 문제였다.[166] 이런 작가 의식은 서희와 길상의 인연으로 마무리된다. 길상은 태생이 불확실한 신분으로 최참판댁 윤씨 부인에게 맡겨졌던 어릴 때부터 유난하게 꾀꼬리 새끼, 거미와 날벌레 같은 가여운 생명을 통해서 인간의 삶의 통찰을 보여준다. 서희가 '이조 오백 년 동안 구축해 놓은 반가(班家)의 독선이 빚은 뿌리 깊은 정신 구조'[167]의 대표적인 인물로 형상화했다면 길상은 태생이 고아이고 지리산 기슭에 있는 절의 스님에게 맡겨져 길러진, 끝내 제도권 안에서 포섭되지 않는 인물이다. 길상은 위의 가화, 명자, 『김약국의 딸』의 용란, 월선이까지

166 방민호, 「박경리 『토지』의 '근대'와 만주 공간의 위상」, 2018 여름 토지학회 국제학술대회 발표지, 35면.
167 박경리, 『토지』 3부 1권, 마로니에북스, 2012, 234면.

이어지는 순수한 천연의 자원이 서희에게까지 이어져 민족의 구원까지 포괄할 수 있는 인물로 설정되어 있다. 길상이 서희와 결혼, 서희가 만주에서 고향으로 돌아간 이후 독립운동의 여정이 그러하고 서희를 통하여 길상이 대신 집안을 돌보는 장연학을 통해 민족의 구원을 실천하는 것 또한 같은 맥을 가지고 있다. 서희는 길상을 만난 이후 삶의 여정과 그 이전의 삶의 여정은 전혀 다르다.

서희는 일본제국주의 하에서 몰락한 최참판댁 유일한 생존인물로서 조선 땅에서 쫓겨나 만주에서 다시 최참판댁을 일으키겠다는 일념 하나로 수단과 방법을 가리지 않고 재산 모으기에 혈안이 되어 있었다. 반면 결혼 후 길상이 독립운동에 합류하고 아이들만 데리고 만주에서 진주로 귀환, 길상이 대신 집사로 장연학을 내세워 자신이 가진 재산을 이용, 민족 돌보기에 나선다. 즉 독립운동으로 가족을 돌보지 못하는 독립운동가 가족을 돌보는데 혼신의 힘을 다하게 한다. 두 번의 실연 끝에 기생이 되어 아편까지 하는 피폐해진 봉순이와 그녀의 딸까지 거둘 뿐만 아니라 여러 방면을 통해 독립운동 가솔들을 찾아 도와준다. 최참판댁과 관련 있었던 용이를 비롯한 소작인들은 물론 하인, 하인 식솔, 독립운동가의 가족들은 장연학의 보살핌 속에 일본제국주의 하의 어려운 현실을 견디어 나간다.

대자대비, 큰 슬픔이 있기에 큰 자애가 필요하고 결핍이 없는 곳에 사랑이 있을 수 없다. 슬픔, 결핍 없는 것은 완성이며 정지된 것이며 그것은 삶이 아니며 생명으로 인식할 수도 없다. 생명은 영원한 미완이요, 때문에 사랑의 대상이며 끝없는 연민을 자아내게 하는 것이기도 하다. 이 같은 살아있는 일체에 대한 평등, 그와 같은 사상은 우리 민족 문화 전반에 걸쳐 그 흔적이 뚜렷하다.[168]

위의 인용문에서 보여주는 것처럼 박경리는 작품을 통하여 인물 한 사람 한 사람이 생명력이 어디서 발생하는가를 보여주고 있다. 인간에게 가장 중요한 것이 바로 생명력이며 정지된 삶은 삶이 아니라고 말한다. 모든 인간 개체들과 인간 외의 생명들도 하나의 개체이며 그들 하나하나가 자연 혹은 우주를 구성하는 낱낱의 그물코라는 것이다. 그들은 모두 생명으로서 자연을 구성하며 자연적 존재들로서 그들 나름의 생명력을 가지는데 사회는 제도나 어떤 형식으로든 개체의 생명력을 억압한다는 것이다. 제도나 인간이 만들어 놓은 임의적인 것에 의해 생명이 억압된다는 것은 바로 한을 남기는 것이다.

유독 『토지』에는 많은 인물들이 부당한 죽음을 당해 한을 남기기도 하지만 스스로가 그 한으로 인해 자신의 생명력을 단축하기도 한다. 한은 바로 불가항력적인 것에 의한 것이 아니라 인간이 가지고 있는 편견과 독단 그것이 만든 잘못된 제도에 의해서 인간들이 생명력을 억압하기 때문이다. 『토지』 작품 전체에서 조선의 가장 큰 한은 일본제국주의 침탈에 의해서 식민지국으로 떨어진 것이다.

일본의 제국주의적 국권 침탈은 인류의 역사 이래 유태인 학살과 함께 인간이 저지른 가장 잘못된 독단에 의한 것이다. 제국주의는 인적 물적 자원과 상품의 판로, 투자 자본, 제국에 의한 잉여 인구 등이 제국 안에서 해결될 수 있다고 생각하는 자들의 산물이다. 일본제국주의는 근대 자본주의 물질 팽창주의에 의해 민족을 말살하고, 경제적 수탈에 의한 민족 자산의 파괴, 그에 따라 그동안 옳다고 믿고 따랐던 가치들을 전복시키는 결국은 인간 개개인의 생명 말살 정책이다.

---

168 박경리, 「무한 유전의 생명」, 『생명의 아픔』, 이룸, 2004, 14-15면.

5) 국가주의와 탈근대

일본제국주의적 잘못된 의식은 코스모폴리탄인 일본인 오가타에 의해서 비판을 받는다. 『토지』에서 단어의 횟수를 분석한 박상민은 남자 인물 중에서 가장 횟수가 많은 이름은 오가타라고 했다. 『토지』에서 길상이만큼 비중이 높은 인물이다. 오가타의 코스모폴리탄 의식은 바로 박경리의 작가 의식이기도 하다. 오가타는 길상이처럼 고아는 아니지만 자유 의지형의 인물로 자국인 일본이 약육강식의 논리로 제국주의 길을 걷는 일본을 비판한다. 애국심이나 민족주의는 처음에는 아름답고 도덕적이지만 그것이 강해질수록 추악해지고 비도덕적인 것으로 변한다. 국가나 민족을 위한다는 명분으로 저지르는 도둑질이나 살인이 얼마나 많은가 하며 조선 민족이 불쌍한 것이 아니라 그런 제국주의자의 주범인 일본 민족이 더 불쌍하다고 오가타는 역설한다.

길상이를 통해서는 주로 생명의 존엄성을 역설했는가 하면 남성으로서의 자유 의지형의 인물인 오가타를 통해서는 유인실과 연애 에피소드를 중심으로 서사를 이어가면서 국가주의에 대해 질문하는 형식으로 사유와 대화를 이어나간다. 오가타는 만주 지방을 여행하면서 그들의 삶의 고찰을 통해 그들 속에서 흔들리는 일장기는 무엇이었을까를 사유하는 장면이 나온다.

유목의 방황일지라도, 열매를 따고 물고기를 말리며 초록(哨鹿)피리로 발정한 사슴을 유인하여 포획하고, 모피를 둘러친 일시적 '유루다'에서 잠드는 흑룡강 유역의 그들의 삶, 그들에게는 세월에 다져진 견고함과 존엄이 있었다. 사유(私有)의 핏발 선 눈동자는 아니었다. 대지는 지나가는 곳, 말뚝 박아놓고 문서 작성하는 토지는 아니었다. 바람에 나부끼는 일장기, 무거운 수피 옷의 자락을 끌고 가는 그들에게는 일장기는 무엇이

었을까.[169]

위의 인용문에서 보는 것처럼 오가타가 여행하는 만주나 몽골 어디나 나름대로의 준엄함과 견고한 삶을 지니고 있다. 물적 개량주의자들인 침략자며 제국주의의 상징, 일장기는 그들에게 어떤 의미를 지니는지를 질문하고 있다. 즉 일본인 오가타는 인류를 문명과 야만, 제국과 식민지로 나누는 근대의 제국주의적 속류 경쟁주의는 준엄한 삶의 기반으로 살고 있는 그들에게 아무런 의미가 되지 않음을 역설하고 있다. 식민지국의 깊이 뿌리박힌 삶의 견고함, 대비적으로 승리했고 정복했으면서도 엉덩이를 그 땅에 붙일 수 없는 가벼운 일본제국주의의 허위의식을 통해 일본의 국가주의를 비판하고 있다. 또 자국의 국민까지도 전쟁의 도구로 몰아가는 침략적 만행까지 비판하고 있다. 오가다가 만주, 몽골 일대를 떠돌며 얻은 것은 궁극적으로 제국주의적 자본주의 근대를 비판했다고 할 수 있다.[170]

오족협화(五族協和), 공존공영(共存共榮)이라는 새빨간 거짓말과 아시아의 맹주, 웅대한 민족의 비상, 그런 우쭐해지는 용어의 팻말이 희미해가는 황도주의 야마토다마시(大和魂)를 일깨울 뿐. 그것은 내어쫓다시피 한 그들 백성은 그러나 해방된 것도 자유를 얻은 것도 아니었다. 필요할 때 다시 주워다 쓰는 야적된 화물이라고나 할까. 잡아다 먹을 수 있는 뇌먹이는 도야지라고나 할까, 세계 제패의 황당한 꿈을 꾸는 일본의 군국주의자는 만주 자체가 하나의 병참기지인 만큼 언제든지 그 인력을 전용(轉用)할 수 있는 것이다.[171]

---

169 박경리, 『토지』 4부 3권, 마로니에북스, 2012, 417면.
170 방민호, 「박경리 『토지』의 '근대'와 만주 공간의 위상」, 2018 여름 토지학회 국제학술대회 발표지, 49면.

위의 인용문에서 보는 것처럼 일본은 자국민을 위한다기보다 세계의 경쟁체제에 의해서 자국민조차 전쟁의 도구로 제국주의적 폭력을 통해서 병참기지화한다. 국가가 전쟁을 핑계로 모든 물질을 전유하고 권력에 의한 착취, 소유권 박탈 등 개인의 삶은 말살된다. 힘의 논리로 가치 기준을 삼는 약육강식만 있을 뿐이다. 이것은 제국주의적 탐욕과 욕망에 의해서 인간의 생명력을 말살, 개인의 자유의지는 설 곳이 없다. 여기에서 자본주의의 성장과 더불어 등장한 국가주의나 민족주의는 부정될 수밖에 없다.

『토지』에서 주목하는 자유의지를 가진 인물 길상을 통하여 드러나는 생명사상과 코스모폴리탄 오가타를 통하여 드러나는 아나키즘은 이윤추구, 지배, 경쟁의 원리가 아닌 가치, 협력, 자유의지가 충만한 능동적 공동체를 추구하는 탈근대 사상에 기초하고 있다. 『토지』에 드러난 생명사상은 경쟁과 우월, 인식과 이성에 근거를 둔 지배를 부정하고 근대의 자아 중심, 인간 중심도 극복의 대상으로 삼는다.[172]

문화는 반드시 생명을 위한 것입니다. 생명을 위해 창조하고 발견하고 균형을 잡아나가는 것입니다. 생명은 생명 아닌 것을 먹고 살 수 없습니다. 식물도 퇴비를 먹고 살찌워나가는 생명은 썩은 것입니다. 플라스틱이나 시멘트를 먹고 사는 생명은 없습니다. 그것이 순환이고 생태계의 질서인 것입니다. 이 순환을 억제하고 방해하는 것이 물질만능의 자본주의의 것입니다. 자본주의는 먹지 못하고 생존과 관계없는 것을 축적합니다. 그리하여 무기를 팔아먹기 위한 전쟁이 있게 되고 전쟁은 지구를 초토화해왔습니다. 창조를 위배하고 생존에 역행하는 것이지요.[173]

171　박경리, 『토지』 4부 3권, 마로니에북스, 2012, 420면.
172　진영복, 「박경리 『토지』에 나타난 사회사상과 실존의 윤리」, 2018 여름 토지학회 국제심포지움 발표문, 58면.

근대의 산업 사회의 소비주의에 의한 생태계의 파괴는 인간의 결코 충족될 수 없는 이기적 본성과 욕망에 의한 것이다. 박경리는『토지』에서 위의 인용문같이 근대적 문명과 물질문명을 타락이라고 바라보고, 통속적으로 안일을 추구하는 일본의 대중 사회와 생명의 공동체와 가치를 지향하는 조선 농민 세계를 대비한다. 생명사상의 실현으로서 농촌공동체는 능동적이어야 하고 독자적인 것이라야 하는 것이다.

> "그렇지요. 생명. 모든 생명은 존재하고 운동하는 한에 있어서 의지가
> 있다 할 수 있겠지요. 풀잎 하나에도."
> "그렇다면 역사는 독자적인 것이 아니라면 지배하는 건가?"
> "능동적인 공동체다. 저는 그런 생각을 합니다."[174]

위의 인용문에서 제시하는 능동적 공동체가 바로 박경리가『토지』와『생명의 아픔』에서 그렇게 강조했던 생명의 연대적인 먹이사슬에 대한 인식에 의해 가능한 공동체이다. 이것은 인간에 대한 의식과 총체적인 자연에 관한 균형감각이 있을 때만 가능한 공동체이다. 어떠한 미물, 풀 한 포기라도 생명은 능동적인 것이며, 능동적인 것의 표현으로 탈근대 의식을 대변한 바로 박경리의 생명의식이다. 이 생명사상은 모든 존재가 영원하지 않고 모든 존재는 서로 의존하면서 존재한다는 불교의 만물의 평등한 관계성을 강조한다.[175]

---

173 박경리, 「생명을 존중하는 문화」, 『생명의 아픔』, 이룸, 2004, 137면.
174 박경리, 『토지』 4부 1권, 마로니에북스, 2012, 386면.
175 박경리, 『토지』 4부 1권, 마로니에북스, 2012, 58면.

3. 『토지』 가족 서사에의 확대, 능동적 공동체

1) 의식 확대로서의 민족 공동체

『토지』는 그동안 다양한 측면에서 연구되어 왔다. 완간되기 전 1, 2부만으로도 연구논문이 나오기 시작해서 한, 생명사상, 운명, 윤리, 역사적 소설로서의 『토지』를 연구한 논문이 지속적으로 나오고 있다.[176] 최근으로 갈수록 연구 양상이 다양해져 『토지』에 나타난 악(惡)의 상징연구,[177] 『토지』와 관련된 지역성 연구와 『토지』와 관련 문화콘텐츠 논문도 나오고 있다.[178]

---

176 이에 관한 논문은 많은 논문에서 정리되고 있어 생략하기로 한다.
177 박상민, 「박경리 『토지』에 나타난 악(惡)의 상징연구」, 연세대학교 박사학위논문, 2009.
178 최유희, 「만화 <토지>의 서사 변용 연구」, 『현대문학의 연구』 43, 한국문학연구학회, 2011.2.
   최유희, 「소설과 텔레비전 드라마의 서사초점 연구—박경리 소설 『토지』와 1987년 KBS 드라마 <토지>를 대상으로」, 『한국문예창작』 7권 1호, 한국문예창작학회, 2008.6.
   이상진, 「『토지』의 평사리 지역 형상화와 서사적 의미」, 『배달말』, 배달말학회, 2005.12.
   2018 봄 토지학회 학술대회의 주제 역시 '『토지』의 공간과 지역문화'였다. 기조발제로 김종회, 「『토지』의 공간과 동시대 수용의 방향성」, 박상민·조윤아, 「『토지』의 공간과 서사적 문화지원」, 윤철홍, 「박경리 『토지』에 나타난 진주지역 형평사운동」, 최미진, 「장

그러나 막상 서사구조 연구는 생각만큼 그렇게 많지 않다.[179] 이는 『토지』 사상의 깊이와 서사구조의 방대함에서 오는 심리적 부담 때문이라 생각된다. 정현기의 「세 틀의 '새집 짓기' 이야기 떨기」는 서사구조에 대한 연구라기보 다는 『토지』에 나타난 주제의 심화과정을 '나의 집', '민족의 집', '진리의 집', '우주의 집'으로 나누어 분석하고 있다.[180]

이상진의 논문 4장에서 다루고 있는 「서사의 특성으로 본 『토지』」 역시 본격적인 서사구조 연구라기보다는 내용의 특징을 서사구조와 연관하여 논 하고 있다.[181] 본격적인 서사구조에 대한 연구는 최유찬으로 비롯된다. 최유 찬은 음양오행설을 통해서 『토지』 구조를 분석한다. 『토지』가 공간을 확대 해가면서 후반부에 가서 대부분의 독자가 재미없다고 하는 형태로 작품이 발전할 수밖에 없는가를 밝히고 있다.

이 작품의 공간 구조는 목화금수(木火金水)의 순서에 따라 마련되어 있다. 곧 목(木)에 해당되는 1부는 나무의 줄기와 같은 형태를 지닌다. 비온 뒤에 솟아오르는 죽순처럼 생명력이 뻗쳐오르는 시기이다. 그렇기 때문에 사건이 조밀하고 인물이 생동하는 느낌을 준다. 화(火)에 해당하 는 2부는 잎사귀와 같은 형태를 지니고 있어 넓은 영역을 공간으로 하지 만 조밀도는 1부에 비해 떨어진다. 금(金)에 해당하는 3부는 나무의 열매 에 해당하는 시기로서 일정하게 좁은 지역만 약간 조밀할 뿐 다른 곳은

소성의 역적과 문화의 표류」, 권우리야, 「『토지』에 나타난 대칭성과 비대칭성」
179 이진, 『토지』의 가족서사 연구」, 국학자료원, 2012.
     김은경, 「『토지』의 서사구조 연구」, 서울대학교 석사학위논문, 2000.2.
     조윤아, 「박경리 『토지』의 생명사상적 변모에 관한 연구」, 서울여자대학교 박사학위논 문, 1998. 이 논문의 4장 「서사구조에 나타난 사상적 전환-서사구조 분석의 방법론-영웅 일대기의 서사구조, 생명주의자를 동반하는 서사구조」가 포함되어 있다.
180 정현기, 「세틀의 세 집 짓기 이야기떨기」, 「『토지』와 박경리 문학」, 솔출판사, 1996.
181 이상진, 『『토지』 연구」, 월인, 1997.

헤성헤성하다. 수(水)에 해당하는 4, 5부는 나무의 씨앗을 그 상(象)으로 하는 데서 알 수 있듯이 작은 일점(一點)으로 수렴된다.[182]

위의 인용문에서 보다시피 음행오행설에 의해서 『토지』의 구조뿐만 아니라 내용까지 모두 해석하는 더 이상의 틀을 발견하기는 힘들 것 같다. 작품의 이야기 방식과 여러 요소의 구조 방식을 종합하여 주제를 도출하고 있는 조정래[183]는 민족사적 시간이라는 거대구조와 개인적 시간이라는 내부구조로 되어있음에 주목하고 있다. 작품 속에 시간과 공간이 어떻게 매개되어 주제를 도출하는가를 보여준 간략하면서도 선명한 서사구조 연구를 보여준 논문이다. 『토지』의 생명사상적 변모를 다룬 조윤아의 학위 논문, 4부에서 서사구조를 다루고 있지만, 본격적인 서사구조라기보다는 1, 2, 3부를 영웅일대기와 비교해서, 4, 5부는 스토리 라인에 따른 서사구조 분석이다.[184] 생명사상의 변모에 따른 서사구조를 편의적으로 분석하고 있다. 이번 연구에서도 본격적인 서사구조를 분석하기보다는 연구 방향에 따른 편의적 분석이 될 수밖에 없음을 밝혀둔다.

『토지』의 주제로 거론되는 역사성, 그 역사 아래 민족 운동, 민족정신, 농민의 일상, 농민의 현실, 민족의 풍습, 민족 고유의 한과 해한, 비극적 운명, 생명사상, 가족 중심주의, 가문주의 등등 실로 다양하다. 물론 어떤 시각으로 작품을 바라보느냐에 따라 다양하게 나타나기도 하지만, 16권 이상의 방대한 대하소설[185]이기 때문에 다루고 있는 서사 내용 또한 풍부하다.

---

182 최유찬, 『토지』를 읽는다, 『토지』 비평집 4』, 솔출판사, 1996, 186면.
183 조정래, 「생존의 원리와 역사성」, 『『토지』와 박경리 문학』, 솔출판사, 1996.
184 조윤아, 「박경리 『토지』의 생명사상적 변모에 관한 연구」, 서울여자대학교 박사학위논문, 1998.2.
185 권수는 출판사에 따라 다르다. 나남출판사간은 16권, 솔출판사와 마로니에북스는 20권

이번 연구에서는 『토지』를 역사소설의 한 형태인 가족사 소설로 보고 논의를 시작한다. 김치수가 지적한 것처럼 가족의 중심인물들이 가지고 있는 한에 의해서 사건이 추동되고 해한(解恨)이 이루어지는 것이 이 작품의 핵심이기 때문이다.[186] 그러나 가족사로 끝나지 않고, 민족의 한을 함께 짊어지고 민족적 한을 풀기 위해 노력하는 확대가족 개념으로 민족적 비전을 제시하는 능동적 공동체를 지향하는 작품으로 보고자 한다.[187] 『토지』는 박경리의 작가 생활을 마무리하는 대작이라는 의미에서나, 우리 민족 공동체의 비전을 제시했다는 점에서도 총체적 결실이라는 표현을 쓸 수 있다.

작가의 그런 성과에는 69년에 시작한 연재가 92년에 대단원의 막을 내리기까지 격동적인 사회적 변화도 있었지만, 글쓰기를 통한 작가 의식의 고양이 한몫을 했다고 생각된다. 작가는 'Q씨에게'라는 가상의 대상에게 보내는 편지를 통해 일상에 부딪치는 문제와 의식을 성찰하는 짧은 글을 써왔다. 그것을 묶은 책이 400페이지에 달한다. 거기에서는 작가의 모든 의식을 들여다볼 수 있어 연구자에게는 중요한 기초 자료가 된다. 이 책에는 삶이나 작품, 자기 자신에게까지 치열하게 살아 온 작가 정신이 깃들어 있다. 작가 정신에 의한 결정체가 바로 『토지』라고 할 수 있다. 『토지』 1부의 집필을 마치고 쓴 서문과 『Q씨에게』 책의 내용 중의 한 부분을 보자.

이다.

186 김치수, 『박경리와 이청준』, 민음사, 1982, 47-48면.
187 김치수는 『토지』는 지금까지의 한국 소설에 대한 어떤 반성을 끊임없이 동반하고 있으며 그 반성을 통해서 소설이 갖는 총체성을 가질 뿐만 아니라, 초기의 단편들에서 보여주는 개인의 차원에서 『토지』에 이르러 주제의 발전적인 종합으로 보고 있다. 김치수, 「비극(悲劇)의 미학과 개인의 한(恨)」, 『朴景利와 李清俊』, 민음사, 1982, 19면·33면.

글을 쓰지 않는 내 삶의 터전은 아무 곳에도 없었다. 목숨이 있는 이상 나는 또 글을 쓰지 않을 수 없었고, 보름 안에 퇴원한 그날부터 가슴에 붕대를 감은 채 『토지』의 원고를 썼던 것이다… 내게 있어서 삶과 문학은 밀착되어 떨어질 줄 모르는, 징그러운 雙頭兒였더란 말인가.

치졸하지만 나에게 있어서 문학은 내 인생의 일부이며 내 인생에 있어서의 행동이기 때문에 죽음의 나락도 애정의 뼈저림도 증오의 불길도 함께 할 수밖에 없는 것이며 행동의 필요를 느끼는 한 나는 죽는 날까지 글을 쓸 것입니다. 문학을 위한 문학이라면 일 년에 열두 번 살아나는 것 같은 고역을 나는 도저히 치를 수가 없을 것입니다.[188]

위의 두 인용문에서 볼 수 있는 것처럼 작가는 작품을 통해 인생을 살아왔고, 작품과 함께 사고하고, 작품을 통해 자신의 운명에 대한 치열한 격투를 벌여 온 것이다. 암에 대한 격투와 자신의 운명으로부터 오는 절대 고독을 작품을 쓰는 과정 속에서 예술적 고양과 더불어 극복했다고 할 수 있다. 문학과 작품에 대한 작가의 이런 치열한 의식은 작품을 쓰면서 자기 자신의 운명과 함께 더불어 사는 이웃에서 민족 공동체의 비전을 제시할 수 있을 만큼 의식이 확대된다. 그 모든 것이 『토지』에 집결되어 나타난다.

『토지』 서사에는 가족의 문제가 핵심에 있는 소설이다. 최참판가라는 불행한 가족을 비롯, 그 주변의 인물들은 대개 가족 관계 속에서 대 잇기의 문제나 가족 내의 불화, 여성문제 등 가족 지키기의 욕망이 이야기의 중심을 이루고 있다. 그렇다고 『토지』는 단순히 최참판가의 흥망성쇠를 다룬 작품이 아니다. 각자 개인이 가지고 있는 개인적 한에 의한 삶의 존재 방식으로부

---

188 박경리, 「회원을 꿈꾸며」, 『Q씨에게』(박경리 문학전집 16), 지식산업사, 1981, 164면.

터 가족 서사까지 모두 민족적 공동체에 대한 비전을 제시하기 위한 서사이다. 이번 연구에서는 창작 원리로서의 열린 서사구조를 먼저 분석한다. 서사구조와 만들어가는 능동적 민족 공동체 분석을 통해서 확대가족으로의 민족 공동체가 뿌리내려야 할 유토피아, 고향은 어떤 것인가를 최종적으로 분석하려고 한다.

2) 서사구조와 그 특징

『토지』의 서사적 구조는 농민들을 비롯한 민중이라고 할 수 있는 인물들을 중심으로 일상적 소쇄사를 묘사하는 부분과 독립운동을 서술하는 부분 두 부분으로 나누어져 있다. 이 두 부분은 배경 서사를 이루는 구한말의 동학운동에서 의병운동, 일제하의 시기별 독립운동 서술과 농민들을 비롯한 독립운동가들의 내밀한 삶을 들여다보는 내부 묘사를 통해 보여준다.

『토지』의 서사구조를 이끌어가는 가장 핵심적인 것은 민족의 독립운동이다. 이것은 조정래의 민족사적 거대구조와 개인적 시간이라는 내부구조의 분석과 동궤에 있다. 작품의 서두에서 최참판가의 몰락이 직접적으로는 최치수와 윤씨 부인의 죽음으로 제시되어 있지만, 그로 인한 조준구의 재산 탈취는 일본의 침탈과 연계되어 있다. 이것은 작품의 일정한 방향을 짐작하게 하는 부분이다. 또 김훈장이 동네 사람들을 모아 의병을 일으켜 조준구를 공격한 것도 조준구의 뒷배경으로 일본 경찰이 있음을 시사하는 것이다.

또 작품 속의 대부분 인물이 독립운동과 연계하여 관계를 맺고 있지 않는 사람이 없다. 심지어 기생으로 지내다 자신의 한을 극복하지 못해 자살하는 봉순이조차 독립운동가인 서의돈, 이상현과 관계 맺음으로써 연계를 가지게 된다. 가문 지키기와 토지 찾기에 연연하는 서희마저 길상이 독립운동에 뛰어드는 3부 이후에서는 독립운동 가족들을 돌보는 일을 장연학을 시켜서 지속적으로 하게 한다. 길상은 김환에 대한 감동으로, 서희는 길상을 비롯한 가족의 안위 때문에 장연학을 매개로 독립운동에 일조하는 인물이다. 독립운동은 평사리를 떠난 3, 4, 5부에 가서 공간과 인물을 확장하면서 전개된다. 평사리, 하얼빈, 훈춘, 연해주, 연추, 진주, 평사리로 다시 돌아올 때까지 독립운동 서사는 이어진다. 또 인물들 역시 새롭게 등장하고, 세대를 이어 독립운동에 관여한다. 수많은 인물의 창조와 필연성 없는 관계 맺음을 통하여 그래도 끊임없이 독립운동은 당위성을 가지고 민족을 소환한다. 그런데 이 부분은 역사적 사건의 구체적 형상화가 아닌 서술자의 직접적 언술이나 후일담 형식으로 인물들의 대화, 인물들의 관념이나 의식을 통하여 드러나는 서술로 주석적이고 설명적이다.

또 작품에서 민초의 삶을 둘러싸고 있는 역사적 배경이나 독립운동가들의 활동을 농민들과 관수나 강쇠 같은 민초들의 삶과 긴밀히 연계시키고 있다. 이는 독립운동을 민족 개개 구성원이 민족 공동체의 일원임을 상기시키는 작가의 서술적 전략에 의한 것이다. 작품 속에 나열된 역사적 사건이나 독립운동이 사건으로 형상화되지 못하고, 인물과의 인과관계가 미약함은 작품 주제의 방향이 역사적 서술이나, 민족 독립운동사에 있지 않음을 시사하는 것이다. 작품에서 농민들 개개인이나 가족이 가지고 있는 한이 시대에 따른 부침을 통하여 어떻게 극복되고, 민초들의 삶을 형성하고 있는가를 보여주는 부분에서는 서사가 지연되고 인물의 심리는 장면 제시를 통해 일상적 삶이 구체성을 획득한다.

작가는 역사적 사건이나 독립운동을 최참판가나 농민들을 비롯한 민초들의 삶의 현실적인 규정력으로 제공하는 것이다. 최유찬 역시 『토지』에서 역사적 사건은 대부분 작품 속에 구체적인 모습을 드러내지 않고, 다만 그 사건들과 연계되어 있는 조선 민초들의 고달픈 삶의 이야기가 서사의 주요 내용을 이루고 있다고 분석하고 있다.[189] 중요한 것은 이런 민족적 배경이 되는 농민들이나 민초들의 삶이 상호적으로 어떻게 연계되고 현실적 규정력으로서의 역사를 감당해 나가는가이다. 여기에 최참판가의 서희와 길상이의 역할이 있고, 후반부에 장연학의 역할이 필요한 것이다. 이런 이중 서사구조의 체계로 인해 드러나는 특징은 다음과 같다.

첫 번째 서사구조에서 나타나는 특징은 주인공이 없는 서사구조이다. 주인공이 없다는 것은 각 개인이 자기 나름의 한을 쌓기도 하고 풀기도 하는 고유의 삶을 살아가고 있음을 보여주는 형식 구조이다. 천이두가 작품 전편에 일관하는 주인공이 없다[190]고 지적한 이후, 조정래 역시 장면과 상황이 바뀔 때마다 주 인물의 역할을 하다가 보조적인 역할을 하는 등으로 교체되면서, 전체로 보면 주인공이 없는 서사구조로 짜여 있다고 지적했다. 김진석역시 『토지』를 1부에서 5부까지 구한말에서 해방 전까지 시대적 흐름에 따라 중심인물이 다르기 때문에 주인공이 부재하는 작품으로 보고 있다.

서사구조의 첫 번째 특징은 『토지』에서는 주인공이 부재한다. 다르게 말하면 소설의 중심인 주인공은 존재하지 않는다. 최참판가 사람들이 소설의 주인공이라고, 그들을 중심으로 서사적 구조가 펼쳐진다고 말할 필요가 없다. 사소한 인물까지도, 사소한 사물까지도 모두 주인공이다. 주인공이란 이름 자체가 맥이 풀린다. 이들까지도 나름대로의 역사 속에서 움직인다. 그들의 일상은, 그들의 침묵은 어떤 서사적 중심에 예속되지 않은 채 그들의 생명

---

189 최유찬, 「『토지』를 읽는다」, 『『토지』 비평집 4』, 솔출판사, 1996, 185면.
190 천이두, 「한의 여러 궤적들」, 『현대문학』, 1994.10, 120면.

의 결에 따라 이야기되는 것이다, 바로 이 점에서 『토지』는 소설의 영역을 변화시키면서 확장하고 있는 것이다.[191]

『토지』에서의 개인적 실존 자체가 한을 낳는다는 의식은 인간은 누구나 한을 지니고 살 수밖에 없는 존재로 인식되며 개인의 노력 여하에 따라 극복이 가능한 것으로 새로운 비전을 제시할 수 있는 여지가 있다. 이상진이 '인물의 존재 방식'으로 분류한 다양한 항목은 그들 나름대로 짊어지고 있는 한과 이의 극복을 통한 개인의 삶의 존재 방식이 다양함을 보여준 것이다.[192] 이런 작가 의식이 작품의 한 인물에 집중된 구조보다는 다양한 인물 구조를 통해서 열린 구조를 선택할 수밖에 없었고, 한 인물을 주인공으로 내세우기보다 모든 인물이 자기 삶의 중심인물이듯 개인 개인의 삶을 민족 공동체의 총체적 삶으로 제시하고자 하는 의도로 발전했다 할 수 있을 것이다.

『토지』의 인물들을 추동하는 것은 핏줄에 토대를 둔 가족주의와 개인의 생존 논리인 한이라고 할 수 있다. 두 요인이 상호작용, 가족적 이기주의에 빠지기도 하고(두만네, 우가네, 봉기네), 개인적 한을 극복하기 위해 민족 독립운동에 가담하기도 하고(김환, 김길상, 송관수, 석이), 예술적 극복을 통해 자기 세계를 구축하기도 하고(조병수), 한이 열등감으로 작용, 탐욕의 화신이 되기도 한다(김평산, 조준구, 귀녀, 김두수, 임이네, 임이네 딸). 또 한을 극복하지 못하고 자살로 마감하는 인물들(봉선이, 조용하), 대의명분 때문에 독립운동에 가담하나 현실적 벽으로 갈등하는 인물들(이동진, 이상현, 오가다, 유인실, 임명빈 등)이 작품 속에는 등장한다. 이 다양한 인물들이 자신의 전신으로 한을 끌어안기

---

191 김진석, 「소내(疏內)하는 한(恨)의 문학」, 『문예중앙』, 1995.5, 212면.
192 이상진, 「인물의 존재 방식으로 본 『토지』」, 『『토지』 연구』, 월인, 1997, 49-173면.

도 혹은 숨 막히는 현실 앞에서 절망 끝에 생명을 버리기도 한다.

두 번째 특징은 인물들의 존재 방식을 서술하는 방식 또한 기존의 서사 방식을 많이 벗어나 있다. 서사의 긴박한 순간에 갑자기 이야기가 잘린 것처럼 다른 이야기로 넘어간다. 이 부분에 대해 정현기는 독자에게는 미완성인 채로 계속되는 이야기들을 이어가고 있음에도 불구하고 끊어진 장면 장면이 마디 그 자체로서 말할 수 없는 매력과 재미를 지닌다고 했다.[193] 이야기가 한 인물의 이야기에서 갑자기 다른 인물로, 한 사건의 이야기 전모를 드러내지 않고 짤렸다가 몇 장이 지나서 잊을 만할 때 다시 인물들의 대화나 서술로서 제시된다. 다양한 연애 서사도 마찬가지이다. 그러기 때문에 전체를 읽는 동안 반복적인 서술이 지속적으로 언급된다. 또 객관적인 행위나 사건보다는 대화와 생각, 상념 및 느낌을 통해 인물이 묘사되고 있다. 공적인 사건에 대한 행위와 사건은 생략되거나 절제된 체, 논쟁이나 대화, 느낌을 상세히 서술하고 있다.[194]

『토지』에서는 번번이 독자들이 기대하는 기존의 서사구조 방식과는 다른 느닷없이 서사가 잘리는 구조는 인물의 주인공이 다양하게 각자의 한에 의한 존재 방식과 연계되어 있는 열린 구조라고 할 수 있다. 다양한 삶의 존재 방식과 마찬가지로 삶은 필연적인 운명보다는 우연에 의해서 조합되어 그것이 필연적인 운명을 이루고 있음을 보여주는 서사구조라고 할 수 있다. 일본 제국주의 하에서 우리 민족의 삶이 각 인물의 의식에 의해서 결정되는 필연의 산물이 아니라 우연적인 사건에 의해서 좌우됨을 보여주는 서사구조이다. 또 일정한 기대치를 벗어나는 서사구조는 우리의 삶이 기대와는 달리 엇나가

---

193 정현기, 「박경리의 『토지』 연구」, 『한과 삶』, 솔출판사, 1994, 281면.

194 김진석, 「소내(疏內)하는 한의 문학」, 『문예중앙』, 1995.5, 219면.

는 현실의 삶과 많이 닮아있다.

세 번째는 주로 역사서술이나 독립운동을 서술한 부분에서 많이 나타나는 것이 특징이다. 인물 간의 유기적인 관계가 약한 생소한 인물들이 일정한 맥락이나 필연성이 없이 나타나는 것이라든가, 의병운동이라든가, 형평사운동, 계명회 사건, 또 다양한 독립운동에 관한 서술 역시 인물들과 고리를 가지고 있지만, 유기적 연결고리나 필연성이 부족하다. 그럼에도 불구하고 작품에서는 인물들을 끈질기게 독립운동에 참여시키기 위해 등장한다. 역사적 사건들이 전개되는 과정이 생략된 채 개개인에게 받아들여지고 있는 반응이나 개인과 개인 사이의 사적인 관계에 서술이 큰 비중을 차지하고 있음을 보여주는 서사구조이다.

위의 세 가지 서사구조의 특징은, 전 봉건적 시대에서 근대로 넘어가는 과도기적 삶을 드러내는 서사의 특징으로 볼 수 있다. 일본제국주의로부터 억압된 삶과 나라를 잃은 민족적 비극 속에서 아무것도 확정할 수 없는 민족 공동의 심리가 형식으로 드러났다 할 수 있다. 과도기적 체계에서 모든 의미가 미확적정으로 미끄러져 내려가는 가운데 심리적 불안을 보여주는 형식 구조라고 할 수 있다. 예를 들면 최서희가 모든 가문의 재산을 조준구로부터 탈취당하고, 그것을 찾기까지는 분명한 목적을 통하여 서희의 행동이나 의식이 분명히 드러나지만, 모든 재산을 되돌려받은 이후 최서희의 존재는 미약하게 최소한의 다른 사람의 대화 속에서나 등장한다. 1, 2부에서 소작인들이나 하인들의 삶이 생생한 현장감을 가지고 전달되던 것과는 달리, 3부 이후에서는 장연학의 활동과 서희 차기 세대들의 연애담, 뚜렷한 행동이 없는 지식인들 사이의 토론이나, 독립운동가들 사이의 논쟁 역시 그런 범주에 속한다. 중요한 역사적 사건은 인물들의 대화 속에서나 후일담으로 서술되고, 독립운동가들이나 지식인들의 토론으로 이어진다.[195]

이런 열린 서사구조는 작가의 생명사상에 의한 구조이다.[196] 국가나 민족이 서로서로 떨어져 기능하는 부분 집합들을 통하는 추상적 통일체이듯이[197] 서사구조 역시 개인의 삶의 존재 양식을 통합하는 추상적 통일체이다. 서사구조에서 추상적 통일체는 주인공이 없거나, 미확정적인 이야기, 열린 서사구조로서 나타나지만, 『토지』에서는 욕망하는 생명체로서의 개인의 삶의 존재방식을 민족적인 것으로 소환하여 여기에 하나의 전체, 생명성을 통하여 민족을 내재화한다. 개인은 욕망하는 주체이면서 욕망의 대상이다.

『토지』에서는 욕망에 따른 개인의 삶의 다양한 방식과 그들의 삶의 구조를 통해서 드러나는 역동적인 생명성이나 개인적 가족주의나 이기주의에 의해서 파멸하는 인물군상을 잘 드러나고 있다. 이에 대해서는 최유찬은 중심적인 사건이 빠져나가 버리고 나서도 작품이 생동하는 인물과 인간관계를 보여주는 이유가 된다고 해석한다.[198] 삶의 역동성과 서사구조를 확장하는 인물들은 가족으로부터 소외, 분리, 현실의 굴절을 통하여 독립운동가, 혹은 예술가라는 새로운 가치를 창출하는 석이, 조병수, 관수를 비롯한 서희나 길상이, 용이, 영팔이, 장연학 같은 인물이다. 이들을 통해서 작가는 우리 민족 공동체의 비전을 제시하고 있다. 그런 인물들을 통하여 서사구조가 확장되고 있다. 그리고 『토지』 이전의 작품에서 보여주는 관념적 고향으로부터 발전, 현실적으로 실현 가능한 고향이 제시된다.

---

195 임진영은 이에 대해 여러 민초들의 운명과 최참판가의 운명이 동일화될 때, 식민지 하의 민족이라는 당연한 일반 규정 속에서 그 운명 공동체적 성격만이 표나게 강조될 때, 이제 이것은 더 이상 매개를 필요치 않는다며, 인물들의 역사적 관계가 삶의 구체성을 드러내기보다는 작가의 목소리가 그대로 실린 인물들의 말을 통해 드러난다고 서술했다. 「『토지』의 삶과 역사의식」, 『『토지』와 박경리 문학』, 솔출판사, 1996, 76면.
196 이상진, 「서사의 특성으로 본 『토지』」, 『『토지』 연구』, 월인, 1997, 175면.
197 들뢰즈·가타리, 김재인 역, 『안티오이디푸스』, 민음사, 1997, 376면.
198 최유찬, 「『토지』를 읽는다」, 『『토지』 비평집 4』, 솔출판사, 1996, 193면.

3) 가족 서사에서의 장연학의 역할

위의 서사구조에서 분석한대로 작품 속의 인물들은 각자 자신의 나름대로의 한을 짊어지고 사는 존재들이다. 그들의 삶이 확장됨에 따라 가족 서사가 민족 서사로 뻗어간다. 그러면 어떻게 민족 서사로 확장되는가를 보자. 이 작품에서 가족 구조에서 오는 원한으로 개인적 한이 이루어져 있지만, 그 배경을 면면히 살피면 모두 일본제국주의라는 시대적 배경으로 인한 것이다.

주요 인물이랄 수 있는 서희, 용이, 김훈장, 관수, 김환, 길상, 조준구, 조병수, 송장환, 한복이, 석이, 홍이, 양현, 영광이 대부분의 인물들은 큰 틀에서 보면 국가 어버이를 상실한 큰 설움 중에서도 그로 인한 각자의 한을 짊어지고 살고 있다. 물론 인물들 중에는 자신의 한을 예술을 통하여, 독립운동을 하는 가운데 극복하기도 한다. 나라를 잃은 서러움을 가진 민족이라는 큰 테두리 안에서 서로 가련하게 생각하고 도우면서 서러움을 이겨나가는 가운데 한이 극복된다.

민족적 한을 가진 설움은 이웃에게 자신처럼 더욱더 감정 이입하여 이웃을 가족처럼 사랑하게 된다.[199] 이런 사적인 마음을 공적으로 감당하는 인물이 장연학이다.[200] 장연학은 그나마 한이 없는 집안의 사람이라는 것도 작가가 의도한 전략일 것이다. 치밀하고 정확한 성품은 최판참가의 관리인으로서 일을 치밀하게 처리할 수 있는 능력을 갖추었음을 보여준다.

『토지』의 1, 2부는 최참판가 윤씨 부인과 서희를 중심으로 최참판댁의 몰락과 다시 일으켜 세우는 서사이다. 즉 1, 2부는 최참판가 몰락으로 인한

---

199 이에 관해서는 서현주, 『박경리 토지와 윤리적 주체』, 역락, 2014 참고.
200 장연학은 자신의 사사로운 감정에 의해서 움직이지 않는다는 의미에서 공적이라는 말을 사용했다. 나라를 잃은 일본제국주의의 하에서 민족에 대한 책임을 가지고 최참판가의 대리인으로 돌보는 역할을 수행하고 있다는 의미에서도 공적이라는 말을 사용.

서희라는 인간의 한 맺기와 한 풀기 서사라고 할 수 있다. 1, 2부에서 서희가 조준구로부터 빼앗긴 모든 재산을 도로 찾은 후 허망함에 빠지는 것은, 오직 몰락한 최참판가의 명예와 재산을 되돌리는데 전력일주했지만, 그 목적에 대한 새로운 성찰이 일어났기 때문이다.

서희가 1, 2부에서는 조준구에게 빼앗긴 재산을 회복하기 위해 간도에서 친일마저 마다하고, 오직 가문 세우기, 지키기에 필요한 길상과의 결혼을 통해서 혈연과 가문에 집착하는 인물로 등장한다. 김은경은 『토지』 작품 연구에서 현실로부터 소외되어 가치를 절대화하는 인물군과 가치를 상대화하여 굴절하는 인물군으로 나누며 서희는 최참판가의 가산은 회복하였지만, 길상과의 결혼으로 안게 된 신분에서 오는 한으로 인해 굴절을 거치게 된다는 것이다.[201] 김은경의 논리로 보면 최서희는 길상과의 결혼으로 오는 굴절도 영향을 주었겠지만, 심리적 허망함에서 오는 새로운 가치 창출로 이웃과 민족과 접속함으로써 삶의 지평을 확대한다고 볼 수 있다.

서희의 초창기 소망이 가문 지키기와 재산의 회복에서 찾을 수 있다면, 용이나 영팔의 소망은 고향의 공동체를 회복하는 것이다. 용이는 간도에서 간간이 평사리에 대한 과거의 기억들을 아련한 아름다운 회상으로 떠올리는 장면들이 제시된다. 영팔이는 간도에서 농사를 짓기 위해 간도 농촌 마을로 들어가고 용이 역시 뒤따라간다. 서사에서는 두 사람을 통하여 막연히 예전에 서로 부대끼고 함께했던 평사리 마을의 공동체를 그리워하는 정서를 보여준다. 이런 두 사람의 평사리 마을의 공동체에 대한 소망은 3, 4, 5부에 장연학을 통해서 최서희의 소망이 된다.

3, 4, 5부에서 최서희나 길상은 소극적인 역할만 할 뿐 장연학이 그 집안의

---

[201] 김은경, 「박경리 문학연구」, 서울대학교 박사학위논문, 2008, 191면.

모든 역할을 대신한다. 그래서 3, 4, 5부에서 장연학을 내세워, 임이네의 탐욕으로부터 노후의 힘든 삶을 사는 용이나, 또 독립운동에 가담해 가족을 돌보지 못하는 석이네 가족, 송관수의 가족 등과 같은 어렵고 힘든 사람들을 돌보는데 총력을 기울인다.

그 이후 서사를 이끄는 최참판가의 중심인물은 서희도 길상이도 아니다. 장연학이라는 재산 관리인이면서 서희와 길상의 대리인으로서의 장연학이다. 장연학은 3부에 등장해 5부까지 꾸준히 등장하다 5부 제일 마지막 해방의 기쁨에 취해 만세를 부르는 마지막 서사를 장식하는 인물이다.

"어머니!"

양현은 입술을 떨었다. 몸도 떨었다. 말이 쉬이 나오지 않는 것이다.

"어머니! 이, 일본이 항복을 했다 합니다!"

"뭐라 했느냐?"

"일본이 일본이 말예요. 항복을, 천왕이 방송을 했다 합니다."

서희는 해당화 가지를 휘어잡았다. 그리고 땅바닥에 주저앉았다.

"정말이냐…"

속삭이듯 물었다. 그 순간 서희는 자신을 휘감은 쇠사슬이 요란한 소리를 내며 땅에 떨어지는 것을 느낀다. 다음 순간 모녀는 부둥켜 안았다. 이때 나루터에서는 읍내 갔다가 나룻배에서 내린 장연학이 둑길에서 만세를 부르고 춤을 추며 걷고 있었다. 모자와 두루마기는 어디다 벗어던졌는지 동저고리 바람으로,

"만세! 우리나라 만세! 아아 독립만세! 사람들아! 만세다!"

외치며 춤을 추고, 두 팔을 번쩍번쩍 쳐들며, 눈물을 흘리다가는 소리 내어 웃고, 푸른 하늘에는 실구름이 흐르고 있었다.[202]

---

202 박경리, 『토지』 5부 5권, 마로니에북스, 2012, 415-416면.

위의 인용문이 『토지』의 5부의 마지막 장면이다. 작가의 『토지』 전체의 용의주도한 서술전략으로 보면, 이 마지막 장면 역시 의도적인 서술전략으로 볼 수 있다. 장연학은 3, 4, 5부에서 길상이나 서희보다 더 많이 등장한다. 그러나 장연학에 주목한 논문은 보이지 않는다. 인물의 존재 방식으로 『토지』의 의미를 분석한 이상진조차 장연학은 분석 대상에서 제외시켰다.[203] 필자 역시 장연학의 인물이 크게 부각된 것은 이번 『토지』를 다시 읽는 과정에서 새롭게 인식하게 되었다.

3부 이후 장연학의 역할을 분석해보면, 『토지』의 중요한 주제의 하나인 생명의 존엄성이 어떻게 지켜져야 하는가를 볼 수 있다. 이것은 앞으로 인류가 이루어야 할 삶의 형태에 대한 가치 있는 비전 제시를 작품의 주요 가치로 분석한 최유찬과 동궤에 있는 것이다.[204] 작가는 인간은 누구나 한을 지니고 사는 존재로 인식하고 있다. 최참판가뿐만 아니라 최참판가의 가계와 관계 맺고 있는 다른 대부분의 사람들도 거의 예외 없이 무슨 업보와도 같이 한을 지니고 사는 사람들이다.

작가는 작품 활동을 시작한 초창기, '마음도 생활도 온통 가난했었다'[205]라는 말로 표현했듯이 자신의 불합리한 출생에 대한 열등감, 남편과 아들을 잃은 전쟁으로 인한 상흔, 어머니와 딸을 부양해야 하는 가장으로서의 심리적 경제적 부담 등으로 인한 삶에 대한 객관적 거리를 지킬 수 없는 상태였

---

203 이상진, 『『토지』 연구』, 월인, 1999, 77면, 이상진은 인물을 분리하면서 개인은 개인대로 작중인물이 되었다가 어느새 한 떼의 무리가 되어 익명화된다며, 강청댁, 임이네를 비롯한 마실꾼, 혹은 수다쟁이, 이상현, 임명빈을 비롯한 지식인 집단, 용이, 영팔이를 비롯한 농꾼 집단으로 나눈다. 여기에 장연학은 마실꾼도, 지식인도, 농꾼도 아닌 집단에 소속되기에는 애매한 존재이다. 장연학은 가족과 가족을 이어 민족 공동체의 비전을 제시하는 인물이다.
204 최유찬, 「『토지』를 읽는다」, 『『토지』 비평집 4』, 솔출판사, 1996, 14면.
205 박경리, 『Q씨에게』(박경리 문학전집 16), 지식산업사, 1981, 141면.

다. 즉 자신과 가족 추스르기에 급급, 주위를 돌아볼 상황이 아니었다. 그러나 『표류도』 발표 이후 박경리의 경제적인 생활은 안정된다.

> 아무튼 『표류도』가 세상에 나간 후 나는 차츰 매스컴을 타기 시작했다. 조선일보사에서 연재 교섭이 있어 『내 마음은 호수』를 쓰게 되었고, 여원사의 요청으로 『성녀와 마녀』를 연재하게 되었다.
>
> (…중략…)
>
> 무대는 화려하나 무대 뒤의 쓸쓸하고 착잡한 바람을 받고 서 있는 나, 다 뿌리치고 어디론지 도망치고 싶은 충격, 이 상태에서 터지지 않았던 것, 파괴하지 못했던 것, 그것은 가족이라는 너무나 강한 지주가 있었기 때문이다.[206]

위의 인용문은 박경리 의식의 축약도라고 할 수 있다. 우리는 이 인용문에서 『토지』의 서희가 간도로 떠나기 전 잃은 땅과 집을 다 찾은 후 삶의 허망함을 느낀 것과 같은 허망함을 볼 수 있다. 그런 허망함을 구원해 준 것은 가족이었다는 글에서 볼 수 있는 것처럼, 삶의 최후의 보루, 가족이라는 화두를 놓지 않는다는 것이 『토지』의 서사 목적 중의 하나로 드러나는 것은 이런 작가의 심리와 맞닿아 있다는 것을 알 수 있다.

위의 인용문에서 또 하나 분석할 수 있는 것은 외부 폭압에 의해서뿐만 아니라 자기 자신의 내부에 '터지지 않았던 것, 파괴하지 못했던' 한이 고스란히 남아있는 것에 대한 인식이다. 외부 환경이 자신에 대한 관대함과 친밀함으로 다가오면서 좀 더 외부 환경에 너그러워졌음에도 자신의 심리 내부에 파고드는 심리적 허망함을 통해서 인간 실존 자체에 대한 본질적 물음, 인간

---

206 박경리, 『Q씨에게』(박경리 문학전집 16), 지식산업사, 1981, 144-145면.

의 생존 자체가 한의 삶이라는 인식에 도달한다. 이런 인식에 의해서 『토지』에서는 한의 구조가 다양하게 직조된다.

'가족'을 기본항으로 하는 『토지』는 최참판가의 '가족' 훼손 이야기에서 출발하여 가족의 회복으로 이어진다.[207] 이것은 다른 가족에게도 마찬가지이다. 최치수의 살해범 김평산의 아들 한복은, 아버지는 처형, 어머니는 자살, 형은 가출함으로써 가족의 해체 속에서 한을 끌어안은 인물이다. 가족을 통한 훼손된 삶이 그 아들 영호가 광주 학생 사건으로 구속되자 진정한 평사리의 구성원으로 받아들여진다. 동네 사람들은 한복을 마을의 구성원으로 적극적으로 끌어안음으로써 한복의 그동안 가족으로 인해 잃은 인간의 존엄성을 되찾는다.

3, 4, 5부에 와서는 장연학을 통해 가족 확대 개념으로 민족 공동체 형성까지 이어진다. 길상이 일본제국주의라는 민족적 현실을 극복하기 위해 독립운동에 직접 뛰어들고, 서희가 환국이, 윤국이 어머니로서의 역할에 집중하는 동안 장연학이 대신 이웃을 거두고 보살피는 역할을 지속적으로 이어간다.

> 사람 모두가, 역사를 극복하지 않으면 안 될 것이다. 김개주도 김환도, 역사의 산물이며 그 오랜 역사를 극복하려다가 간 사람이다. 자신도 그 길을 가고 있다. 강자는 극복되어야 한다. 약자의 눈물을 거두기 위하여, 평등하기 위하여, 강국도 극복되어야 한다. 약소국의 참상을 씻기 위하여, 국가와 국가가 평등하기 위하여, 일본은 마땅히 극복되어야 한다.[208]

---

207 김은경, 「박경리 문학 연구」, 서울대학교 박사학위논문, 2008, 133면. 김은경은 '『토지』의 기본주제는 '가족'이라 할 수 있는 바, 가족은 인물들이 추구하는 가치의 하나이다. 따라서 『토지』의 주요 갈등상황은 가족의 문제와 관련을 맺는다고 할 수 있다.'라고 가족의 가치를 부각시키고 있다.
208 박경리, 『토지』 4부 2권, 마로니에북스, 2012, 297면.

위의 인용문은 김개주의 생애에 감동을 받고 독립운동에 뛰어든 길상이의 의식의 단면이다. 작품에서 지속적으로 서술되는 역사적 사건들은 일본제국주의 침탈 하에 있는 약소민족인 우리 민족의 역사를 극복하기 위해서는 독립운동은 지속되어야 함을 당위적으로 서술한 것이다. 또 이 인용문을 빌려서 보면, 강자의 편에 서 있는 최참판가에서 독립운동을 하느라고 가족을 돌보지 못하는 독립운동가 가족을 비롯한 불행하고 헐벗은 이웃을 지속적으로 돌보는 것은 당연한 것이라는 논리이다. 작가가 한국인의 전통 신앙인 무속신앙의 범신론적 태도에 모든 산천초목이 다 영성이 있고 공생 공존한다는 가치관과 모든 생명은 동등하다는 가치관이 담겨있음을 역설[209]한 것처럼 강자가 약자를 돌봄으로써 더불어 사는 사회가 우리의 생명을 돌보는 일이며 이것이 바로 우리의 민족적 비전으로 제시되고 있다.

4) 만들어가는 능동적인 공동체

『토지』에서 서희의 중요 행적 중 하나인 만주에서의 재산 형성과 다시 최참판가의 재산 도로 찾기의 과정으로 보자면 최참판가의 집안 서사로 읽힐 수 있다. 좀 더 내밀히 들여다보면 최서희의 재산 형성은 민족의 구원 서사와 맥이 닿아 있다. 『토지』에서 또 하나의 중요 서사인 동학운동과 맥을 함께하는 연속적인 독립운동가들의 활동도 일본제국주의 하에서 현실을 새롭게 능동적으로 대처하기 위한 작가의 의도와 관련이 있다. 우리나라의 해방사에서 독립은 연합군에 의해서 저절로 이루어진 것으로 해석하는 것을 작가는 철저히 차단하고, 우리 민족은 국가를 되찾기 위해 끊임없이 독립운동을 해

---

209 박경리·정현기·설성경, 「한국문학의 전통적 맥잇기」, 『현대문학』, 1994.10, 71면.

왔음을 새롭게 제시하려는 의도에 있음을 보여준다. 그러기 때문에 독립운동을 하는 그 가족들은 누군가의 돌봄이 필요하다. 거기에 최참판가의 재산이 필요하고 만주에서 어렵게 형성된 재산으로 독립운동가들의 가족을 돌보기 위해 최참판의 집사 장연학의 역할이 필요한 것이다.

작가는 역사를 사람들이 만들어가는 능동적인 생명체와 같은 것으로 인식한다. 그래서 첫째 우리가 할 일은 일본제국주의 하에서 벗어나기 위해 적극적인 대응, 독립운동을 해야 한다는 것, 『토지』에서 동학운동에서부터 의병활동, 민주에서의 갖가지의 독립운동이 제시되는 것은 능동적인 역사, 우리 것을 찾기 위한 노력의 일환, 민족사의 배경으로 서술되고 있다. 두 번째는 나라가 없기 때문에 다스리는 일은 돈 있고, 더 힘 있는 자들이 일본제국주의의 침탈로 헐벗고 굶주린 백성들을 고루 족할 정도는 아니더라도 일제로부터 벗어날 때까지라도 버티고 살아남도록 도와야 함을 서희나 장연학을 통해 이루어낸다.

『토지』에서 가족 개념은 민족 전체를 아우르는 개념이다. 서희가 위급할 때 생사를 같이 했고 간도에서 동고동락했던 용이, 영팔이, 조준구로부터 재산을 찾는 데 적극적으로 도와준 공노인을 비롯한 다양한 인물들, 또 민족을 지키기 위하여 만주에서 고생하는 독립운동가들과 그 가족들, 주위 모든 이웃들과 서로 유기적인 관계 속에 있는 큰 의미의 가족이다. 이것은 가족의 확대 개념으로 해방 후의 우리 민족이 만들어가야 하는 능동적인 공동체로 제시된다.

『토지』에서는 핍박받고 소외당한 불쌍한 사람끼리 만나서 서로 아끼고 의지하는 시큰할 정도의 아름다운 인정을 보여주는 장면이 많다. 관수가 백정의 딸과 결혼, 의병활동에서 동학당 잔당의 중심인물로서, 또 독립운동과 형평사운동에 관수가 전력을 다하는 동안 관수 가족을 챙기는 것은 서희였다. 관수의 부인이지만 백정의 딸로서 갖은 천대를 받아야 했던 영선이를 장연학으로 하여금 물심양면으로 배려하게 한 것도, 아들 영광이 백정 아들이라 퇴학당한 후, 일본으로 건너가 깡패들과 싸우다 다리를 다치자 환국이로 하여금 찾아가서 돌보아주게 한 것도 바로 서희였다. 그 이후에도 지속적으로 환국으로 하여금 영광을 물심양면으로 돕게 한다. 사당패 아버지를 따라다니다 아버지가 병사하자 혼자가 된 몽치가 꿋꿋하게 떠돌이 생활을 견디어낸 것도 해도사, 소지감 때문이다. 그들의 따뜻한 가족과 같은 사랑이 없었으면 몽치의 강인하고 꿋꿋한 성정을 지킬 수 없었을 것이다. 그들의 지극한 애정은 가족 이상의 사랑이었고, 그런 사랑을 받고 살아 온 몽치는 가족이 없어도 인간의 존엄성을 꿋꿋이 지킬 수 있었다.

또 길여옥과 명희, 길여옥과 최상길의 관계 역시 아름답게 가족 이상의 사랑을 지속하는 관계이다. 명희가 남편 조용하가 시동생과의 관계를 오해하자 자살을 결심하고 여옥에게 내려왔을 때, 혼신의 힘을 다해 돌본다. 명희가 살아갈 수 있는 용기를 주어 재기의 길을 걷도록 돕는다. 여옥은 기독교 전도사로 일하며 기독교 반전 공작 운동에 참여, 체포되어 영어의 몸이 된다. 그러자 옛 이혼한 남편의 친구였던 최상길이 죽을 정도로 피폐한 상태로 출옥한 여옥을 자신의 모든 것을 다 바쳐 혼신의 힘으로 여옥의 건강을 챙겨주어 결국 건강을 되찾게 한다.

서희는 또 독립운동으로 젊었을 때부터 집을 떠난 이동진과 그의 아들 이상현이 3·1운동의 패배로 암담한 일제하의 조선 현실에 대한 절망으로 패배주의에 빠져 방황하고 있을 때 그 가솔을 맡아서 시시때때로 곡식 등 일용할 양식을 지속적으로 보내주었다. 자신의 몸종으로 있던 봉순이, 길상을 사랑했지만 받아들여지지 않았고, 또 이상현으로부터 버림받자 삶에 대한 끈을 놓아버리고 아편에 빠진 봉순이를 서희는 친자매처럼 옆에 두고 돌보았다. 봉순이는 결국 자신의 한을 극복하지 못하고 자살로 끝낸다. 그 후 남겨둔 봉순이 딸 양현을 서희는 친딸 이상으로 거둔다. 그것으로 환국의 아내, 며느리와 갈등까지 빚었지만 끝까지 양현의 편에 서서 양현을 돌본다.

길상이 독립운동으로 만주 지방에 머물자, 서희는 집안 관리인으로 장연학을 고용, 길상이 맡은 역할을 대신하게 한다. 집안 관리뿐만 아니라 독립운동으로 가솔을 돌보지 못하는 가족을 돌보는 데 주력을 다하게 한다. 특히 3·1운동에 가담했던 정석은 봉선이와 정석 사이를 의심한 아내가 준 일경에게 준 정보로 인해 일본 경찰에게 쫓기는 몸이 된다. 정석은 만주에서 독립운동에 참여, 소식조차 끊고 가솔을 돌보지 못하게 된다. 장연학은 석이 어머니 성환 할머니, 그 자녀인 성환이와 남희를 지극 정성으로 돌본다. 특히 남희는 집 나간 엄마 양을례가 부산에서 운영하는 술집에서 양을례와 동거하고 있는 일본군에게 강간을 당해 육체적인 성병을 얻는다. 장연학은 남희의 성병을 치료하기 위해 다른 사람 모르게 병원에 입원치료하는 것은 물론 어린 나이로 받은 그 정신적인 상처를 치유하는 데까지 전력을 다한다. 한때 최참판가와 관련 있었던 용이를 비롯한 소작인들은 물론 하인, 하인 식솔, 독립운동가의 가족들은 장연학의 보살핌 속에 일본제국주의 하의 어려운 현실을 견디어나간다.

결국 역사는 만들어가는 능동적인 생명체와 같은 것으로, 첫째 우리가 할 일은 일본국주의 하에서 벗어나기 위해 적극적인 대응, 독립운동을 해야 한다는 것, 『토지』에서 동학운동에서 의병 활동, 만주에서의 갖가지의 독립운동이 제시되는 것은 능동적인 역사, 우리 것을 찾기 위한 노력의 일환, 민족사의 배경으로 서술되고 있다. 두 번째는 나라가 없기 때문에 다스리는 일은 돈 있고, 더 힘 있는 자들이 일본제국주의의 침탈로 헐벗고 굶주린 백성들을 고루 족할 정도는 아니더라도 일제로부터 벗어날 때까지라도 버티고 살아남도록 도와야 함을 서희나 장연학을 통해 이루어낸다.

지금까지 논의를 정리하면 서희는 조준구로부터 모든 재산을 찬탈당하고, 간도로 탈출할 때는 그동안의 기반은 다 잃었다. 오직 윤씨 할머니가 남기고 간 금괴와 김훈장을 비롯한 자신의 집에서 소작인을 지냈던 용이, 영팔이, 그리고 길상이 등의 관계에 의지해 왔다. 김훈장, 이상현을 빼고는 대부분이 소작인 하인이었다. 김훈장과 이상현과도 길상과의 결혼 문제로 다툰 이후 모두 떠나갔다. 서희가 그 이후 자신의 모든 것을 맡기고 도울 사람들은 그들이었다. 길상이, 공노인 등 자신의 토대 기반과 다른 민초에 토대를 둔 사람들이었다. 서희는 그들과의 폭넓은 교유로 그들은 타인에게도 가족처럼 아끼고 사랑하는 것을 보아왔다. 용이와 영팔이가 아무 연고도 없는 주갑이를 받아들여 함께 지내며 같이 나누어 먹으며 형제처럼 서로 아끼고 애틋해하는 것을 보았다. 서희는 최참판가의 재산을 도로 찾은 후 환국이 윤국이를 통해 가족의 사랑을 느낀다. 그런 가족적인 사랑을 자신을 위해 희생했던 봉순이 딸 양현에게까지 확대한다. 용이가 쓰러진 이후 하동 최참판가에 집을 내주고 하인으로 돌보게끔 한다. 임이네의 뒤틀린 욕망에 시달리는 용이를 안타까워했다. 이것도 가족 이상의 사랑이다. 이 모든 것은 바로 가족과 같은 사랑을 이웃과 함께 나누며 더불어 사는 사회, 그것이 결국 고향이며 유토피아임을 서사를 통해서 보여주고 있다. 이것은 민족의 모든 구성원이 노력하며 이루어나가야 하는 능동적 공동체, 우리의 유토피아다.

이것은 『토지』 이전 박경리 작품에서 언제나 등장하는 작품의 인물이 돌아가야 할 유토피아, 즉 관념 속의 고향과는 전혀 다른 능동적인 공동체, 우리의 노력에 의해서 만들어가야 하는 현실적인 고향이다.

오랜 방랑을 끝내고 이제는 살 땅으로 돌아온 여행자처럼. 전쟁이 끝나면 온갖 것 다 버리고 산골에 가서 살자고 그는 말했다. 싸리나무 울타리에 초막을 짓고 꿀벌을 기르고, 토끼를 치고, 덫을 놓아 산짐승을 잡고, 감나무, 살구나무를 심고, 산나물, 송이, 머루, 산딸기는 얼마나 맛날 것이며, 솔잎도 먹을 수 있지 않느냐고 했다.[210]

위의 인용문은 『시장과 전장』에서 지영이 남편이 전쟁 중 행방불명이 된 이후 남편을 회상하며 자신의 유토피아를 그리고 있는 묘사 부분이다. 『토지』 이전의 대부분의 작품에서는 현실과 괴리된 이런 고향 이미지가 작품 속에서 지속적으로 제시된다. 이것은 전쟁이라는 공포와 낯섦이 지배하는 폭력적 상황 속에서 벗어나 인간 본래의 원시적인 삶, 본래적인 삶에 대한 희구라고 할 수 있다. 인간이 어떤 목적에 의해서 수단화되지 않고 자연과의 합일에 의해서 자기의 감성대로 살아가는 『토지』에서 주갑이나 윤보와 같은 삶이다. 주갑이와 윤보의 삶은 자유인으로서 자신이 감성이 시키는 대로 살아가야 하는 삶이기 때문에 편안하고 행복하지만 보편적인 삶이 아니다. 위의 고향도 이웃과의 관계 속에서 살아가야 하는 보통사람들에게는 오직 관념 속의 고향일 뿐이다. 이후 발전된 능동적 공동체로서의 고향 만들기로서의 민족공동체는 작가로서의 성공으로 자신감과 경제적인 여유로 그동안 자신의 한이 극복되었고, 장기간 『토지』를 쓰면서 고심에 의한 의식의 확대와 민주주의 사회로의 현실적인 변화 등에 힘입은 결과라고 할 수 있다.

5) 모성포용적 열린 구조

『토지』의 열린 서사구조는 작가의 생명사상에 의한 구조이다.[211] 국가나

---

210 박경리, 『시장과 전장』, 마로니에북스, 2013, 321면.

민족이 서로서로 떨어져 기능하는 부분 집합들을 통하는 추상적 통일체이듯 이[212] 서사구조 역시 개인의 삶의 존재 양식을 통합하는 추상적 통일체이다. 서사구조에서 추상적 통일체는 주인공이 없거나, 미확정적인 이야기, 열린 서사구조로서 나타나지만, 『토지』에서는 욕망하는 생명체로서의 개인의 삶의 존재방식을 민족적인 것으로 소환하여 여기에 하나의 전체, 생명성을 통하여 민족을 내재화한다. 모든 개인은 욕망의 주체이면서 대상이다.

『토지』는 다양한 개인적 존재 양식을 다루고 있기 때문에 주인공이 없다고 말할 수 있지만, 중심인물인 서희와 최참판가를 통하여 혹은 대리인 장연학을 통하여 민족 공동체의 비전을 제시한다. 서희가 혈혈단신이었기 때문에 최참판가의 몰락을 막을 수 없음에 비해, 또 혈혈단신이었기 때문에 많은 사람의 도움을 필요로 하는 삶의 양식을 보여준다. 조준구를 피해 간도로 옮길 때 자신의 몸종으로 자신을 돌보던 봉선이와 길상의 도움은 물론 의병을 일으켜 조준구를 공격했다 실패한 김훈장을 비롯한 이웃, 용이, 영팔이가 없었으면, 서희의 간도로의 탈출이 불가능했다. 간도에서 재산을 재축적하는 과정에서도 다시 하동의 최참판가의 재산을 도로 찾는 데 공노인이나 길상이의 헌신이 아니었으면 불가능했다. 혈연가족이 없는 서희의 입장에서는 이웃이 절대적인 존재였고, 혈연가족보다 자신을 도와준 이웃뿐만 아니라 독립운동으로 가족을 돌보지 못하는 가난한 가족과 고통받는 가족을 돌봄으로써 자신의 혈혈단신으로서의 한 갚음을 이룬 것이다. 서희의 혈연가족이 없는 혈혈단신은 다른 사람에게 의지할 수밖에 없다. 3, 4, 5부의 장연학의 등장은 이런 서희의 의식을 장연학을 통해서 이루고자 하는 작가의 서술전략이라

---

211 이상진, 「서사의 특성으로 본 『토지』」, 『『토지』 연구』, 월인, 1997, 175면.
212 들뢰즈·가타리, 김재인 역, 『안티오이디프스』, 민음사, 1997, 376면.

할 수 있다. 모든 이웃을 혈연가족과 같은 사랑으로 민족 공동체까지 확대, 돌봄의 미학을 보여준다. 즉 『토지』의 다른 서사적 의도와 함께 작가는 서희를 통해서 무한포용의 모성적 세계, 전 우주적 해한상생(解恨相生)의 세계를 이루려는 서사적 의도를 보여준다.[213] 이런 모성포용적 세계는 서사구조에서도 열린 구조와 다양한 인물 구도를 통해 드러난다.

---

213 정호웅, 「『토지』의 주제·한·생명·대자대비」, 『한국문학』, 1995 봄, 339-340면.

4. 『토지』에 나타난
민족 고향으로서의 평사리

1) 『토지』에서의 '평사리' 공간에 대한 기존 연구

꾸준히 『토지』를 연구해 온 정호웅의 경우 『토지』의 내적 형식을 한 맺힘과 해한(解恨)으로 보고 있으며, 『토지』의 핵심 주제를 일과 노동을 통한 평범한 농민적 삶의 정상적 형태에 대한 희구로 보고 있다.[214] 또 그에 따른 결과로 평사리를 폐쇄적 공간으로 설정하고 있다.

> 1부의 중심 무대인 평사리는 땅 끝머리 오지의 농촌 마을이다. 바깥 세상을 이어주는 통로는 하동으로 연결되는 섬진강 둑길과 나리선, 그리고 지리산을 잇는 외줄기 길뿐이다. 이처럼 폐쇄된 이 마을은 만석꾼 최참판댁을 정점으로 빈틈없는 봉건적 신분 관계와 토지 소유관계를 유지하며 시대의 격랑에서, 그야말로 천리나 벗어나 있다.[215]

---

214 정호웅, 「『토지』의 인물·공간·주제」, 토지학회 편저, 『『토지』와 공간』, 마로니에북스, 2015, 35면.

215 정호웅, 「『토지』의 인물·공간·주제」, 토지학회 편저, 『『토지』와 공간』, 마로니에북스,

위의 인용문에서 보여주듯 정호웅은 공간의 지역적인 특성을 『토지』의 내용과 연관해서 최참판댁과 소작인과의 봉건적 신분 관계, 토지 소유관계로 인해 평사리를 공간적으로 폐쇄적인 장소로 규정하고 있다. 이것은 평사리의 공간적 폐쇄성에서 오는 것이라기보다는 작가가 시대 배경으로 잡은 1890년 대 구한말의 보편적 현상으로 봐야 할 것이다.

> 환이 최참판댁 소식을 들은 것은 화개 주막에서였다. 뱅어회를 고추장 에 꾹꾹 찍어먹으면서 주고받는 술꾼들 얘기를 무심히 듣던 중 최참판댁 얘기가 나왔던 것이다.[216]

위의 인용문에 나오는 화개장터는 알려진 대로 김동리의 「역마」의 배경이 기도 하다. 전라남도, 경상남도, 경상북도 세 개의 도가 갈라지는 곳으로 모든 장돌뱅이가 모여드는 곳이다. 사방팔방이 소통되는 곳으로 사당패가 몰려드 는 문화의 중심지이기도 하다. 평사리에 사는 최참판댁의 소문이 화개장터에 서 이야기될 정도면 평사리와 화개장터는 지척에 있는 곳이라는 것을 반증하 는 것이다.

정호웅이 지적한대로 화개장터가 지척에 있는 평사리가 공간적 폐쇄성에 서 오는 것이라기보다는 작가가 시대 배경으로 잡은 1890년대 구한말의 보 편적 현상으로 봐야 할 것이다. 구한말의 정치적인 혼란은 경제적인 구조까 지도 열악해서 정상적인 국가라기보다는 겨우 연명하는 수준에서 봉건적 토지 관계를 변화시킬 기미는 전혀 없었다. 경제적 구조 관계의 변화나 발전 없이 봉건적 신분 관계 역시 변화될 조짐은 없다. 그렇기 때문에 평사리뿐만

2015, 18면.
216 박경리, 『토지』 1부 4권, 마로니에북스, 2012, 256면.

아니라 대부분의 지방에서는 그 지방의 유지인 지주 위주의 봉건적 관계가 유지될 수밖에 없었다. 일본제국주의의 침탈에 의해서 토지조사사업이라든가, 철도 사업 등의 근대 산업을 위한 기초사업이 진행되고 평양 등지에 공장이 세워지는 등의 20세기에 와서 새로운 근대 산업이 시작되면서부터 경제구조와 신분 관계가 변화될 조짐이 보이는 것이다.

실제 평사리는 구례, 쌍계사, 지리산 등과 연결되어 있는 소통의 중심지인 화개장터와는 8km 정도밖에 안 되는 가까운 거리이다. 화개장터는 장돌뱅이들이 모여드는 그 지역의 중심지로 남사당패들이 한바탕 놀고 가는 문화의 중심지이기도 하다. 또 『토지』 1부에서 월선이 주막을 하고 있는 하동읍은 12km 떨어진 하룻밤에 왔다 갔다 할 수 있는 거리에 있다. 진주와도 가까워 통영과도 연결이 용이하다. 그렇다면 정호웅이 이야기하는 폐쇄적인 공간이라고 하기에는 석연치 않다.

2부 이후 평사리를 떠난 후 간도 생활을 거쳐 다시 평사리로 돌아오는 시점에서는 봉건적인 신분 관계가 붕괴, 소작인이 지주 소작인으로의 관계를 벗어나 동등한 이웃으로 평등한 근대적 인간관계로 변화된다. 폐쇄적, 외부와의 소통이 단절된 공간이라면 시대가 변하더라도 폐쇄적 문화를 그대로 간직하고 있어야 한다. 작가는 시대의 변화에 따른 최참판네를 중심으로 한 지주와 소작인의 관계가 종적인 봉건적 신분에서 횡적인 근대적 인간관계로 변화하는 과정을 그려내었을 뿐, 평사리가 가지고 있는 공간적 폐쇄성에 의해서 봉건적 신분 관계나 토지 소유관계를 드러낸 것은 아닌 것이다.

평사리의 공간적 폐쇄성에 대해서는 조윤아 역시 동의할 수 없다며 평사리를 소통의 공간으로 보고 있다.

평사리는 닫혀 있거나 정체되어 있는 공간이 아니라 끊임없이 외부와 소통하려 하고, 소통하는 공간이다. 『토지』에서 평사리 마을 사람들은 뱃길을 이용하거나 혹은 육로로 쉽게 하동읍이라든지 화개읍, 지리산, 구례 등지를 오간다. 강청댁은 하룻밤 사이에 평사리에서 화동읍 월선의 주막을 다녀오기도 하는 것이다.[217]

이는 평사리가 하동읍에서 내륙 쪽으로 40km로 떨어진 다른 지역과의 연계가 힘든 지리산 청학동처럼 외진 곳이 아니라 오히려 각지로 이동하기 편리한 곳에 위치하고 있다는 것을 보여준다. 화개와 하동읍과의 중간 지점에 있는 평사리는 연곡사, 지리산, 서울 등과 연계도 용이하고 진주, 통영과 비교적 가까운 거리에 있다. 평사리가 작품의 주 무대가 되는 1부에서는 실제 최참판댁에서 하동읍, 장암 선생이 사는 화심리, 이외, 지리산, 구례 연곡사, 서울까지의 다양한 이동이 이루어진다. 1부 1편에서는 평사리 최참판댁 중심으로 이동이 이루어지는데 반해 5편에서는 평사리와 하동읍 두 곳으로 분산되어 이동이 이루어진다. 이것은 작품의 초기의 최참판댁에 모여 있는 힘의 집중이 뒤로 가면서 힘을 잃어가면서 평사리의 응집력이 약화되어 하동읍으로 이동된다.

2) 평사리와 하동

조윤아가 분석한대로 1부 1권에서는 주로 서사의 내용이 최참판가를 중심으로 진행된다. 그렇기 때문에 중심 배경이 평사리가 될 수밖에 없다. 그러나 귀녀 등의 음모에 의한 최치수의 죽음을 비롯, 역병으로 인한 윤씨 부인의

---

217 조윤아, 「등장인물의 지리적 이동과 공간의 역동성」, 『『토지』와 공간』, 토지학회 편저 마로니에북스, 2015, 49면.

죽음, 흉년으로 인한 기아, 조준구의 최참판가 불법 점거, 일제의 강제적인 조선 합병, 의병을 일으킨 윤보와 김훈장의 주도에 의한 최참판가 침입, 의병을 일으킨 당사자들뿐만 아니라 거기에 동조한 용이, 영팔이, 길상까지 일경의 눈을 피해 평사리를 떠날 수밖에 없었다. 그 이후 평사리에는 일본 세력을 등에 업은 조준구의 세력이 전면화된다. 의병을 일으킨 윤보의 죽음, 용이와 길상의 행방불명 등 더 이상 최참판가는 윤씨 부인이 있던 따사로운 평사리가 아니다. 최참판가에는 이제 서울에서 홍씨가 데려온 하인들로 채워진다. 1부 4권부터는 길상이도 김서방댁마저도 쫓겨난 이후 최참판가에는 오직 봉선이와 서희만 남은 고립무원이 된다. 그나마 외출을 마음대로 하는 봉선이는 월선이를 찾아 자주 읍내를 드나든다. 그러나 서희는 조준구 가족들과 서울에서 데려 온 하인들이 득실거리는 최참판가에 홀로 고립무원으로 지낸다.

> 만사는 수포로 돌아가고 길상이마저 마을 사람들과 함께 떠나 버린 지금 서희는 날갯죽지가 부러진 한 마리의 새, 빈사상태다. 핼쑥하게 여윈 모습에 퀭하니 뚫린 두 눈에는 일찍이 그에게서 본 일이 없는 비애의 그림자가 넘실거리고 있었다. 오늘도 홍씨는 별당에 나타나 지껄이는 것이다.
> "우리 내외를 죽이려다 못 죽였으니 그게 분해서 머릴 싸매고 이리 누워 있는 게야"
> "……"[218]

위의 인용문은 의병들에 의해, 죽음의 문턱에서 구사일생한 조준구의 부

---

218 박경리, 『토지』 1부 4권, 마로니에북스, 2012, 376면.

인 홍씨가 최참판댁의 그 수많은 패물 등 많은 재물을 의병들에게 빼앗긴 후 분에 못이겨, 전의를 상실한 빈사 상태에 있는 서희를 공격하는 말이다. 또 오랫동안 최참판댁의 지킴이 역할을 해 온 김서방댁은 딸의 혼사 문제로 다투다 조준구의 부인 홍씨로부터 내침을 당하고 읍내에 나와 떡 장사를 하게 된다.

> 한편, 마을에서 영영 추방된 사람은 김서방댁이다. 가을에 들어서면서 딸 남이를 여의게 되었는데 그 혼사에 드는 비용에 대하여 홍씨나 조준구가 일체 외면을 한 데서 사건이 벌어진 것이다. (…중략…) 결국 남이는 보따리 하나 겨드랑에 끼고 울면서 시집을 갔고 김서방댁과 개똥이는 쫓겨났다.[219]

위의 인용문에서 보는 것처럼 평생 최참판가의 지킴이 노릇을 하며 윤씨 부인의 신뢰를 바탕으로 전반적인 살림을 도맡아 온 김서방댁이 딸 혼사에 도움을 요청하다 거절당하고 쫓겨나듯이 하동 읍내로 이동했다. 또 용이가 행방불명되자 아이들을 데리고 먹고살기가 힘들어진 임이네마저 읍내에 있는 월선네로 옮겨 앉았다. 의병을 일으킨 김훈장, 윤보 등 거기에 가담한 길상이, 용이 등도 일경에 쫓겨 더 이상 이 땅에서 견디기 힘들다는 것을 인식한다. 그들은 서희를 데리고 간도로 떠나기 위해 모의를 한 것도 하동읍에 있는 이동진 집에서 이동진의 아들 상현과 함께였다. 1부 4권에서의 중심 배경은 하동읍이 된다.

2부에서는 간도에서 재산을 모아 다시 조준구에게 빼앗긴 재산을 도로

---

219 박경리, 『토지』 1부 4권, 마로니에북스, 2012, 287-288면.

찾고 조준구를 평사리에서 쫓아낸다. 서희는 평사리로 돌아오지 않고 진주에 거처를 정한다. 간도로 갔던 사람 중에 오직 용이만이 평사리로 돌아온다.

3부의 3·1운동 이후 소설의 무대는 여러 지역, 계층으로 분산된다. 독립운동의 지주가 된 지리산의 동학 세력, 평사리와 진주의 서민들, 근대문물을 받아들인 서울의 신지식인, 간도와 만주에서 유랑하는 망명객 등이 주로 묘사된다. 가문의 재건과 복수를 완수한 뒤 허탈 상태에 빠진 서희, 이에 반해 지리산의 동학세력은 김환의 죽음 이후 송관수와 강쇠를 중심으로 부산 노동자 파업, 형평사운동 등을 주도하면서 사회 변혁의 새로운 불씨를 만든다. 그러나 새로운 지식과 문화를 받아들인 서울의 지식인들은 삶의 갈피를 잡지 못하고 방황한다. 이상현, 임명희, 유인실 등 신지식인의 모습은 해외에서 독립운동을 하는 권필응, 송장환 등과 자주 대비된다.

이것은 사회가 농본 사회에서 근대 사회로 변화, 삶의 양태가 농사를 지으면서 모여 사는 봉건제를 벗어남을 의미하는 것이다. 평사리는 한때 최참판댁이 거느렸던 하인들도, 최참판댁의 땅을 부쳐 먹던 소작농도, 이제 각기의 삶의 방향에 따라 삶의 형태가 달라진 것이다. 그렇기 때문에 평사리와 하동읍에 대한 담론은 1부와 관련된 내용으로 한정할 수밖에 없다.

3) 서희의 정상적 가족에 대한 희구

『토지』의 서사는 작가의 생명사상에 의한 능동적인 생명체의 구현에 지향점을 두고 있다. 국가나 민족이 서로서로 떨어져 기능하는 부분 집합들을 모으는 추상적 통일체이듯이 서사구조 역시 개인의 삶의 존재 양식을 통합하는 추상적 통일체이다. 서사구조에서 추상적 통일체는 주인공이 없거나, 미확정적인 이야기, 열린 서사구조로서 나타나지만, 『토지』에서는 욕망하는 생명체로서의 개인의 삶의 존재방식을 민족적인 것으로 소환하여 여기에 하나의 전체, 생명성을 통하여 민족을 내재화한다. 개인은 욕망하는 주체이면서 욕망의 대상이다.[220]

『토지』에서 생명체 구현을 제시하는 주제의 다양한 경로 중 하나는 평범한 농민적 삶의 희구와 본질이다.[221] 평범한 농민적 삶, 정상적 형태의 삶의 희구는 정상적인 가족에 대한 희구와도 연결된다.

> 이들 납품팔이도, 연해주의 이동진 그 양반도, 최서희, 김두수, 용이, 영팔이 아재, 김훈장, 모두 허상이란 말이냐. 조준구도 봉순이도 이상현 모두 다 허상이란 말이냐. 악인도 선인도 모두 허상이란 말이냐. 좋은 일 나쁜 일 남의 일이라면 거리에 굴러 있는 개똥 보듯 오로지 꿀벌처럼 불개미처럼 제 일족의 성을 쌓고 먹이를 비축하고 그게 실상이란 말이냐? 크게는 한 국가 한 민족도 그래야만 오래 살아남는다.[222]

위의 인용 부분은 용정 월선네 주막에서 막걸리를 마시며 이런 저런 이야기를 나누는 사람들을 보며 길상이 끝까지 살아남을 사람은 두만 아버지 같은 그런 사람일 거라고 생각하는 부분이다. 작가는 길상의 의식을 통해서 국가나 민족이 영구적으로 번영할 수 있는 길은 가족이 꿀벌처럼 불개미처럼 열심히 일을 해서 성을 쌓는 그 길뿐이라는 작가 의식을 보여준다. 서희가 용정에서 자기네 가문 최참판댁의 잃어버린 재산과 영광을 되찾기 위해서

---

220 이덕화, 「『토지』 가족 서사의 확대, 능동적 공동체 만들기」, 『여성문학연구』 37, 한국여성문학학회, 2016.4.(토지학회 2016년 가을 주제 발표)
221 정호웅, 「『토지』의 공간·인물·주제」, 토지학회 편저, 『『토지』와 공간』, 마로니에북스, 2015, 35면.
222 박경리, 『토지』 2부 3권, 마로니에북스, 2012, 181면.

친일조차 마다않고 재산을 모으는 것도 결국 같은 맥락 안에서 해석될 수 있다. 또 길상이 자신의 곁을 떠날 수 있다는 생각에 당황해 결혼으로 묶어두려는 서희의 의식 밑바탕에는 정상적인 가족을 이루어야 한다는 희구가 더 크게 작용한다.

> 남편에 대하여 원망도 존경도 없었다. 그리움도 없다. 다만 절대적인 관계만 있었을 뿐이다. 절대적인 관계, 현재의 상황만이 팽팽하게 가슴을 조여 온다.[223]

자신의 남편이고 아들들의 아버지, 길상은 정상적인 가족을 이루는데 절대적인 존재인 것이다. 뿐만 아니라 '절대적'이라는 말속에는 길상이 가야 할 길, 아버지로서 민족의 일원으로서의 필연적으로 이루어야 할 대업, 민족 독립운동에 참여해야 한다는 말도 포함되어 있다. 최참판댁을 다시 복구하는 데에는 재산의 회복뿐만 아니라 정상적인 가족의 회복, 민족의 회복도 포함되어 있다. 거기에 길상은 절대적인 존재인 것이다. 또 가족의 회복은 한때 자신의 보금자리였던 평사리의 회복도 포함되어 있는 것이다.

평사리의 회복은 주로 농민의 전형으로 그려지고 있는 용이와 영팔이의 고향에 대한 꿈을 통해서 나타난다. 용이는 농부의 전형으로서 더 이상 다른 것을 꿈꾸지 않는, 오직 땅만 믿고 사는 평범한 농민이다. 그는 간도에서도 영팔이와 함께 농사를 짓기 위해 가족을 남겨두고 농토를 찾아 떠났고, 거기에서도 평사리의 생활을 그리워한다. 2부에서 서희의 일행과 간도에서 돌아와서도 평사리로 돌아 온 사람은 오직 용이뿐이다.

---

223 박경리, 『토지』 2부 4권, 마로니에북스, 2012, 292면.

냉소주의자 최치수마저 용이를 대할 때는 언제나 얼굴에 웃음이 돌았고, 농사꾼으로서의 용이를 인정해주고 있다. 용이 어머니가 최참판댁 드난꾼으로 드나들며 최치수와 친구처럼 지낸 용이다. 여기에도 용이의 신분이 자유롭기 때문이다. 즉 상놈도 아니었고 최참판댁의 하인도 아니고 최참판댁 농토를 빌려 농사를 짓는 소작농도 아닌 그냥 자유로운 농부였을 뿐이다. 용이의 신분이 자유로웠기 때문에 용이에 대한 작품 속의 행적은 자유로우며 인간으로서의 존엄을 보여주는 인물로 작가가 의도적으로 전형적 농군으로 이미지화하고 있다. 최치수를 비롯해 윤씨 부인이나 서희까지 용이를 귀히 여기는 것은 이런 신분 간의 문제 때문이다.

작가는 인물 간에 가로놓여 있는 신분 관계는 역사에 의해서 만들어진 것이다. 그러기에 개인이 스스로 극복할 수 없는 '단층'을 가지고 있다고 서술하고 있다. 용이가 그렇게 자유로운 신분이고 월선이와 서로 헤어질 수 없는 관계이면서도 결국 호적에 오르는 정식 부인으로서 받아들이지 않는 것 또한 두 사람 사이에 뛰어넘을 수 없는 신분 간의 간극 때문이다. 서희와 길상이 두 사람이 신분상 뛰어넘을 수 없는 간극으로 서희가 아들들을 데리고 진주로 귀환했을 때 길상이는 독립운동에 뛰어들 수밖에 없다. 신분 간의 간극을 메워야 하는 것이다. 절대적이라는 말 속에는 그런 의미까지 포괄되어 있다.

간도 용정에서 거주할 때도 평사리를 그리워하고 고향으로 돌아갈 꿈을 꾸는 것은 용이와 영팔이다.

사십이 넘은 두 사내는 별빛을 밟아 주거니 받거니, 헤어질 줄 모르고 간다. 서로의 마음에 친구 이상의 것이 짙게 흐르고 있다. 한 살갗 한 피 같은 것이, 여자에 대한 그리움과는 또 다른 그리움, 그것은 서로를

통하여 고향을 느끼는 때문인지 모른다. 고향, 어쩌다가 고향을 잃었는가.[224]

평사리를 그리워하는 역할이 용이와 영팔에게 주어진 것도 바로 이 자유로운 신분 때문이다. 하인들에게는 평사리는 지긋지긋한 노동의 현장일 뿐이고 서희에게는 '평사리'를 생각하면 쓰라린 고통만이 떠오를 것이다. 그러나 용이에게는 대대로 조상이 묻힌 곳이며 어릴 때의 순수한 추억이 어린 평사리이다.

작가는 고향을 순수의 이미지와 동궤에 넣고 '평사리'라는 공간이 오직 용이만이 추억할 수 있는 공간처럼 그린다. 실제 또 작가는 바로 순수한 인간을 고향의 이미지와 일치시킨다.

4) 추상적 고향으로부터 '평사리'라는 실체

박경리 초기 작품 속에는 행복한 인간이 한 명도 등장하지 않는다. 초기 작품에서는 전쟁이라는 불가항력적 상황으로 인한 개인 존엄성의 상실시대였다. 1960년대 이후의 작품에서는 인간다운 존엄성을 지니지 못하게 하는 가난, 혹은 가부장적 폭력에 의해서 그들은 행복할 수 없었다. 초기 작품들이 주로 박경리 자신의 체험적인 에피소드를 그려내었다면, 1960년대에 와서 『표류도』 이후의 상업적인 성공에 힘입어 경제적인 여유로 그 당대의 보편적인 이슈인 가난이나 가부장적 폭력에 의한 가족의 불행을 그리는 작품을 쓰기 시작했다.

---

224 박경리, 『토지』 2부 1권, 마로니에북스, 2012, 319면.

『표류도』 발표 이후의 장편소설에서는 경제적 차이나 신분상의 차이로 인한 사랑의 좌절 에피소드 서사가 많이 나타난다. 『표류도』에서 현희와 이상현과의 사랑이 갈등을 통하여 새로운 대안을 찾는 것이 아니고 굴절되어 다른 현실적인 대안을 찾아 결단하게 된다. 또 1960년대 이후 연속으로 발표한 장편 작품들에서는 초기 단편들에서 전형화되지 않았던 두 유형의 여성 주인공들을 중심으로 운명적 세계관을 드러내며, 그 운명적 세계관을 극복하기 위한 낭만적 사랑이 제시되고 있다. 즉 사리와 분별력을 갖춘 강한 의지의 여성과 현실에 적응하지 못하는 순진 무구형의 두 유형의 여성주인공들이 항상 등장한다. 두 여성의 전형은 『토지』에서 서희와 또 서희와 대척점에 있는 봉순이, 월선이로까지 이어진다.

두 유형 중에서 무지와 순진무구함으로 인해 개인적 결함조차 깨닫지 못하고 자신의 사랑을 순수하게 지켜나가는 인물은 작가가 또 하나의 이상적 사랑의 실현자로서 창조한 인물이다. 『토지』에서 작가는 이런 무지와 순진무구함이 즉 착한 심성의 단순함이야말로 바로 불심이며 천심이라고 스님의 말씀을 통해 정리하고 있다.[225]

"순수, 그건 고향이니까…… 오가타하고 함께 있으면 센케모토마로 생각이 날 때가 있어."
센케 모토마로(千家元麿)는 귀족 출신이지만 민중파의 대표적 시인으로, 천진무구, 밝고 깨끗한 영혼과 인간에 대한 사랑으로 시종 노래했으면 일본 시단의 독특한 존재다.[226]

---

225 박경리, 『토지』 5부 1권, 마로니에북스, 2012, 399면.
226 박경리, 『토지』 5부 2권, 마로니에북스, 2012, 231면.

위의 인용문에서 보여주듯이 작가는 인간이든 자연이든 때 묻지 않은 세계, 순수 세계의 고향으로 보고 있다. 이런 세계는 실제『파시』의 통영에서 떨어진 개섬으로 묘사되기도 한다. 좀 더 현실적인 이미지로 변화되면서『토지』에서는 하동의 평사리로 상정되고 있다. 이러한 순수한 인물의 창조는 『노을진 들녘』의 주실,『김약국의 딸들』의 용란이,『파시』의 수옥,『시장과 전장』의 가화,『토지』의 월선이, 주갑이로 이어진다. 작가는 인간에 대한 무한한 신뢰가 바로 인간에 대한 향수이며 이것은 바로 고향으로 이어지며 민족에 대한 신뢰까지 확대됨을 보여준다.

공간으로서의 '평사리'는 용이에게는 희로애락이 교차된 자신의 몸과 같은 곳이며 어떤 슬픔과 고통이 있다 하더라도 고향에 대한 애정과 사랑에 의해서 정제되는 순수의 세계, 훼손되지 않은 세계, 바로 고향인 것이다. 서희가 비록 용정에서 돌아와 평사리의 본가에 입주하지 않았지만, 큰 행사는 평사리에서 행해진다. 가장 아끼는 용이를 평사리에 머물게 해 평사리의 면모를 지켜나가려고 한다. 또 비록 서희가 진주에 살림을 차렸지만, 서희 역시 의식의 중심에는 평사리에 있다. 진주로 돌아와 독립운동으로 여러 가지 어려운 상황에 있는 옛날 평사리 살았던 사람들의 가족을 돌보는 것도 서희의 마음속에 평사리가 자리를 잡고 있기에 집사 정연학을 시켜서 두루 살피게 하는 것이다.

5) '평사리'와 능동적 공동체

작가 박경리가『토지』를 쓰게 된 주요 모티브는 외할머니가 작가에게 들려준 이야기이다.

외갓집은 거제도에 있었어요. 거제도 어느 곳에, 끝도 없는 넓은 땅에 누렇게 익은 벼가 그냥 땅으로 떨어져 내릴 때까지 거둘 사람을 기다렸는데, 이미 콜레라가 그들을 죽음으로 데리고 갔지요. 사람들이 다 죽고 딸 하나가 남아 집을 지켰다고 해요.[227]

작가는 그 이야기로 인해 젊은 시절 내내 벼의 노란색과 콜레라가 번져오는 죽음의 핏빛이 머리를 떠나지 않았다고 한다. 그러다 화개 친척 집에 들렀다 눈앞에 펼쳐지는 섬진강과 작가의 뒷모습을 비쳐주고 있는 지리산이 있는 그곳을 바로 안성맞춤의 자리로 찜을 하게 되었다고 한다. 박경리가 화개와 지리산이 가까운 평사리를 배경으로 잡은 것은 그곳이 우리 민족의 삶을 펼쳐나갈 무대로 보였기 때문이다. 동학의 시발지요, 동학운동의 실패 후 숨어든 곳도 지리산 골짝이기 때문에 어쩌면 당연한 것이라고 할 수 있다. 민족의 모든 삶을 어우르는 민족의 정기가 어려 있는 지리산의 길목에 있는 평사리는 바로 민족의 고향이다. 동학 혁명의 실패와 일제의 강제 점령, 3·1 운동 실패, 피폐한 민족의 고단한 삶을 위로하기 위해 서희는 남편까지 독립운동 접전지로 보낸다. 또 독립운동에 헌신하는 평사리의 가족들의 어려움을 돌보고 경제적인 도움을 장연학을 시켜서 가족처럼 돌보게 한다.

서희는 또 최참판가의 재산을 도로 찾은 후 환국이 윤국이를 통해 가족의 사랑을 느낀다. 그런 가족적인 사랑을 자신을 위해 희생했던 봉순이 딸 양현에게까지 확대한다. 용이가 쓰러진 이후 임이네의 뒤틀린 욕망에 시달리는 것을 안타깝게 생각, 평사리 자신 집의 방을 내주고 하인으로 하여금 돌보게 한다. 이것도 가족 이상의 사랑이다. 이 모든 것은 바로 가족과 같은 사랑을

---

227 송호근, 「삶에의 연민, 恨의 미학」, 『작가세계』, 1994 가을, 47면.

이웃과 함께 나누며 더불어 사는 사회 그것이 결국 고향이며 유토피아임을 서사를 통해서 보여주고 있다. 이것은 민족의 모든 구성원이 노력하며 이루어나가야 하는 스피노자의 능동적 공동체, 우리의 유토피아다.

최참판댁을 중심으로 살아온 평사리 사람들에게 평사리는 언제나 생명이 싹트고 우주의 중심이 되는 유토피아이다. 스피노자의 『에티카』에 나오는 능동적 공동체는 김지하의 생명사상의 한 부분이면서 박경리의 『토지』를 관통하는 핵심 의식인 생명사상인 '가족 전체에게도 우주 생명이 있으며 가족 전체는 하나의 거룩한 생명공동체'[228]라는 의식을 드러내고자 하는 것이다. 그 중심에 평사리가 있다.

---

228 김지하, 『생명』, 솔출판사, 1994, 34면.

참고자료

| 기본자료 |

박경리, 『토지』(1-20권), 마로니에북스, 2012.

박경리, 『생명의 아픔』, 이룸, 2004.

박경리, 『Q씨에게』(박경리 문학전집 16), 지식산업사, 1981.

박경리, 『가설을 위한 망상』, 나남, 2007.

박경리, 『환상의 시기』, 나남, 1994.

박경리, 『문학을 지망하는 젊은이들에게』, 현대문학사, 1955.

박경리, 『만리장성의 나라』, 나남출판, 2003.

박경리, 『꿈꾸는 자가 창조한다』, 나남, 1994.

최명희, 『혼불』(1-10권), 한길사, 1990.

김동리, 『명상의 늪가에서』, 행림출판사, 1980.

김동리, 『김동리 전집』(1-30권), 계간문예, 2013.

김동리, 「무녀도」, 『한국문학선집』, 문학과지성사, 2007.

| 참고자료 |

고명섭, 『니체 극장』, 김영사, 2012.

권우리야, 「『토지』에 나타난 대칭성과 비대칭성」, 2018 여름 토지학회 국제 학술대회
　　　　발표지.

김동리, 「文學하는 것에 對한 私考-文學의 內容(思想性)的 基礎를 위하여」, 『백민』 4권2호,
　　　　1948.3.

김동리, 『내 문학의 자화상, 꽃과 소녀와 달과』, 제삼기획, 1994.

김동리, 「김동리 생애 연보」, 『나를 찾아서』(김동리전집 8), 민음사, 1997.

김우창, 『깊은 마음의 생태학』, 김영사, 2014.

김은경, 「『토지』의 서사구조 연구」, 서울대학교 석사학위논문, 2000.

김정탁, 『노자, 도덕경』, 성균관대학교출판부, 2021.

김지하, 『생명』, 솔출판사, 1994.

김진석, 「소내(疏內)하는 한(恨)의 문학」, 『문예중앙』, 1995.5.

김치수, 「박경리와 이청준」, 『김치수평론집』, 민음사, 1982.

나병철, 「소설이란 무엇인가」, 『문학의 이해』, 문예출판사, 1994.

류보선, 「비극성에서 한으로, 운명에서 역사로」, 『작가세계』, 1994 가을.

박경리·정현기·설성경, 「한국문학의 전통적 맥잇기」, 『현대문학』, 1994.10.

박상민, 「박경리 『토지』에 나타난 악(惡)의 상징연구」, 연세대학교 박사학위논문, 2009.

박상민·조윤아, 「『토지』의 공간과 서사적 문화지원」, 2018 여름 토지학회 국제 학술대회 발표지.

박숙자, 「고통과 기억」, 『박경리 문학의 민족사적 의의와 세계화 전략』, 2018 여름 길림 대학 초청 국제학술대회 발표지.

박영석, 『만주지역의 한인 사회와 항일 독립운동』, 국학자료원, 2010.

방민호, 「박경리 『토지』의 '근대'와 만주 공간의 위상」, 2018 여름 토지학회 국제 학술대 회 발표지.

서현주, 『박경리 토지와 윤리적 주체』, 역락, 2014.

성희경, 『스피노자와 붓다』, 한국학술정보, 2010.

송호근, 「삶에의 연민, 恨의 미학」, 『작가세계』, 1994 가을.

신승철, 『지구 살림, 철학에게 묻다』, 모시는사람들, 2021.

양문규, 「토지에 나타난 작가의식」, 『『토지』와 박경리 문학』, 솔출판사, 1996.

오강남, 「자유롭게 노닐다」, 『장자』, 현암사, 2009.

유문식, 「김동리 소설의 경주 '장소성' 연구 ― 경주 읍성과 예기청수를 중심으로」, 『신라 문화』 55, 동국대학교 신라문화연구소, 2020.2.

윤철홍, 「박경리 『토지』에 나타난 진주지역 형평사운동」, 2018 여름 토지학회 국제 학술 대회 발표지.

이 진, 「『토지』의 가족서사 연구」, 국학자료원, 2012.

이금란, 「가족 서사로 본 박경리 소설 연구」, 『현대소설연구』 19, 한국현대소설학회, 2003.

이덕화, 『박경리와 최명희, 두 여성적 글쓰기』, 태학사, 2000.

이덕화, 「『토지』 가족 서사의 확대, 능동적 공동체 만들기」, 『여성문학연구』 37, 한국여 성문학학회, 2016.

이덕화, 「『토지』에 나타난 '능동적 공동체'와 『혼불』에 나타난 근원적인 '나'」, 『여성문 학연구』 50, 한국여성문학학회 2020.

이덕화, 「『토지』 인물들의 코나투스에 의한 존재력의 증감」, 『현대문학의 연구』 78, 한국 문학연구학회, 2022.

이상진, 『『토지』 연구』, 월인, 1997.

이상진, 「『토지』의 평사리 지역 형상화와 서사적 의미」, 『배달말』, 배달말학회, 2005.12

이상진, 「식민 체험과 기억의 이면」, 『어문학』 94, 한국어문학회, 2006.

이수영, 『에티카, 자유와 긍정의 철학』, 오월의봄, 2013.

이영미, 「'묻지마 갑자생'을 이해하면서」, 『경향신문』(문화와 세상), 2010.8.17.

이재선, 「무녀도에서 을화까지」, 김동리, 『을화 외』 문학사상사, 2005.

이정숙, 「『토지』에 나타난 의식의 이중성과 아이러니」, 『현대소설연구』 23, 한국현대소
설학회, 2004.

이진우, 『김동리 소설연구 ― 죽음의 인식과 구원을 중심으로』, 푸른사상, 2002.

임진영 외, 『『토지』와 박경리 문학』, 솔출판사, 1996.

정현기, 「세틀의 세 집 짓기 이야기떨기」, 『『토지』와 박경리 문학』, 솔출판사, 1996.

정호웅, 「『토지』의 주제·한·생명·대자대비」, 『한국문학』, 1995 봄.

정호웅, 「한국 현대소설과 만주공간」, 『문학교육학』 7, 한국문학교육학회, 2001.

정호웅, 「『토지』의 인물·공간·주제」, 토지학회 편저, 『『토지』와 공간』, 마로니에북스,
2015.

정호웅, 「『토지』와 만주 공간」, 『구보학보』 15, 구보학회 2016.

조민환, 『노장 철학으로 동아시아문화를 읽는다』, 한길사, 2003.

조윤아, 「박경리 『토지』의 생명사상적 변모에 관한 연구」, 서울여자대학교 박사학위논
문, 1998.

조윤아, 「등장인물의 지리적 이동과 공간의 역동성」, 토지학회 편저, 『『토지』와 공간』,
마로니에북스, 2015.

조정래, 「생존의 원리와 역사성」, 『『토지』와 박경리 문학』, 솔출판사, 1996.

진영복, 「박경리 『토지』에 나타난 사회사상과 실존의 윤리」, 2018 여름 토지학회 국제심
포지움 발표문.

천이두, 「한의 여러 궤적들」, 『현대문학』, 1994.10.

천이두, 『한의 구조연구』, 문학과지성사, 1994.

최기진, 「장소성의 역적과 문화의 표류」, 2018 여름 토지학회 국제심포지움 발표문.

최민자, 『스피노자의 사상과 그 현대적 부활』, 모시는사람들, 2015.

최유찬, 「『토지』를 읽는다」, 『『토지』 비평집 4』, 솔출판사, 1996.

최유희, 「소설과 텔레비전 드라마의 서사초점 연구 ― 박경리 소설 『토지』와 1987년 KBS
드라마 <토지>를 대상으로」, 『한국문예창작』 7권 1호, 한국문예창작학회,
2008.6.

최유희, 「만화 <토지>의 서사 변용 연구」, 『현대문학의 연구』 43, 현대문학연구학회,
2011.2.

한수영, 「김동리와 조선적인 것」, 『한국근대문학연구』 21, 한국근대문학회, 2010.

니체, 니체 편집위원 역, 『짜라투스트라는 이렇게 말했다』, 책세상, 2012.

니체, 박찬국 역, 『비극의 탄생』, 아카넷, 2012.

도나 헤어웨이, 김상민 역, 「인류세, 자본세, 대농장세, 툴루세 : 친척만들기」, 『문화과
　　　학』, 2019 봄호.

루쿠레티우스, 강대진 역, 『사물의 본성에 관하여』, 아카넷, 2021.

리처드 커니, 이지영 역, 『이방인, 신, 괴물』, 개마고원, 2004.

미르치아 엘리아데, 강응섭 역, 『신화·꿈·신비』, 숲, 2006.

B.스피노자, 강영계 역, 『신학정치론』, 서광사, 2017.

B.스피노자, 황태연 역, 『에티카』, 비홍, 2011.

안토니오 네그리, 이기웅 역, 『전복적 스피노자』, 그린비, 2005.

안토니오 다마지오, 양지원 역, 『스피노자의 뇌』, 사이언스북스, 2007.

알렉산더 마트롱, 김문수·김은주 역, 『스피노자 철학에서 개인과 공동체』, 그린비, 2018.

에바 일르즈, 박형신 역, 『낭만적 유토피아 소비하기』, 이학사, 2014.

이 푸 투안, 구동희·심승희 역, 『공간과 장소』, 대윤, 1995.

질 들뢰즈, 김상환 역, 『차이와 반복』, 민음사, 2004.

질 들뢰즈, 박기순 역, 『스피노자의 철학』, 민음사, 2018.

질 들뢰즈, 현영종·권순모 역, 『스피노자와 표현 문제』, 그린비, 2019.

질 들뢰즈·가타리, 김재인 역, 『안티오이디푸스』, 민음사, 1997.

질 들뢰즈·가타리, 김재인 역, 『천개의 고원』, 새물결, 2001.

저자 이덕화李德和

연세대학교 문학박사.
평택대 교수. 현 평택대 명예교수.
여성문학학회, 한국문학연구학회 회장 역임.
『문학수첩』 기획위원장, 작가포럼 대표.
주요 저서 『페미니즘과 소설비평(근대편)』(공저, 한길사, 1995), 『페미니즘과 소설비평(현대편)』(공저, 한길사, 1997), 『페미니즘은 휴머니즘이다』(공저, 한길사, 2000), 『박경리와 최명희, 두 여성적 글쓰기』(태학사, 2000), 『여성문학에 나타난 근대체험과 타자의식』(예림기획, 2005), 『한말숙 작품에 나타난 타자윤리학』(소명출판, 2012), 『'너' 속의 '나', '나' 속의 '너', 타자 찾기』(글누림, 2013), 『아시아적 신체와 혼종적 정체성』(소명출판, 2016), 『일제 하 작가들 간의 관계를 통해서 본 문학적 대응』(소명출판, 2021).
소설집 『은밀한 테러』, 『블렉 레인』, 『하늘 아래 첫 서점』, 『흔들리며 피는 꽃』, 『아웃사이더』 외 다수.
혼불 학술상, 노근리 문학상, 자랑스런 이화인상 수상.

스피노자 철학 개념, 코나투스,
능동적 공동체로 『토지』 읽기

초판 1쇄 인쇄 2023년 10월 24일
초판 1쇄 발행 2023년 10월 31일

저　　자 이덕화
펴 낸 이 이대현

편　　집 이태곤 권분옥 임애정 강윤경
디 자 인 안혜진 최선주 이경진
마 케 팅 박태훈

펴 낸 곳 도서출판 역락
주　　소 서울시 서초구 동광로 46길 6-6(반포4동 문창빌딩 2F)
전　　화 02-3409-2060(편집부), 2058(영업부)
팩　　스 02-3409-2059
등　　록 1999년 4월 19일 제303-2002-000014호
이 메 일 youkrack@hanmail.net
역락홈페이지 http://www.yourackbooks.com

I S B N 979-11-6742-626-0 93810